京城闲妇 / 申力雯文集 / 短篇卷
Mrs. Mei's Mansion

梅太太的宅院

心静如水，人淡如菊。
「闲」中看风景，「闲」中悟深情。

申力雯 / 作品

当代世界出版社
THE CONTEMPORARY WORLD PRESS

图书在版编目（CIP）数据

梅太太的宅院 / 申力雯著. —北京：当代世界出版社，2017.3

ISBN 978-7-5090-1187-4

Ⅰ.①梅… Ⅱ.①申… Ⅲ.①短篇小说—小说集—中国—当代 Ⅳ.①I247.7

中国版本图书馆CIP数据核字（2017）第036359号

书　　名：	梅太太的宅院
出版发行：	当代世界出版社
地　　址：	北京市复兴路4号（100860）
网　　址：	http：//www.worldpress.org.cn
编务电话：	（010）83908456
发行电话：	（010）83908409
	（010）83908455
	（010）83908377
	（010）83908423（邮购）
	（010）83908410（传真）
经　　销：	全国新华书店
印　　刷：	北京天宇万达印刷有限公司
开　　本：	710毫米×1000毫米　1/16
印　　张：	15
字　　数：	212千字
版　　次：	2017年3月第1版
印　　次：	2017年3月第1次
书　　号：	ISBN 978-7-5090-1187-4
定　　价：	39.00元

如发现印装质量问题，请与承印厂联系调换。
版权所有，翻印必究；未经许可，不得转载！

序 一
PREFACE 1

她已经长大
——申力雯的创作道路

崔道怡

不能说我是看着她长大的,因为我看到她的时候,她已经长大了,虽然,那时她只有十四岁。

六十年代中叶,我住在作家协会机关宿舍的大院里。我那小屋里的两架书,吸引了同院和邻居家一拨又一拨孩子,其中就有她:红扑扑的鹅蛋脸,水汪汪的杏核眼,短头发蓬松着,只用橡皮筋扎一束歪辫子。跟一块儿来的几个女孩子相比,她的个头儿稍高,亭亭玉立,俊美聪慧,加以神情大气,因而显得更成熟些。

她叫申力雯。父亲是位文学界知名人士,希望女儿也致力于文学,所以取名"力文"。但她九岁时读《红楼梦》,爱上了晴雯,便自作主张,改名"力雯"。大概在她看来,晴雯的可爱,在于个性刚强,所以她所学晴雯,就是不服家长管束,时常顶撞老师。可听她说那些缘由,情理又多在她这一边。不由得令人惊异:这孩子好眼力,能够敏锐看穿成人身上积习的弱点,并且敢于针锋相对直抒己见,小小年纪,能够如此,确实有点儿早熟。

人们叫她小力。她的同伴中,还有一个小莉。那小莉,刚刚懂得为《卖火柴的小女孩》伤心落泪,而她则已经在为《一个人的遭遇》的遭遇打抱不平了。"这篇小说写得不是很动人吗?索科洛夫上前线,推了他妻子一下,就为这个,一辈子不能原谅自己,多好啊!怎么说人家是修正主义呢?马列主义就不讲爱,不讲感情了?"她扑闪着晶亮的杏核眼,稚气而又老成地等待我回答,而我却不知该如何回答才好。那年月,正在批判所谓修正主义文艺思潮,我只能半是搪塞半是开导:"你还小,不要参与大人们的这种议论。"这使她很不满,噘起小嘴轻声嘟哝:"哼,您不肯说,我找周叔叔去!"她常到文艺界一些人家里去,我怕她那毫无顾忌的出格言词会给别人也给自家带来麻烦,便装作生气地警告她:"你这么不听话,我也不好再说什么了!"她愈发不理解,目光里的热诚顿时就冷下来:"哟——您怎么这样……"没出口的字眼,很可能是"圆滑",那是她纯朴、洁净的年纪与心灵所容不得的。在这一点上,她还不成熟。

这也难怪,她未曾见过那一场容不得正直的风雨。她不知道,就在这座院落里,曾经有位以何直为笔名的作家,因对文艺问题直陈真知灼见,结果被剥夺了说话的权力。凝望东厢房,我不禁黯然神伤:设使那屋里的灯光还亮着,申力雯肯定要去拜望的,那么她的艺术素质很能及早得到滋养,她也许会在更早的时候登上文学的殿堂。可惜,那屋里的灯光熄灭了;而我,又不得不接受教训学得"圆滑"……

"文革"前我迁离了那座大院,此后再没有见到她。有时忆及,不免惋惜:她原具有可予厚望的艺术素质,无奈生不逢时!不禁担心:以她那种不肯流俗的晴雯性格,恐怕要挨整的吧?二十年后我才得知,我的担心是多余的。面对一片"红海洋",她驾驶人生小舟,驶向一处避风的港湾——师从于著名的中医。我的惋惜也是不必要的。她虽被耽误了,却并未被窒息,天生的才志是不可能泯灭的,何况她又是个不妥协的探求者。因而,一旦春风吹拂,力雯之心终于展露了"生命的颜色"。

一

我是先读过了《生命的颜色》（刊《人民文学》1985年第4期），而后才又见到她的。二十年过去了，她的容颜竟还这般年轻，清秀高雅，端庄文静，那心态和神情里仍葆有着当年的那股孩子气。"在患者面前，我可老成呢！"她告诉我，"可我总忘不了小时候的心愿，一有空儿就想写点东西。"她把她那迟发的处女作《大树，还是小草？》（刊《萌芽》1985年第2期）也拿给了我，"您看看，我行吗，我能行吗？"见我犹豫，她又来揭短了："我知道，您心里觉得我还不行，就是不肯直说！"转而轻轻叹一口气，随又执拗地表白道，"不管行不行，反正我要写。您不能拿我跟名家比，我也不去跟她们比。她们是专业的，肯定写得很累，我只是个业余的，把写作当消遣，想写就写，爱行不行！"那样子，既不服气，又无可奈何，我不禁也来揭她的短了："那你干吗还要问行不行呢？但问耕耘吧！只要你热爱，只要你追求——文章不负有情人。"

二

使我觉得她还行的，是那篇《叔叔，你为什么搬家？》（刊《人民文学》1985年第12期），看来，那是她自身体验的艺术表述。当年一晌莫名的惆怅，而今化作一篇涌自心泉的小说。在作品里，她又成为十四岁的少女，倾诉着曾使她懊恼过的内心隐私。那是一种朦胧的向往，一种蒙昧的欲望。纯洁、健康，并不像后来别人有些篇章所写那样，着重在青春期性心理上做文章。她只描述一缕微妙的情愫，通过情的悄然萌生与飘然失落，透露青春活力对于美好事物的痴迷追求。从她笔下自然流泻的一脉纯情，真实亲切，朴素动人。她在创作上开始找到了属于她自己的路，正如一位老作家所赞许的，她的特长在于："笔下流情"。

路子走对了，步子就快了。半年之后，她便放出了更为丰美的《没有盛开的迎春花》（刊《人民文学》1986年第8期）。如果说那一篇所抒之情，还觉单薄狭小，仅限于小儿女内心的细水微澜，那么这一篇以情为轴，纵横交错，将历史与现在编织在一起，则包容了具有一定分量的社会内涵。她把当年那缕少女的纯情延展了，增强了，充实成为一段悲欢离合的爱情故事。那爱情是不成熟的，不仅因为师生之间的心理障碍，使得爱情不易成熟，而且更重要的是，因为那个年月气候阴霾，抑制着爱情之花难以盛开。但她笔下的爱情故事，还只是一条纬线，那作为经线的意蕴和感慨，则重在揭示时代的风雨压抑着才智的花朵无由盛开。作品的情节，想来是虚构的，但那主人公的命运和心态——"我"从迷恋艺术的少女变为躲避"风浪"的中医，"我"在启蒙老师鼓舞下将重新拿起笔，情爱的叹惋转为对美的憧憬，是花朵终究会迎春盛开——这不正是她自身的写照吗？这一篇交织了历史哀怨与现实欣慰的小说，标志着她已跨上一层台阶：把个人的直觉切身感受，跟对社会的思考、人生体验融汇起来，对生活发言。这当然不是消遣。无论对她还是对读者，尽管她自己这么说，实际上她在为患者诊治的同时，也在为生活号脉，担负起了帮助人们艺术地认识自身与世界的职责。

她走的是一条"纯情"的路，以纯真的情愫，回顾自己的经历，观察世相的变迁。无论抒写主观见闻，还是映现客体状态，都生发以情、贯串以情、归结以情，笔触所及无不飘逸着幽幽淡淡情的馨香。在这条路上，她随心所欲，任感情流淌，忽儿悠闲信步，忽儿欢欣雀跃，采摘下了一朵又一朵各有韵味的花：《红窗帘》《紫丁香》《白纽扣》……可谓色彩斑斓，既窥探《紧闭房门的小屋》，又寻访《外婆的小村庄》，时而在《寂寞》中冥想，时而又宣告《别了，往日的梦》……可谓仪态万方。其中比较出色的篇章，该算是《外婆的小村庄》（刊《希望》1986年第12期）。那大概也有她自身经历的影子，至少那位慈祥的外婆曾在她童年的记忆里留下过难忘的印象。但更令她难忘的，是那对于小孩说来未免触目惊心的情景：多时不见的爸爸突然归来，小燕子被叫出了妈妈的被窝；第二天一早，她惊呆了。"妈妈袒露着白白的胸脯，一头扎在爸爸毛茸茸的怀里！"这只是小说结尾的一个镜头，而全篇抒写的，则是祖孙两人长慈幼爱田园诗般的隔代亲情。可贵的是，她把这种亲情放在了时代风云的大背景中，透过一个小孩子的心态折射出抗日烽火的壮美艰辛。巧妙的是，她在收束时笔锋陡转，由反映战争阻隔亲情变为表现战争中的亲情享受：在那残酷的年代，为民族解放须经年浴血，解亲人渴念却只能片刻温存。那个难得的团聚的夜晚，真是"既美好又忧郁，既甜蜜又辛酸！"在外婆的小村庄里，小燕子的小心灵几经波澜，没想到当亲人都聚齐的美好时光，她却被无情地冷落了，这使她好不伤心啊！然而这孩子的不懂事的泪花儿，岂不让人觉得既可爱又可怜，既可笑又可叹吗？就这样，纯情的"小村庄"里，包容下了社会的大内涵，仿佛一首凝重的轻音乐。难怪中央人民广播电台文艺部一眼就选中了它，配乐朗诵，并作为保留节目，隔些时便放送一回。近些年来短篇小说浩如烟海，能够如此广为传播的毕竟不多，这难道还不能表明，她已经长大了吗？

三

"不，我还没有长大。"她说，"我那几篇得到好评的，主人公大多是小姑娘，而且都带着些纪实味道，这怎么行呢？我得加强虚构，我得多写写成年女性，我还要写一写男人呢！"

"长大没长大，总是相对的。"我说，"你能有这样的认识，这样的决心，显然已经不是一棵'小草'了，至于能不能长成一株'大树'，那还得看将来。三分灵性，七分经营，十分成功——功夫不负有心人。"

这之后，她也就有了新的收获，两年间推出了两部引人瞩目的中篇。果然也就实现了她的愿望，既写了成年女性又写了男人。

四

"可是，我的那些东西，人家说还稚嫩。"她不无得意，又很不满足，"有人劝我别写那样儿的，但我有些感受就是那样儿的嘛，我偏要试一试！"

她所说的"那些东西"，是与"纯情"不同风格的所谓近时入世之作。其实，那也是她的另一特长：小时候就学晴雯，不顾情面，善揭人短，长大了更敏锐，疾恶如仇，无情揭露。纯情而不柔弱、不超脱，便对丑的事物更难容忍、更为尖刻。这正是直面人生的作家必不可少的素质，她早就开始了"入世"的尝试。《三个女医生》《葛大夫的一天》等篇，就带有针砭时弊的味道，只不过因为她的"纯情"色彩浓重，掩映着这一方面显得浅淡罢了。

五

那么，该说到她这一篇了。我之所以纵谈申力雯的创作道路，正是《核桃树上的铃铛》引起的。

显然，这是她童年系列里纪实情调的又一篇诗化小品，是她"纯情"的枝蔓上开出的又一朵花。作品里那个淘气的小丫头"花花"，便是她。我确信，她小时候，肯定曾趴在地上玩过水牛儿，肯定曾把盐撒到点心罐子里捉弄过人，没准儿还真的为逃避考试想法子找病吞咽过墙皮，没准儿还真的因报复情绪故意拨快时钟、故意穿着木拖鞋在地板上呱嗒呱嗒地跑来跑去。反正她告诉过我，她小时候，曾经报复对她冷言冷语的邻居，按过人家的门铃然后便隐身藏匿；曾经贪嘴偷吃家里的西瓜，将瓜一切两瓣，吃掉瓜瓤再把皮合成整瓜放回原地；曾经贪玩入夜迟归，也不叫门，索性就翻墙头回家去……这一切，在当时，或许纯属淘气。但它们能够在心灵的仓库里长久留存，总因为内涵有某一些值得回味值得珍惜的东西。如今经过提炼、升华，便化为一种人生的情趣、一种生命的活力。

谁没有自己的童年呢，谁的童年里没有让人终生难以忘怀的记忆呢？但如果你的赤子之心早已失去，如果你不具备艺术眼光观照一切的能力，那么过去了的便不会成为你亲切的怀恋，你就不可能在那看似无大价值的往事里开掘出宝贵的诗意与哲理。申力雯则心如赤子，似乎永远也长不大，她的艺术脚步在十四岁时就已迈出，一路上时不时便回到童年的梦里。而这种梦，梦里的温馨，梦里的痛楚，谁不曾有过呢？或许你并没有往核桃树上系过铃铛，或许你并没有遭遇过老奶奶那样的辖制，但你总会产生过类似"要到月球上去举行婚礼"的幻想，总会感受过那种被斥为"孽种"的压抑吧？假使《核桃树上的铃铛》的音响把你带进了童年的梦乡，那么这小说里"花花"的心态和境地便不再是个人的纪实，它已成为所有不忘童年之人共同的回忆。

这篇小说当然并非个人纪实，我从未听她说过曾有这么一位奶奶，就连往核桃树上系铃铛这件事儿，显然也是虚构。但她虚构得这般真实，让人觉得几曾见过。在生活里，谁不曾被这一类型孤僻老人困扰过呢！她们各有自己一套固守着的为人观念和行为方式：自私又虚伪，专横而乖戾，总以一己为中心，折腾人，埋怨人，约束人。对这些讨人厌的毛病，成年人往往多能谅解，而在天真无邪的孩子那里，却总难以通融过去。长不慈则幼不爱，便形成了祖孙两代明争暗斗。尽管有时奶奶也会闪现人性的温情，惹得孙女涌起一缕神秘的忧伤，然而奶奶的剪刀终究冷酷无情，那根传递人生情趣、张扬生命活力的系铃铛的绳子，到底还是被剪断了。

假使小说只写祖孙两代的个人恩怨，固然也能显示陈腐思想对于美好心灵的沉重压抑，但那样很可能使内涵受局限，且难免会带有纪实印记。而作者早已经跨过了纪实的阶梯，她正向着创造典型的高峰攀登。所以，当情节即将进入尾声，她又轻转笔锋勾出了个李红。在这位年轻老师身上，原来也有奶奶传统，自己浓妆艳抹约会情人，却责怪男女生相接触"不健康"。如此看来，压力不仅来自家里，而且还来自社会，来自"黑夜"似的势力了。这势力，逼得孩子别无出路，唯有"急切地盼着自己长大，一想到有一天我会长大，就好像在童稚无力的日子里窥见了一丝阳光"。《核桃树上的铃铛》发出的声响，竟这般深沉悠长，怎不惹人爱怜，怎不令人感伤啊！

"您要真觉得好，就给我写一篇评论吧。"她听过我的观感，提出了这个要求。我推辞不得，可我不是个评论家。"我只不过是个像你小说里曾写过的编辑匠，只会'重复书本，重复别人，重复自己'……"

"哟，您，怎么这样……"她认真起来，可能把我的玩笑当成了多心，未免有些委屈，"在创作上，也可以说，您是看着我长大的……"那神情，跟她十四岁时一模一样。

是的，我应该向喜爱她的读者们介绍一下：她已经长大。

序二
PREFACE 2

读申力雯

夏炎炎

  九岁读《红楼梦》颇觉晴雯是自己的影子而执意易名"力雯";迷恋过戏剧,成功地扮演过《雷雨》中的繁漪,考取戏剧学院却因"文革"而夭折求学深造之路;在人生最灿烂的年华离京下乡,不幸染上终生难以痊愈的肾病,无奈中从师于名医并终于考取了中医行医执照;却天生是个痴迷于文学的"情种",偶遇机缘,便赋诗,写小说,写散文……她,就是申力雯。出版有小说集《女性三原色》——一本近三十万字,相当有分量的小说集。中篇小说《女性三原色》曾荣获1985—1993年度《当代》文学奖,并由中央人民广播电台制成广播剧去柏林参加世界广播剧展播。短篇小说《梅太太的宅院》荣获人民文学出版社《当代》文学奖;中篇小说《五十岁的男人》、中篇小说《牙买加灯火》分别获第一届、第二届特区文学奖;随笔《危险的年龄》获第六届北京杂文奖,散文《女人四十岁》《女人,你输不起》在国内及海外曾引起广泛的关注。

  申力雯的作品着意刻画人的灵魂,表现人的潜意识。从某种意义上说,她的创作颇受弗洛伊德的精神分析学说的影响。评论家缪俊杰在为申力雯撰写的《痛楚而不由自主地燃烧着的灵魂》中说:……表现和揭示人的灵魂的真实,揭露用平凡的语言所不能说出的人心的秘密。正是在这个意义上,我认为申力雯的探索是成功的,在当前的小说创作中也是十分可喜的。

序 二

《人民文学》常务副主编崔道怡在评论《给申力雯的热线电话》中说：申力雯的小说在局限的框架之内，提供出尽可能丰富有力的思想容量与美感契机，如《外婆的小村庄》写祖孙两人长慈幼爱的隔代亲情，可贵的是，她把这种亲情放在了时代风云的大背景中，透过小孩子的眼光和心灵折射抗日烽火的壮美艰辛，可喜的是她在收束时笔锋陡转，由叹惋连年离乱的清苦的小村庄里，也包容下了一幅历史深远的画面。仿佛一首凝重的轻音乐，它被中央人民广播电台选中配乐广播，颇受好评。老作家秦兆阳看过申力雯的小说，欣然提笔写了条幅——"笔下流情"。

北师大中文系主任程正民教授说，申力雯的作品都没有摄入波澜壮阔的时代风云，没有描绘你死我活的人生厮杀，活在她笔下的都是普通人、普通事、普通的感情，这些作品也许缺少一种轰动效应，但却有一种永恒的魅力，如《梅太太的宅院》就是写了普通人的生命状态，但对人性的东西挖掘得很深，那其中的味道是浓浓的，独特的。申力雯的散文总是能选择一种独特的角度，把容易被人忽略的生活开拓得新鲜有趣，升华出的东西总能被人亲切地接受。

文学博士王利芬说，我是读了申力雯的散文《女人四十岁》而喜欢上她的，我觉得她更适合写散文，这个感觉来自于作者作品中的真情。如今，真情仅存于散文中，为申力雯的小说集她撰写了评论：《理想主义的风景画已经退色后》。文中说："显然她是一位酷爱艺术、有追求、感情丰富的知识女性。她优雅脱俗、内心洋溢着爱情和艺术的浪漫情愫，她在清新自然、流畅潇洒、充满生机的同时却又在眼底和眉梢带上一丝令人难以觉察的忧伤，这忧伤和生机融为一体，交织成内在美和外在美相统一、耐人寻味的魅力。她身上似乎有某种使命性的任务，那似乎就是在等待那个能在人群中一眼就能发现她眼中不同于一般女子的内容和有一种女人又超于女人之上的气质。因着她的矜持和自尊，她总是在等待着别人的发现和会意的应和。一旦出现了这样的知音，她就会以最快的速度受到来自由她自己酿造的情感热浪的冲击，然后自动缴械并心甘情愿地为知音付出一切，并将这段经历作为生命的财富而珍藏于心底，作家不止一次地以浓墨重彩的方式写过这个浪漫的爱情方式，《女性三原色》《码头》中比较集中地表述了这种非功利的似乎是为着日后回忆的爱情的故事。"

现在的申力雯基本上过着隐居的生活，她说她最大的幸福是有一间面对风景的屋子，在这钢筋水泥的都市不能不说是一种奢侈，她每天都站在高高的大大的阳台上，迎日出送落日，眺望北海的白塔和夕阳中的远山，阳台上爬满了青藤，伴着风声响着细碎的风铃声，不远处的林间，时而会传来布谷鸟的叫声。阳光总是尽情而自由地挥洒在她的阳台上，从书房里传来了背景音乐。申力雯的阳台正对着一个美丽的湖，她注意着湖中的光色和四季的轮回，面对风景，在申力雯的屋里，会有一种深邃的静谧，并会有一种生活在别处的感觉。

有时申力雯也裹挟在人流中，那时她的嗅觉、触觉都在延伸，在路途的风尘中，申力雯又有了红尘滚滚的感觉。

如今的申力雯已远离了繁乱热闹，天堂中，她似乎更在意自己内心的安静与快乐。

京 城 闲 妇 · 申 力 雯 文 集　梅 太 太 的 宅 院

目 录
CONTENTS

生命的颜色	1
大树，还是小草？	16
叔叔，你为什么搬家	27
三个女医生	34
没有盛开的迎春花	44
外婆的小村庄	62
紧闭房门的小屋	73
别了，往日的梦	79
葛大夫的一天	96
紫红色窗帘	105
清明雨	109
紫丁香	116
寂寞	122
白纽扣	132
核桃树上的铃铛	138
码头	149
婚前的夜晚	160
白布上的小屋	164
木制明信片	180
梅太太的宅院	184
高龄小姐	200
北燕和她的母亲	213

生命的颜色

> 紫罗兰,十字花科。二年生或多年生草本,全株有灰白色短密的星状毛。茎直立……叶互生……花紫、纹、黄或白色,有香气……
>
> ——摘自《辞海》

北京的春天来得突然,走得也快,还常有刮得天地变色的风沙。

年轻的女中医夏冰,近来心里突然涌现了一种迷蒙的烦恼、惆怅的情绪,就像这令人厌烦的天气一样。

她是中华医学院医师进修班的学员。再过两天,就是《黄帝内经》的最后一节课了。这以后,在那个同样的教室,在那个熟悉了的讲台上,就再也见不着她曾经不以为然,而如今却感到崇敬,以至有一种更为复杂的感情的缪耘副教授了。

她出生于一个高级知识分子家庭,来到人间已经有二十五个春秋,是一位成熟的、健美的大姑娘了。今天,她穿了一身合体的蓝黑色连衣裙,上身敞穿着一件洋红色的开司米薄毛衣,肉色的长袜,黑色的半高跟船鞋,一根洁白的绸带松松地收拢着头上的秀发,黑色的瀑布倾泻在那浑圆的双肩。这一切,使她修长、匀称而苗条的身段显得更加秀丽俊逸,也更加端庄典雅。

暮色渐浓,宿舍楼像千眼巨人,不知什么时候突地睁开了第一只眼——一家的窗户亮了,接着,又一家的窗户亮了——千百只眼睛在夜空中闪烁着神秘、沉思以及人世间诸般欢乐与忧戚。通常,这正是夏冰潜心攻读的时刻,但今天当她扭亮台灯,刚拿起一本书,却又放下了。她在自己的小卧室里寻寻觅觅,终于拿起一把吉他,倚坐在单人沙发上,一边弹着,一边哼唱:

快来吧,亲爱的五月,
让树林穿上绿衣,
让我们在小河旁,
看紫罗兰开放。
我们是多么愿意
重见那紫罗兰,
白色、黄色、红色的紫罗兰呀,
你开满山冈……

她是在盼望着、期待着什么。但她理不清自己的思绪,更无法与人诉说。她自己也感到奇怪,为什么今夜只反复把这支歌曲弹唱……

有一点是清楚的:缪耘老师的形象正像这神秘、朦胧的《黄帝内经》的第一节课。夏冰坐在教室的前排,心里正描摹着那位副教授的形象和丰采。清脆的电铃声响了,随即,一位看样子有四十多岁的男子便夹着一叠讲稿登上了讲台。他的个头并不小,身上穿一套洗得有点泛白的蓝的卡中山装,那裤脚显得特别肥大,脚下是双磨薄了底的懒汉皮鞋。再加上他那满脸胡茬,满头斑白的头发,这在夏冰看来不禁一阵诧异:怎么老师竟会是一个邋遢小老头?

"诸位都是各医院的临床医生,是在繁忙的工作中抽空来加深自己的医学理论修养的。当我站在讲台上，望着你们有些疲劳、却在渴望获得新知识的眼睛时，我深感自己肩负使命之重大。我生怕力不从心，唯愿竭尽全力，不辱使命。谢谢诸位医生前来听我讲课。希望大家能随时提出宝贵意见，以共同提高教学质量。"

声音洪亮，语调从容。严肃，诚挚，热情。夏冰不由地抬起头来盯视着他。呵，在那副黑框眼镜后面，倒是一双闪烁着机敏、智慧之光的眼睛。

几句开场白过后，副教授就以流利遒劲的字体在黑板上写了几个大字："黄帝内经"。接着说："《内经》，是中医理论的渊薮。它为我们中华民族的繁衍生息和健康成长做出了不可估量的贡献。我们祖国历史上每一位著名的医学家都对《内经》下了很深的功夫，我们新一代的人民医生自然也不该忽略它……"

教室里静极了，四十多双眼睛都注视着讲台，只是偶尔能听见一两声轻微的咳嗽声。但夏冰由于自视古汉语的功底不差，课前又预习过，只一会儿，竟鬼使神差似的在笔记本上勾勒出了一幅人物素描：一位男教师站在讲台上，用教鞭指着黑板上写的"马王堆女尸"几个大字；他上身穿的是紧身港衫，下身是一条毛边牛仔裤，脚下蹬了一双白色的旅游鞋。真是奇想忽发。她觉得自己笔下的画中人比缪耘副教授洒脱英俊多了，却也不无滑稽。"嘻！"她赶忙捂住嘴，却早已笑出声来。

"让我检查一下你的笔记。"夏冰还毫无觉察，缪耘已走到她的身边，不由分说，拿起她的笔记本，略略一瞥，淡然一笑，然后不屑一顾地把笔记本放在讲台的一角……

下课的铃声终于响了，夏冰无言地走向老师。缪耘迎着她走过来，平静地说："我对绘画实在外行。不过你让中医教师穿上现代西方嬉皮士式的服装，那是不协调的。如果还以为这叫'中西医结合'，这叫'改革'，那就更加错了。"说着，把笔记本轻轻地放在夏冰的课桌上，便泰然自若地走出了教室。

望着老师的背影，夏冰轻轻地咬咬嘴唇，习惯地把垂在肩上的长发猛地一甩。

夏冰是一个不满足于课堂学习的学生。她常抽空去新华书店，打听和购买新出的医学著作，以及其他一些目前畅销的、诸如《现代绘画史》《第三次浪潮》《大趋势》《理想的冲突》《君主论》《风流女皇》等等书籍。

没承想，一天，当她在"医疗卫生"专栏的书架前浏览时，眼前忽然一亮——"缪耘"这个名字竟赫然跳进了她的眼帘。呵，真的，就是中华医学院这位缪耘副教授的著作，整整齐齐地排列在书架的一角：《〈内经〉注释大全》《论五行学说与现代控制论》《马王堆医学诠释》……这似乎还说不上著述丰富，但在中国，对于一个四十多岁的副教授来说，也真不容易了。夏冰凝视着这些新书，心里突然涌动着一种学习、研究它们的强烈兴趣，便把这几本书一股脑儿全都买下来了。

回到自己的单间卧室，夏冰十分利索地给自己做了一碗喷香的肉丝面。吃完这简单的晚饭，便靠坐在临窗的单人小沙发上，翻起了缪耘的著作来。这时，她倒无可置疑地是一个认真而聪明的学生了。她竟取消了晚饭后听听音乐的习惯，忘掉了时光的流逝，直到夜色包裹了一切，还在落地灯的光照下入迷地阅读着缪耘的新著。那精辟的论述，深入浅出的诠释，生动逼真的描绘，把她带到了一个古老而又新鲜的世界中去；与马王堆女尸有关的汉代社会生活，中国传统医学前辈们所创造的奇迹，活生生地展现在她的眼前。惊叹之余，她轻轻地合上了书本，站起来，稍微活动了一下略感僵硬的腰肢，并转身拉开了窗帘，推开了窗户……

夜深了，周围十分安静。一股清新的空气从窗外涌进来，使她感到凉爽而舒适。仰望深邃的夜空，暗蓝色的天幕上璀璨的群星正向她神秘地眨动眼睛。

春天匆匆过去了。在通往教室的甬道上，夏冰那洁白的乔其纱衬衫飘带在微风中轻轻地飘动着。她缓缓地踱着步子在心里默诵着《内经·素问》中的内容。突然，夏冰瞥见一双黑色塑料鞋，还有那双肥大的灰色裤脚正在甬道的另一头向教室走来。她的心不由得一下子紧缩起来：是大大方方地向缪耘老师莞尔致敬呢，还是坦率地就自己画的"人物素描"向他表示歉意？但她实际上已来不及想，就急匆匆地低头走进了教室，一边装作在书包里翻寻着什么，一边用目光瞥了一眼随后进入教室的老师。

"今天我们先作十五分钟的课堂练习：大家默写第六节《脏象论》中何谓脏腑的概念这一段，并请准确地点出句读。"

只用了几分钟，夏冰就准确无误地做好了课堂练习。得意之余，她不禁回头望了一下别的同学。只见他们有的在托腮皱眉，有的手里拿着笔还在冥思苦想。和夏冰同桌的一位五十多岁的老医生，正戴着花镜偷偷地翻阅《内经》，一会儿前，一会儿后地在书中乱找着，那样子真像是一位"可爱的外婆"。夏冰禁不住微微一笑，同时好心地悄悄提示："《素问》，第六十页。"

缪耘在两排课桌之间缓缓地踱步，并以安详的语调说："知识要注意巩固，课后一定要加强复习。"坐在前排的夏冰，精确地计算着缪老师走到她桌前所要的时间，当缪耘的右脚刚刚落在夏冰的桌前时，突然啪的一声，她的钢笔便不偏不倚地掉在他的塑料凉鞋上。她连忙站起来，目光中流露出歉意，一边做出要去捡钢笔的样子。缪耘已毫不在意地拾起了钢笔，并目不斜视地把它放在夏冰的课桌上。夏冰轻轻地说："谢谢！我的课堂练习，请检查。"说着，就把笔记本递了过去。细细的柳叶眉轻轻地扬起来，就像一个等待人家夸奖的、淘气而又机灵的孩子。但是，缪耘只微微地点了点头，就走上了讲台，以浑厚的男中音说："课堂练习就做到这里。现在开始讲新课。"

夏冰只好坐下来，默默地用嘴咬着飘到腮边的一绺黑发。期中考试的试卷发下来，夏冰得了九十九分。

夏冰微微地皱起了眉头——前前后后检查了三次，分明是一点错也没有嘛，老师为什么一定要少给一分呢？难道他还念念不忘那幅可恨的人物素描吗？！

"缪老师，我在自己的试卷里找不到一点差错，您为什么要扣我一分呢？"夏冰理直气壮地问。

"对，从整个卷面来看，你应该得一百分。不过，你自己不应忘记，第二道题的A、B、C、D四种答案的最佳选择题，你是怎么做出来的呢？"

"我选择的是D，难道不是最佳选择吗？"

"不错，是最佳选择。可惜这是你用一分钱的硬币在试卷上转动，由于它正好停在D上面，你才选择了这个答案的。这说明你不是靠严肃的思考，而是用原始的、近乎占卜的方法来对待考试……扣这一分，就是提醒你要端正学习态度，认识到考试的目的主要还在于启发学生的思考能力。"

缪耘的话音刚落，夏冰便不假思索地辩解说："老师!这不能简单地说是原始、落后的方法。因为我已经清楚地知道A、B都不是最佳答案，只是在C、D之间稍感疑惑，于是我才设想甩一分钱的硬币在C、D之间去作选择。我这样做是根据高等数学中概率的原理。"

只听见缪耘毫不含糊、平静而坚定地说："你对概率的运用太灵活了。"他不再多说，脸上也没有一丝笑容。

夏冰终于低下了头，把手里的试卷一下子塞进了衣兜里。她懊悔自己不该去查究那失掉的一分，同时也感到奇怪：这"出土文物"哪来的眼观六路、耳听八方的能耐呢？

一个雪花飘舞的早晨，上课的电铃声已响过了，但缪耘的身影还未出现。这使全班学员都感到诧异茫然。但随着一阵摩托的轰鸣声由远而近地传来，紧接着缪耘便出现在教室的门前。身边有一位单臂夹着摩托手头盔的小伙子搀扶着他——夏冰只瞥了一眼，便从小伙子的脸型立即断定了他就是缪耘老师的儿子。缪耘站在讲台前，轻轻地掸掉了落在他那件老式皮猴儿上的雪花。脸上还是那安详、稳重的神色，但太苍白了，和那双眼圈发黑的眼睛正好成了鲜明的对照。他是那样疲惫，一双颇有神采的眼睛如今布满了血丝，刚开始讲话，就爆发了一连串难以抑制的咳嗽声，使人看着都觉得难受。终于，他只好从衣兜里拿出两片药，含在嘴里，稍停，才缓慢地说："很抱歉，今天我身体不适，请允许我坐着讲课吧。"

这一节讲的是《内经·素问·四气调神大论》。缪耘强调了人与自然的统一，论述了人体内在环境的调养和心理卫生问题，还引用了道家学说，并涉及了西方心理学的流派，包括夏冰不无所知的奥地利心理学家、精神病医师弗洛伊德的精神分析学说。他不时吃力地擦着满黑板的板书，飞扬的粉笔末又引起他一阵干咳。他用手帕轻轻地擦去额头上的虚汗。沉默片刻，便又在黑板上列出了一些课外阅读的参考书。坐在前排的夏冰清楚地看见了老师的手微微地有点儿颤抖。粉笔突然断了，他扶着黑板稳定了一下自己，然后坚持写完了最后的一行字。

同学们的目光流露出对老师由衷的关切和尊敬。和夏冰同桌的那位"可爱的外婆"微张着嘴，眼睛一眨不眨地注视着老师。一位中年医生给老师送上一杯开水，缪耘连忙站起来表示谢意。

其实，那天夏冰也有些发烧，她只是由于不愿缺听缪耘老师的讲课，才对发烧置之不顾。这时，她只觉嗓子眼像冒烟一样难受。于是，她那无羁的天性竟又使她一边听课，一边在书桌底下以熟练的动作悄悄地削了一个苹果，想趁老师不注意时吃上一口。可是当她刚要吃削下来的一块苹果时，却又突然感到此情此景实在是对可敬的老师，也是对神圣的知识殿堂的亵渎。正当她这么稍一愣怔的时候，手里的苹果不期然地滚落到讲台下面去了……

缪耘苦涩地一笑："把学生教好是作老师的心愿和快慰。看来我并没有做到。同学们精力分散，说明我的教学缺乏吸引力，我对不起诸位医生。"声音沙哑，已经不是好听的男中音了，却更加透出心中那一片诚挚与火热。

同学们对夏冰投来了谴责的目光。

当天晚上，她第一次失眠了。迷茫和惆怅像潮水般淹没了她的心。窗外飘舞着雪花。她知道冬天过去，春天就会来临。大自然每时都在更新着自己。年轻、聪明、调皮的女医生夏冰难道不也每时都在想着如何充实、完善着自身，把自己造就成现代社会的新人？她参加医师进修班就是为了汲取知识的营养，而缪老师的教学、言行却给了她更多的启示。她隐隐感受到了一种人格力量的震动。

又一个春天来了。好像有一双神奇的巨手，在一夜之间.就把北京所有的植物都染上了翠绿。在学院图书馆门前那排龙柏跟前，夏冰又和缪耘副教授不期而遇。

"您好，缪老师。"她很有礼貌地向老师致意。想到讲台前的苹果，那自作聪明的"人物素描"，还有那一分之差的争执，她失去了往日的潇洒和傲气。

但缪老师好像压根儿把这些全都忘了。夏冰听到的又是那浑厚的好听的男中音："夏冰，你这一年来学习上进步不小呵！你的学术论文被学报编委会通过了，已决定发在下一期。不过，决不能骄傲。学习上有什么难处，可以找我。"夏冰绷紧的心弦一下子松弛下来，试探地说："缪老师，我现在正想把您的关于《伤害论》中治黄疸要活血的那篇文章试译成日文呢！"

"你既要坚持工作，又要学习，值得花时间给自己增加额外的负担吗？"缪耘谦虚地说。

"不，您别客气，我听说它已经引起日本医学界的强烈关注。只是……其中有些部分的确比较费解，想译得准确就更困难了。请您在百忙中抽空指导指导好吗？"

于是，在好几次晚自习的时间，在"内经"教研室雪亮的灯光下，在堆着书刊、卡片、稿纸的三屉桌两旁，相对坐着热情好学的夏冰和学识渊博、循循善诱的缪耘。夏冰那清脆、柔和、准确的日本口语不时传到了室外，间或穿插着缪耘的讲解声。一阵阵温柔的夜风从窗外飘来，送来了春天醉人的温馨。在学习的间隙中，夏冰那双黑宝石一样的丹凤眼在灯光下闪烁着——她在思索探研缪耘老师思想生活的精神世界：这里，世界有多大，又是怎样的一种色调呢？

一个风和日丽的下午，夏冰终于像一个不速之客闯进了缪耘副教授的小书斋。

夏冰实在没有想到，这仅有十二三平方米的小房间竟挨挨挤挤地放满了五个高架书柜。书柜里堆满了各种各样的书：汉语的，英语和日语的；平装的、精装的、线装的；其内容以医学为主，但也不乏政治、历史乃至文学艺术方面的作品。

夏冰一边品尝着缪耘给她沏的珠茶，一边浏览着这知识、文化的海洋，真如进入群山林海之间，一片崇敬，一片迷茫。转而又想：难道除了读书、著述，老师就没有别的爱好了吗？师母呢？她为什么没有出现？她是干什么的？又有哪些爱好？

端坐在一张旧藤椅上的缪耘，用中医的眼光来看，显然属于脏腑虚弱，元气亏损；就外形而言，脸色略显苍白了一些，而脊背也过早地显露出有点微驼了。

寒暄过后，缪耘就关心地问起夏冰的学习情况以及学员们对《黄帝内经》教学课程的反应，还告诉她：对于想做点学问的人来说，一定要注意培养一种执着钻研和勇于创造的良好素质，这素质甚至比方法和手段都重要。因为只要具备这种素质，也就一定能够寻求到更好的方法与手段。越是聪明人，越应自觉培养良好素质……

副教授眼镜背后的眼睛，一直含着真诚的微笑。恳切，深沉。

夏冰一只手轻抚着茶杯，另一只手自然地放在沙发扶手上，神情专注地听着。但过了会儿，她终于打断了老师的话："缪老师，难道除了教学，除了事业，您就不能让自己……在某种时候……也松弛一下吗？我今天本是贸然闯来，能请您好好休息一下吗？"夏冰一边说，一边从书包里拿出一张画递了过去，脸上显示出一种顽皮的神情。

画面上的主角是两只猫，一只像小老虎似的向正在仓皇逃窜的老鼠猛扑过去；另一只在灶头旁边蜷缩成一团，懒洋洋地打瞌睡。

"怎么样？我这画的可不是'不协调'，该是'对立的统一'吧？有张有弛，文武之道。这也是老师您常常说的。逮耗子固然是猫的天职，但要让它永远不停地去追捕耗子，怕是世界上最勇敢、最顽强、最伟大的猫也都做不到吧？"

"哈哈，"缪耘忍不住笑起来，"有张有弛，文武之道。谁说不是呢！你看——"缪耘把烟卷儿摁灭了扔进烟灰缸里，然后拉开写字台最底下那一格抽屉，拿了一本叫《欢欢喜喜》的薄本子杂志，又随手取出一本《拿破仑传》，颇为自得地说："我何尝没有我的松弛、我的休息，甚至是我的娱乐和享受呢！"

"缪老师，您说来说去，也还是没离开知识、学问、读书啊。难道您除了对知识的追求，就丝毫没有别的爱好了吗？喏，这是两张电影票。为了感谢您一年来对我的帮助和指导，专诚来请您和师母今晚去看费雯·丽主演的《魂断蓝桥》。我想您和师母一定肯赏光吧？"

缪耘曾经多次看过《魂断蓝桥》。当然，那已是多年以前的事了。当夏冰提到费雯·丽的时候，他脑子里仿佛闪现了一道霞光，眼前清晰地重现着影片中令人难忘的动人情景：蓝眼睛的姑娘玛拉和青年军官罗伊伴着深情忧郁的华尔兹舞曲翩翩起舞。当酒店老板宣布最后一个曲子是《一路平安》，客人们纷纷走向舞池时，酒馆的蜡烛一支一支地熄灭了……陷入往事回忆的缪耘不觉扔掉了手里的书刊，两手无力地垂在藤椅的两边，微微地低下了脑袋："看过。不止一次地看过。几乎是只要有机会，便总要和她一起去看……唉，算来已是十八年，正当她美好的年华却不幸故去了。不是'不赏光'，是……啊，请原谅，我，不能，不能再看……"

接着是沉默，沉默，令人难堪的沉默。夏冰计算着：十八年前，那是何种岁月。

缪耘却想：为什么间或总有女学生请他看电影。诚然，夏冰是请他和"师母"同看，而看的却偏偏是《魂断蓝挢》。

夏冰如坐针毡，深悔自己过于冒昧，过于孟浪，竟无端地触动了老师最痛苦的地方。但她一时什么话也说不出来：这究竟是怎么回事呢？在缪耘面前，她的聪明自恃，竟总是变成使她自愧的愚蠢，而她的友善及女生的温情，却也变成使他感到痛苦的刺激！惶遽中，那两张电影票在她手中变成了纸棍，然后又变成了一粒粒纸球，一颗颗地从指间掉落地上。她的脸色随之变得苍白——她曾经以硬币"占卜"，其结果竟预示她将与缪耘同看《魂断蓝桥》。她当然并不真信，却内心窃喜。果然如此，入场后，这两张票就将成为她永远珍藏的纪念品。那意义也许谁也不会了解，只有她心里明白。而今两张票碎了，失落了，就像血从心底流出。

也就是在这时候，她才发现桌子的上角有一张彩色照片用精美雕花的古铜色镜框镶着。照片里有一位二十八九岁的少妇。她斜依在一棵满树红叶的枫树下，身着一件乳白色的毛衣。她微笑着，笑得那样优雅，纯真，那油亮的黑发高高地束起来，把她那细长洁白的脖子衬托得更加俏丽。……不用再问，这当然就是她从未见过面的师母了。

这时，缪耘已经站了起来，重重地划燃了火柴，又点着了一支香烟，深深地吸了两口，这才缓步走到窗前，望着窗外那片春意盎然的白桦树林，深情地说："费雯·丽，费雯·丽，她生前还译过费雯·丽的传记呢！《魂断蓝桥》，这是她最喜欢看的影片之一。"

夏冰看着缪耘的背影——宽厚，微驼，像冰冷的岩石。那岩石有山岚雾气缭绕。他仍在抽烟。"岩石"在缓缓移动，又说话了，像是自语，又像回答夏冰："往事如烟，诸事鞅掌。现在，我除了教学，撰著，其他都已无暇旁骛了。"说到这里，突然转过身来，眼睛发亮地说："我现在做这一切的时候，仍仿佛是和妻子一起做的，她一直在我心中。"

这时，夏冰觉得老师仿佛不是身在一个小小的书斋里，而是漫步在无垠的绿色的原野上，用心血浇灌着人类文明、知识之花。她感受到了一种动人心魄的力量。她在这力量面前受到震慑并因而沉思了。

莫名的遗憾和怅惘在心湖中下沉，她终于又为他感到委屈：他在埋头撰著和治学中寄托着对亡妻的怀念，他在苦行僧式的生活中求得精神的超脱和平衡。诚然，苦中有"乐"。可是，对于给了社会这么多贡献的中年人，难道他不应该有更加多彩的生活吗？！社会不是应给予他更多的欢乐吗？那一颗充满活力的热烈的心不是在企盼中不停地追求着更充实、更丰富的生活呢？

"砰"的一声响终于打断了夏冰的冥想。房门突然被撞开了。一位穿着白色运动服、手拿网球拍的小伙子闯了进来。夏冰一眼认出，这就是上一回送缪耘带病去上课的小伙子。他似乎根本没有看到书房里的客人，进门就激动而兴奋地嚷道：

"爸爸，您真该为我高兴，教练说我的摩托车骑得很够意思了，可总骑别人的车也不方便，我就用妈妈留给我的钱买一辆摩托吧？就买'嘉陵'，不算贵。"小伙子一口气说完这一席话，中间简直不容人插嘴；他说话的语气也不像请求、商量，而只是通知。

缪耘的脸沉下来："妈妈生前留给你的钱应该作为纪念珍藏起来，因为它的价值不在钱本身——你应该珍惜妈妈对你的爱和期望才是。"

"我刻苦读书，考上了第一流的大学，不就是珍惜妈妈的期望吗！难道要把这笔钱放烂了，放到发霉，才算是'珍惜'？钱不就是为了花的吗？"小伙子理直气壮的样子，这倒也有点像夏冰对缪耘扣她一分时的不服气的神态了。

"你怎么也犯了当代年轻人的时髦病，骑着凤凰自行车还非要买什么摩托！我像你这个年纪时，连自行车也没有，到图书馆都是徒步走去的。"缪耘的口气好像没有商量的余地。

可儿子还是那么执拗。他涨红了脸说："为什么老要和过去比，就不能向前看！难道革命的目的就仅仅是为了不再吃糠咽菜吗！如果中国革命胜利三十几年之后，还只是满足于不啃窝窝头咸菜，那就太令人失望了！"

"放肆！你扯到哪儿去了？你懂得多少革命道理？！……"缪耘气得说不下去了，又点燃了一支烟，坐在那张旧藤椅上，停了一会儿，好像费了很大的劲才压住了自己的愤怒，缓缓地说："你一定要买就买吧……现代化在你们这一代的心目中不就是时新的装备和享受吗！"

"爸爸，请您别误会。事业当然是我的精神支柱，我在学习上不是已获得奖学金了吗？不过，我在准备为社会做贡献的同时，也愿意更多地得到生命的乐趣。何况，我们学文学的也不能光啃书本。我愿驾着摩托奔驰在田野和村庄，去接触广阔、神秘的大自然，了解复杂纷纭的人生。爸爸，当我驾着摩托奔驰在广阔的原野上时，就觉得好像有一条绚丽的青春的金色飘带在伴着我飞舞。那欢悦，您恐怕是无法体会的。爸爸，到了您这个年龄，生活的节奏缓慢了，我再想骑摩托怕也就骑不成了呢。"

夏冰默想：一个文学青年！他大概爱写诗。

缪耘一时无言，只是厌烦地向儿子挥了挥手。这时，小伙子好像才突然瞥见了坐在角落里的夏冰似的。他歉意地向夏冰点点头，转身退出了书房。

房间里突然显得异样的安静。缪耘望着爱妻的遗像，盯着她身后那一片火红的枫树林，喃喃地说："不像话，真不像话！他妈妈知道他这样看待生活，真不知会多难受！一心想着享受，还打着冠冕堂皇的旗号。这样的年轻人怎能让人放心？！"

一直说不出话或未能说话的夏冰，现在要说话了。

"老师，请您不必过虑。其实，您的孩子也好，我这样比他稍长几岁的人也好，在追求生活欢乐的同时，并不会忘记自己的责任的。为了国家、民族、社会的利益，必要时，我们也会毫不吝啬地贡献出自己的一切；但我决不认为，因此必须否定个人生活享受——只要不损害别人的利益！"此刻，缪耘突然感到夏冰的面容好像比平时显得更加苍白一些，不禁关切地说："有话慢慢说，何必这样激动呢，你不是哪里不舒服吧？"

"没什么，我习惯了这样说话。而且，前几天我倒确实去医院献血，还由此产生了一些颇有意思的感想呢！"夏冰说着，很快恢复了自持。

"你，去献血？！"

"是的，我去了。不过也不敢吹牛说自己多么自觉，只是检查合格，不愿临阵脱逃罢了。"

"好，好，有实际行动比什么空话都好。"

"我坐在椅子上等待献血，一边不客气地尽着肚量吃煮鸡蛋，喝麦乳精。那地方也真怪：一边是收集献血的血库，一边是手术室，需要不断地给那里输送血液；而楼上却是妇产科。我眼看着一位年轻的妈妈在丈夫的陪伴下喜滋滋地抱着他们的孩子走下来，脑子里却禁不住想：也许太平间里又增加了新的死者了吧。在这里，生命的更替，似乎不是表现为过程，而压缩成了一幅瞬间显现的画面。在这中间，等别人输血乃至离开人间都是不得已的，但我能够为挽救别人的生命而提供自己的血液，做一个生命力旺盛的人，确实感到又自豪又幸福。而对社会，对生活能做出最大限度贡献的人，我想也应该有权利最充分地享受人生——缪耘老师，难道我，献血者，不应多吃鸡蛋、多喝麦乳精？"夏冰质问着，眼神中分明透露出狡黠与调皮。

"你的感想，颇富哲理，颇富哲理。一代有一代的对于美的认识，一代有一代的理想和追求。也许，我们都不应互相强求吧！"缪耘不无感动地说。

"是的，我们也有崇高的向往，献身的渴望；从历史发展看，我们相信，一代总应该比一代强呵！"夏冰脸上露出颇为自得的神情。她突然想起普希金的诗《致察尔达耶夫》，一时激动，便略加修改，继续说道，"缪老师，请您相信吧：迷人的幸福的星辰就要上升，射出光芒，中华民族要从睡梦中苏醒，在'文化革命'的废墟上，将要写上我们的姓名的字样！"

她突然停住，歉然一笑，道声"打扰"，起身告辞了。

……

夏冰徜徉在校园的白桦林里。明媚的阳光照耀着一切有生命的精灵。小草在春风的吹拂下欢快地舞动着，空气中飘荡着馥郁的花香。远处，传来了手风琴悦耳的声音——那是《春之歌》的优美动听的旋律。这时，突然响起了摩托的轰鸣，大概是缪耘那位血气方刚的儿子，正驾驶着他的轻骑奔向广阔的原野吧。

缪耘伫立在窗前。淡蓝色的窗帘在和煦的春风中轻轻地舒卷着。望着阳光照耀下的白桦林,蓝天下飞翔的鸽群,他,微笑了。突然,他发现夏冰那火红的头巾愈飘愈近。她将再次造访自己的老师?今天她又将和他讨论什么问题呢?但待夏冰走近时,却只见她摘下了那远远就使人注目的、火红而轻柔的头巾,向着伫立窗口的老师挥舞,挥舞;她唱着歌从他门前走过,远去了。那歌声是:

快来吧,亲爱的五月,
让树林穿上绿衣,
让我们在小河旁,
看紫罗兰开放。
我们是多么愿意重见那紫罗兰,
白色、黄色、红色的紫罗兰呀,
你开满山冈……

缪耘若有所思,生命应该是绚丽的花环,它应该有白色的纯洁,蓝色的宁静,红色的热烈,黑色的沉着,绿色的生机。让人们把自己的生命的花环编织得更加绚丽多彩吧。应该不拘一格。

原载于《人民文学》(1985.4)

大树，还是小草？

有时，生活中一件偶然的事能改变一个人的生活。真的，我的经历就是这样告诉我的。

我与丈夫分居已经快两年了。在经历了这件偶然事情后，我真想奔跑着去闯开那曾经十分熟悉但至今已经有点生疏了的门扉，在他那坚实温暖的怀抱里，尽情地倾诉我的心声，我的悔悟，渴望他那灼热的嘴唇吮干我的泪水。我要轻轻地对他说："亲爱的，我回来了，我要做一个好医生，也要做你的好妻子，我愿是一棵大树，但也甘心做一棵小草啊！"

这件偶然的事情是一位小朋友的来信引起的。

有一天我在精神科诊室里收到一封陌生人寄来的信。当我仔细地辨认着信封上那些工整而又稚嫩的笔迹，特别是看到信封下面写着"实验四中邹宁宁寄"这些字样时，一个十三岁小姑娘的形象便呈现在眼前。我特别难忘的，是她那双稚气忧郁的眼睛，那双眼睛会让人联想起雾气笼罩的湖水。

一年前，邹宁宁在她爸爸妈妈的陪伴下前来就诊。每当我向宁宁提出一些问题时，她只是点头或摇头，用有些呆滞忧郁的眼睛望着我，却始终一言不发。

据她妈妈说，学校反映宁宁过去很活泼，现在却变得孤僻，对班里活动没有热情，上课不专心，课堂提问经常是一言不发，学习成绩由班里的前三名下降到倒数第三四名；吃饭、穿衣、上学都需要家长督促。她爸爸补充说，晚上有时看见宁宁一个人站在漆黑的楼道阳台上，对着天空自言自语，一边用双手掩着耳朵⋯⋯

我以一个精神科医生的直觉知道，这是精神疾病的早期信号，初步诊断为轻度的精神抑郁症。从这以后，她每星期就诊一次，在我严密的观察下服用了一段时间的"多虑平""阿米替林"。四个月后她基本痊愈了。半年后即能正常读书上学了。于是，她就像无数康复的患者一样，渐渐消失在我记忆的海洋里。

难道她的病状有什么反复吗？我焦急地折开了信封。

苏大夫：

您好！我真想见到您。晚上我老梦见您把《冰心散文集》送给我。我对您说："我喜欢她的《寄小读者》。"您好像对我说了些什么。可我醒了，睡不着了。心里有些空，特别是听到妈妈和弟弟轻轻的打呼声，我就更觉得空。我期中考试英语和代数得了六十几分。老师说我学习退步了，可是我静不下心来。你不会说我吧，我该怎么使自己专下心来呢。

看着，看着，我的心紧缩起来。作为一个医生，我突然感到一种深深的自责：为什么自认为治愈了一个患者就算了事，竟然忽略了对患者的随访，以致忘掉了一个精神科医生应该重视的心理疗法呢？难道这封信不就是患者对医生的呼唤吗？这稚嫩的呼唤使我难以平静。

第二天是个风沙扑面的星期天。一大早我就急匆匆地赶着去探视邹宁宁。风沙迷住了我的眼睛，但脚步却更快了。我终于在学院路找到生物化学研究所的家属宿舍。这是一座被风雨剥蚀过的破旧的灰楼，在一楼的门口，楼梯口前的自行车挤得只能让一个人侧身而过。在这座昏暗的筒子楼的楼道里堆满了大白菜；煤气炉和蜂窝煤弥漫着一股令人发呛的油烟味。当我好不容易穿过那乱七八糟的杂物，登上了二楼的楼梯，一阵争吵声突然使我惊呆了。

"你管我吗？你自己呢？"这不是邹宁宁的声音吗？我屏住了呼吸，快走几步上去一看，果然是宁宁。她拿着墩布。从她脚下潮湿的地面，我猜想她大概是站在水房门口。由于争吵她没有觉察到我的到来。

这时，又传来嗓子沙哑的声音："你又不是千金小姐，我侍候不着你。我们每个人都有自己的事情！"我循声望去，只见一中年妇女，手里正提着一块蜂窝煤站在房门前。我当然还认得出她就是宁宁的妈妈，一个在某研究所工作的四十多岁的知识分子。

楼道里人来人往，进进出出，大家都若无其事地忙碌着，似乎对这种争吵已习以为常了。这真使我感到莫名的惊诧：一个知识分子与自己的孩子在大庭广众之下这样吵闹不是有失体统吗？

在我进退两难时，宁宁突然把墩布一扔，惊喜地叫了一声"苏大夫"向我跑来。在我面前，她真像是受了不少委屈的孩子见到亲人那样抑制不住地哭了起来，胸前的红领巾也沾上了泪水。我还没有来得及说什么，邹宁宁的妈妈颇有些尴尬地说："啊呀，是苏大夫来了，快请进屋吧。"由于动作的慌乱，她手里的蜂窝煤啪的一声摔在地下，房门前立时布满了黑色的煤屑。她急忙用扫帚清扫地面，然后双手在油渍斑斑的围裙上用力地擦着、抹着，一看就是一位不称职的家庭主妇。接着她用膝盖把房门顶开，忙说："真对不起，实在……"

在她热情的招呼下我走进了这间十八平方米的房间，可我简直没有下脚的地方。一张五十年代的木制双人床触目地占据了房间的小一半；房间的右角放着一个上下铺。房间的中心放着折叠桌，桌上放着没有收拾的碗筷和一盘吃剩的豆腐干炒白菜，以及雪里蕻炒红辣椒。房门的左角立着一个高层书柜。我略为一瞥，看见的是《微生物学》《生物化学原理》《遗传学》《科技英语词典》《材料力学》《工程力学》《钢结构》等等。不用问,这是宁宁爸爸妈妈的专业书了。柜子上的十二寸黑白电视机也许是这房间唯一的奢侈品。床铺下面,拖鞋、球鞋……东一只西一只地乱放着。一根从窗户扯到房门的铁丝上挂着毛巾、衬衣、裤衩……不夸张地说,这房间给人一种战时生活的印象。我真无法想象四口人在这样的环境下怎样读书学习。我的心被什么东西堵住了。

我终于被安置在一张折叠椅上落座了。也许她已经意识到了我扫视的目光,不待我开口,她就自嘲似的说:"我们家太乱了。没法招待客人,更不能招待医生。吃喝拉撒都在一间屋子里。"

我笑着说:"医生的房间也不比你们好多少,过日子都不容易。"然后我才缓了口气问道,"宁宁的病完全好了吧?"

"唉,病是好了,但养病的同时也等于养了懒。她不爱干活。我一天到晚在实验室里做试验,她爸爸搞工程又常出差,这样的条件只能是大家都动手,但只要让宁宁做些家务活,她就发脾气……"看样子她要着着实实地数落宁宁一番呢!也许她已经忘记了我是作为大夫来的,我关心的只是患者的健康,也许她有意为刚才的争吵作些解释。她那淡黄色的像抽干了水的黄香蕉苹果似的脸,下眼睑那两块肉坠,脸上松弛的肌肉,都表明了她的辛苦、紧张而又不善于调养。她说话时不停地用手指推着眼镜框,手背上已经有了老年斑,眉头从未舒展过,给人一种烦躁不安的感觉。

我以一个医生的直觉,感到她缺乏女性的色彩和味道。女人应该是家庭的干水剂,平衡剂,镇静剂。丈夫与孩子应在她那里使紧张的神经松弛,得到安慰、愉快与力量。她温柔的微笑应该使远行归来的丈夫知道他已经回到了他的家。她让人嗅到的,应是充盈着绿树园林的清香。女人不但是艺术的创造者,她本身就该是有动人魅力的艺术品:有如水的柔情,如烟的轻袅,如诗的音乐。莫非是紧张而强大的节奏,还是别的什么破坏了女性的旋律?

我正在沉思时,只听见"砰"的一声房门被撞开了。门背后水盆里的水飞溅在地上的胡萝卜上,只见宁宁怒气冲冲,泪落满面地大声喊着:"你大人不应该撒谎。是我不爱干活吗？幸子妈妈比你好！"

"放肆，你再叫喊我就揍你了！"也许母亲觉得女儿在生人面前伤了自己的尊严，她气得直哆嗦，再也说不出话来了。我安慰宁宁妈妈，说明我能够理解，医生不应该算是外人。我这边劝她，宁宁却气呼呼地转身背起书包就风一样地跑了。我急忙去追赶她。

在宿舍大院的操场上，我看见她瘦瘦的背影，低着头向前走。"宁宁，你等我一下好吗？"我快步赶上前去，轻轻地扶着她的肩膀。她那湖水一样的眼睛，显示出一种与年龄不相称的悲哀。她紧紧地靠着我，低着头，一边用脚踢着石头子，同时用透明的纱巾把整个脸都包裹起来，好像怕我在她的脸上看到什么似的，一句话也不说。

"宁宁，下星期天我们一起去香山爬鬼见愁摘红叶好吗？"她没有回答。"我一直希望有一个像你这样的小朋友和我一起去，可是我找不到啊。"我故意把声音放低，显出有些失望的样子。

"我和你去。"过了一会儿，她终于说话了，"小时候爸爸妈妈带我去过香山，现在都记不起香山的样子了。山上的红叶一定都红了吧？"孩子的心开始活动了，她一下子把蒙在脸上的纱巾抓了下来，那眼睛也好像是雨后阳光下的湖水，清澈明快了。

"老师给我们讲唐诗，'霜叶红于二月花'，我真想亲眼看看，可是……"湖水似的眼睛又变得朦胧了。

这时，我一边紧紧地搂着她瘦削的肩膀，边轻轻地唱起电影《音乐之声》的插曲《咪咪曲》："斗瑞咪……"她和我一起唱起来，头还随着音乐旋律轻轻起摇动着。我们又唱《英俊少年》的主题歌时，她的声音放开了，充满了活力和热情。她用手轻轻地甩着纱巾，好像是在打拍子。纱巾在风中欢乐地舞动着，我的心也快活起来。我们走了多久就唱了多久。后来，宁宁要求我为她唱一支歌，我就柔声地对她唱："祝福你，小宝贝，你的妈妈在为你歌唱。春天里万紫千红多美好！夜莺在歌唱。安睡吧，小宝贝……"

她真是个孩子。一会儿的工夫那不愉快的情绪已经消失得无影无踪。直到她意识到我要回去了，突然说："怎么今天时间过得这样快，一会儿你就要离开我了，而我又要回到那个家……"当她说到这个"家"字的时候，语气竟显得那样沉重。这时，我的心一下子被牵住了，一时不知说什么好。直到看见宁宁低着头在书包里摸什么东西，便问道："是不是课本没有带来？"她歪了一下脑袋，郑重其事地告诉我："不是找课本，是怕我的好朋友丢在家里了。"

　　"什么好朋友？"

　　"日记，我唯一能说心里话的好朋友。"

　　"原来是日记，我能和你的好朋友认识一下吗？"我大胆地提出这个要求。她犹豫了一会儿，才慢慢从帆布书包里拿出一本红色塑料皮的日记本，像命令似的对我说："现在不许翻，回去再看，好吗？"

　　"当然服从命令。谢谢你，从现在起我们三个人就是好朋友了。"她笑了，笑得真让人怜爱。

　　"太棒了，我回家以后把日历一下子就撕到下个星期天，然后用红笔写上'去香山'。"宁宁说。我们约好了去香山的办法，这才乘上了汽车渐渐远去了。宁宁一动也不动地站在汽车站牌下，当汽车快拐弯时，她突然飞跑起来，向我频频招手，像在拼命追逐什么怕要失掉的东西似的。我的眼睛禁不住潮湿了。

　　回到家里，我洗了手就拿出了宁宁的日记本读了起来。

1984年3月3日

　　明天我十三岁生日。别人说十三岁对女孩子有特殊意义，我不知道怎样度过，反正我想高兴点儿。杨帆过生日时，他爸爸送一本集邮册，他妈妈送一盒巧克力夹心糖和一支钢笔。我爸爸出差了，妈妈会送我什么呢？

1984年3月4日

　　今天我生日。早晨，我对着镜子，比去年长高了许多。我盼着快快长成大人。我穿上自己洗干净的灯芯绒裤子和红呢绒衬衫。两双袜子都破了一个洞，自己把它补起来。今天有体育课，我换上了白球鞋。白鞋已快变成黄鞋了，我刷上一层厚厚的白粉。我的几个好朋友送我生日礼品：一个小瓷猫、一个红色发卡，还有一本《安徒生童话选》。弟弟对我说："姐姐，这支圆珠笔是我在新年晚会得的奖品，送你作为生日礼物吧。我用它写过一篇作文，你别怪我好吗？"我满怀希望地等待妈妈的祝福，妈妈却板起脸说："我们家从此大人小孩一律不过生日。费这个神还不如背几个英语单词，做几道题。"说完把门关上，手里拿着一本书走了。我的喉咙好像突然被堵住了，眼睛发热。在弟弟面前，我努力不让泪水流下来，但泪珠还是一滴一滴地落下来了。

"姐姐，你哭了。"弟弟趴在桌子上说，"别哭了，好姐姐。妈妈忙。我明年把零钱都攒起来给你买一件好礼物……"我听不下去了，一扭头就趴在床上。晚上快十点了，我才想起作业还没有完成，我呆呆地坐在桌前，一个单词也记不住，一道题也做不出来。以后我再也不过生日了。

1984年4月25日

今天我有些害怕。告诉妈妈时，她惊讶地说："这么小，就来月经了！"妈妈呀……

后天考数学、英语。我心里一点底也没有。等我洗完衣服，擦干洗衣机，人也困得东倒西歪了。英语数学一点也没复习。

1984年5月26日

上学迟到了，老师当时没批评我，让我马上回座位听课。下课后，老师问，我老实告诉她说："爸爸妈妈出差了。早晨蜂窝煤灭了……"中午老师帮我把煤火生着了，还做好了饭菜。

1984年5月27日

早晨，来了三个同学帮我生炉子，可今天我的炉子却没有灭。杨帆给我和弟弟带来了一饭盒饺子。我吃了几个，真香！有海鲜馅的，也有西红柿鸡蛋馅的。

我喜欢我的老师和同学。

1984年7月7日

看电视剧《血疑》。幸子虽然有病，但还是很幸福的，因为她周围有爸爸、妈妈、外公、巴黎姑姑，还有光夫……那么多人关心她，爱护她。

合上这本红皮封面的日记本，我的心难以平静。我终于清楚了宁宁过去患病的根源是缺乏母爱。我为自己过去简单的对症治疗感到惭愧。如果不设法弥补宁宁对于爱的渴望，即使给她服用再好的药物也是徒劳，我决心为她做我所能做的一切。

我又一次走向那破旧的灰楼，刚刚走到宁宁家半掩半开的门前，便听到从房间里传来圣桑的《天鹅》那柔美、舒展的旋律。呵！音乐！我曾不止一次向院长建议并写了书面报告，请求设立音乐辅助治疗门诊。我深信，音乐那潺潺流水般的旋律通过感觉器官传入人的神经系统，一定能使紧张疲劳的大脑神经细胞在兴奋中得到松弛。随着现代生活节奏的加速，音乐的治疗作用更显得重要了。"可以进来吗？"连说了三声，房间里却始终没有人出来。"该不会没有人吧？"我这样想着，轻轻地推开了房门。这才看见宁宁的爸爸正深深地弓着腰，在穿针引线地缝被子，眼镜几乎快贴到被子上了。

"您好？"他猛然抬起头，看了好一会儿才认出我，忙放下手中的针线，彬彬有礼地请我坐下。这时，录音机里又传来了贝多芬的《月光奏鸣曲》。

"您在欣赏音乐？"

"说不上欣赏。只是近来老出差，开会，加班，太紧张了，想放松放松。"他一边说一边递给我一杯茶水。

我说："音乐对神经的确有很好的调剂作用。"他没有什么反应，好像没听清我的话，随即站起来把录音机的音量调小了。我问道："宁宁的妈妈不在家吗？"他点起一支烟，淡淡地说："她又去做实验了。经常是早出晚归。"透过袅袅的轻烟，我还是看清了交织在他面颊上的皱纹和斑白而又稀疏的头发。我把红色塑料皮的日记本递给他,对他说:"请您和宁宁妈妈看着宁宁的日记吧。如果她心情过于抑郁,缺乏关怀,旧病就很可能复发。"我表示等他们看完日记再与宁宁妈妈联系,便告辞了。临行前特别叮嘱他:"这件事不能告诉宁宁。"

一个星期以后,宁宁妈妈与我约定星期六下午五点在她的实验室谈谈。我准时到达后,因为实验发生了故障,实验还在继续。

我只好坐在静静的实验室里望着白色实验台上的锥形瓶、滴定管,表面皿及各种试管都井然有序地排列着。她穿着白大褂,头发随便地束起站在实验台前小心翼翼地调动着微量滴定管。她十分专注地注视着滴定管的刻度,眼睛一眨也不眨。她这样精细、熟练地操作,显得十分从容、镇静。在灯光下,她的脸显得有些苍白,但神情却有一种知识女性特有的智慧与沉着。我回想起她那杂乱无章的家,手中的蜂窝煤,与宁宁的争吵,与此时的细致,干练灵活,好像是两个截然不同的人。

我们对坐在实验台前,沉默了片刻,她从抽屉里拿出宁宁那本日记,语气有些沉重:"日记我仔细地看完了。我好像第一次了解她,认识她,也第一次认识自己。虽然我每天都看着她吃饭、睡觉、穿衣,觉得离得很近,但实际上已经陌生了。宁宁有了自己的思想,要求。而我还把她看成一个小动物。如平时极少和她谈心,思想感情上交流太少了。宁宁很喜欢您,相信您,那是因为您懂得她,爱护她……世界上没有妈妈不疼孩子的,但近几年来我已经麻木了,连自己都顾不上……"

我望着她枯焦的头发,白发已占据了三分之一。这时我又突然注意到冰箱上塑料袋里的面包和一小袋榨菜,便问道:"那就是您的晚饭?"

她点点头说:"实验要等待反应,然后才能做各种分析、比较、提炼,这样时间就拉长了。"语气是平静的,没有丝毫的尤怨。她继续说:"我很热爱这项工作。虽然我在生物界发表了几篇论文,但我不是本科生,比起他们来,我必须用五倍、十倍的努力去奋斗。我觉得自己好像在爬山,爬呀爬呀真是精疲力竭了，有时真想长眠在这雪山上。人的精力是一个常量，分给家庭、丈夫、孩子后就所剩无几了……在事业上我几十年来一直奔跑着，虽然我没有分到单元楼，没有多拿奖金，但我还是向前奔着。对家庭我是个不称职的妻子与母亲，又无端给您增添了麻烦……"她深深地低下了头，显示出一种真诚的苦恼与惆怅。

"不！谈不上什么麻烦。是你们给了我新的启发。人们都不是生活在自己的城堡里，有无数条小径在沟通交叉着这些城堡，使它们呼吸着新鲜的空气。"

她望着我。我继续说："三年前，我从医学院毕业后，不久就与我大学时的一个物理系的男同学结了婚。"

"他毕后留校当助教。婚前我们有着那么多美好的梦。我们一起登山看日出。太阳升起来了，它向宇宙喷吐着火、热和爱。"

"但实际生活并不完全是诗。两年后我就执拗地与他分居了。那时我已经怀孕两个月，却毅然做了人工流产。"

宁宁妈妈突然眼眶里含着泪水紧紧握着我的手说："苏大夫，做一个女人是很不幸的，很难的，要比男人付出双倍的努力。但我们还是向前走吧。今后宁宁会有一个爱她的妈妈和她一起生活，而您书写的宁宁病历的第一页也就是最后的一页……"

我们城堡的小路已经通了，我沿着这城堡的小径向前走着。宁宁妈妈的觉悟深深地感染着我。我想，难道事业、妻子、母亲真是这样矛盾吗？为什么我们不可以谱一曲新的和谐的乐章呢？

我的醒悟和春天一起到来。是的，一切生命都在春天里萌动着，开始了最初的歌唱。我像一个重新悟得生活真谛的人，重新奔向我离别两年的小屋。小屋前，我手植的杨树已经亭亭如盖了吧？那杨树下的小草地如今已长成绿茵茵的一片了吧？大树、小草，都是大地所哺育的生命。我爱我的大树，也爱我的小草。我身心眷恋着小屋，你好呵！现在我终于走近你了，终于清楚地看见你了。噢,果然是杨树如盖,绿草如茵,绿草丛中娇嫩的迎春花在悄悄地微笑,火红的杜鹃在迎风怒放,那碧绿的蔓藤已经爬满了小屋的屋顶周围,这小屋宛如一座翠绿的童话的世界……

原载于《萌芽》(1985.2)

叔叔，你为什么搬家

暑假我是在姨妈家度过的，离开学的日子不远了，爸爸来电话让我回家。我当然也想回去，其实我已经不太喜欢爸爸了，妈妈去世不久，他又娶了一个女人。我想念的是我们小院的那个高个子叔叔。

假期里，我为叔叔画了一幅画，名为《球场上的叔叔》，我想他一定会喜欢的。上学期，我的作文分数是"优"，还有两篇作文被学校选作范文广播呢！叔叔答应新学期送我一件礼物，在回家的路上，我一直在想：是什么礼物呢？是书，还是我喜欢吃的酥糖？

小院的门开着，静悄悄的，简直有点静得可怕。我的小黑猫正卧在叔叔的门前打盹，几只麻雀在地上"啾啾"叫着。我一回家就急忙跑到叔叔的小屋前，轻轻地敲了几下门，叔叔没有出来，又重重地敲了几下，叔叔还是没有出来，用力一推，门自己开了，我惊叫一声，啊，屋子是空的，只见四堵高墙，地上一片纸屑，那往日的桌子，椅子，那墙上挂着的小提琴，都不在了！我仿佛是一个干渴的人，跑到一片沙漠上，看不见一点绿洲，找不到一泓清泉……

我哭着把小黑猫一把抱起来，跳着脚问它："告诉我，小黑，叔叔去哪了？！"小黑猫只是用舌头舔了舔我的手，一声也不叫。这时，我家的安徽小阿姨突然出来了，慢吞吞地说，"昨天他搬走了，他请我把这个纸包交给你。"我急切地把纸包打开，手好像有些颤动，我看到的是一个崭新的笔记本和我的作文簿，还有一封信。

小林：

　　因为工作和生活的需要，我要搬到一个很远的地方去了，没有来得及告诉你，请你原谅我。

　　仔细阅读了你的作文，并提了点意见，望认真修改一下，会有提高的。

　　小林，你的文学素质很好，只要坚持多观察，多思考，多读，多写，我相信你一定会有更大的进步。这个本子留给你读书笔记用吧，也许对你会有帮助。

　　盼着你成长！

俞叔叔

　　我读着这封信，又翻开了作文簿，当我看到叔叔批改的密密麻麻的红字时，盈盈泪水一滴一滴落在了作文簿上。我的内心呼喊着："难道这就是我所盼望的礼物吗？笔记本、酥糖我什么都不要，叔叔，我只要你回来！"

　　小黑猫在我脚下转来转去，时而喵喵地叫几声，我抱起了小黑猫无力地坐在小屋的一片纸屑上……

　　在这小屋里生长着一棵我短小的生命之树？可现在却仿佛一片一片的绿叶都飘落到地上了。在这片童年的草地上，我要一片一片地拾起它，用最美的歌来歌唱它，用眼泪看着它，用微笑回忆它，用我稚嫩的手把它编织成一条绿色的飘带，让它永远伴随着我的一生。

　　春、夏、秋、冬我都来过这间小屋，不！这是一座金色的小宫殿，是我童年的一片翠绿的天国。叔叔总是坐在窗下的三屉桌前读书工作到深夜，窗前是一树紫丁香，还有一棵挺拔的白杨树。通常我总是坐在桌子旁边的一个木凳上。有一天我对叔叔说："昨天夜里我又梦见妈妈回来了，我问妈妈，这些日子您去哪了，妈妈告诉我她去了一个美丽的地方。我正要妈妈带我也去的时候，我就醒了……叔叔，为什么死去的人不能回来呢？"

叔叔听完，脸上顿时失去了笑容，大口大口地吸着烟。他好像陷入了痛苦的沉思，沉默了好久才。说："我也是小时候，妈妈就去世了，爸爸又常出差，每逢过年过节，我看到别的孩子都高高兴兴地和爸爸妈妈在一起，我心里也不好受。但我很开朗，那时我一定跑到球场上踢上半天球，踢出一身大汗，才痛快。人总是要独立的，能够早些在精神上独立，我想也是一种财富。"这时，叔叔用力把烟蒂拧在烟灰缸里，随即站了起来把窗子打开，我透过碧绿挺拔的白杨树，看到了那么广阔和蔚蓝的天，我的心突然豁亮了。

那天，我从小屋走后，觉得自己长大了。

这小屋的另一角曾立过一个书柜，我常常站在这个书柜前，踮起脚尖，透过玻璃窥视着五光十色的世界，我一边用手在玻璃上抹来抹去，一边轻轻地数着：一本，二本，三本，四本，五本……有一次，我推开门一看叔叔不在，就从书柜里抽出一本《安徒生童话选》，读起了《卖火柴的小女孩》。心里想：多可怜的小女孩呀！圣诞节的夜晚冻死在街头了。这时，突然门开了，叔叔拿着网球拍一步就迈进屋来了。我不好意思地急忙把书塞进书柜，不承想叔叔却和蔼地说："儿童就是童话的时代，当然喜欢读童话故事了。给我讲一讲你刚才读到了什么？"

叔叔并没有批评我随便动别人的东西，我也就松了一口气，脱口撒了个谎说："我是看见书上有许多灰尘，拿出来打扫的。"叔叔笑着说："哎呀！今天安徒生伯伯真是有幸啊！林子姑娘帮助他洗了个澡。"过了一会儿，叔叔擦了擦手，又从书柜里拿出了一本《唐诗三百首》，他严肃地说：

"你每天背一首古诗，十年之后，你就是一个富翁了。"

"十年之后，我能超过叔叔吗？"

"当然能够。"

这时我的心里突然流出了一首诗,便高声朗诵起来:

等我长大了一定又神气又伟大,
在一间小屋里叔叔传授了诗法,
从此诗歌像流淌的小溪,
不断地涌出心窝,
它奔向江河,湖泊,飞向各个国家。

叔叔听了,突然大笑起来,竟拿起球拍,轻轻地拍了一下我的头,然后笑着说:"我十五岁时,觉得自己是天才,二十岁时自我感觉也还不错,但到了二十五岁的现在,觉得自己很平常了。"他抬了抬浓黑的眉毛,好像在警告我什么,可是我却说:"现在我十五岁,正是伟大天才的年岁,再过十年以后怎样,我现在才不想呢!"我是不情愿接受叔叔的警告的。

第二天清晨,我就在小院的白杨树下朗诵起唐诗来。那飘动的紫丁香的芳香和萧萧的树也变成了抒情的诗歌。

在另一壁墙上曾挂着一把小提琴,这琴曾在这小屋里演奏过美妙的曲子。记得有一天黄昏,在胡同口我看见了叔叔,他穿了一身浅灰色的西装,比平时显得整洁漂亮多了。我连忙跑过去问他:"叔叔,你去哪?""我去后海转一转想谱一个曲子。"我背着书包,揪着叔叔的衣角说:"请带我一起去好不好?"他沉默了一会说:"不行,大人去的地方,小孩子怎么可以也去?"

"叔叔,我不怕黑,也不让你给我买冰砖和雪人。"我又请求说。

叔叔竟不容分说地迈着大步匆匆地向前走了。从那以后,我知道大人与小孩是不平等的,我盼着自己快快长大,好和叔叔一起去大人能去的地方。

过了几天,从小屋里传来了小提琴的声音,我急忙抱着我的小提琴跑进了小屋。叔叔正背向着我拉着小提琴,我看了看琴谱也拉了起来,叔叔瞥了我一眼就又专注地拉起了琴。这声音好像是从一根琴弦上发出的。我是第一次那样愉快、自如地拉着我心爱的妈妈留下的提琴。琴声一止，叔叔好像有些惊讶地说："小林，你的琴拉得真好，是谁教的？"

"是妈妈教我的。"我低下了头。叔叔也沉默了。

我永远不会忘记和叔叔合琴的那段愉快的时光。

小屋的光线渐渐地暗下去了，小黑猫已在我怀里又打起呼噜来。在昏暗中我把小屋的灯打开了，多么亲切、熟悉的灯光呵！每天晚上，我从外面回来，第一眼要寻找的就是这灯光。如果它亮着，我就觉得心里充满光明，那我一定轻轻地敲一下叔叔的门。如果他太忙，我就说一声"叔叔，晚安"便走了，如果他不太忙，我就对他讲述一天的种种感受……

在昏暗的灯光下，我想起了有一天下午，一个留着一条大辫子的姑娘和叔叔有说有笑地走进了这个小院。当时，我正在院子里背外语，叔叔竟然没有顾得上理我，只听见那个大辫子阿姨咋咋呼呼地说着什么。过了一会儿，叔叔从小屋里走出来，看见我就说："小林，你家有开水吗？"我马上冷冷地回答："我家又不是锅炉房。"便扭头跑回自己的房间。

月亮升起的时候，叔叔才陪着大辫子走出小屋。他们走后，我一直站在叔叔的门前等候着他回来。我望着深邃的夜空，数着天上的星星，月亮从一朵云里穿梭过去了，叔叔没有回来；月亮又从一朵云里穿梭过去了，叔叔还是没有回来。不知过了多久，叔叔终于回来了，在月光下叔叔看见了我，我只听见一声"小林，你还没睡"，便像山羊一样跑了。因为要是我不跑，那叔叔一定会看见我流泪的，十五岁的孩子不是伟大的人吗？伟大的人是不应该流泪的。

从那以后，大辫子总是挽着叔叔的臂膀，在小院里出出进进，她对我从来是眼皮都不抬。有一次她从我身边走过，故意把那条大辫子甩得老高老高，好像要告诉我她是世界上最幸福的人……

这条大辫子，让我想起我家厨房里挂着的那辫子蒜和捆行李的草绳，有时我想大辫子再这样神气活现，我就偷偷用剪刀把她的辫子剪掉，最好把她变成一个三毛。

从此以后，我去小屋的时间愈来愈少，而大辫子却来得愈来愈多了。

有一天，我又推开了叔叔小屋的房门，看见叔叔病倒在床上，脸上有些苍白，眼睛也不像往日那样有神了。当我知道叔叔还没吃饭，就连忙跑回家给叔叔送来了开水、稀饭和鸡蛋。

"叔叔，您怎么病了？"

"昨天送朋友出去淋着雨了。"

"是送那条大辫子吧？"我急忙问，叔叔笑着点了点头。

"我看见你出去时，带着雨衣呀！"

"我给她穿上了，我淋雨跑回来的。"

这时，叔叔的眼睛突然一亮，望着门外，一下子坐了起来。我一回头，原来是那条大辫子无声地闪进来了。我走上前几步，冲着大辫子劈头盖脸地说："叔叔为了送你，都被雨淋病了，你知道吗？"她望了望这桌上的鸡蛋、稀饭，第一次笑着对我说："我谢谢你了，并替叔叔也谢谢你。"她一边说着一边就坐在叔叔的床上了，那样小的一个单人床，只够叔叔一个人用，大辫子又占了一块地盘，不是又挤着叔叔了吗？于是我没好气地说："你怎么能替叔叔谢谢我呢？叔叔是我的！"

这时，叔叔的脸上突然掠过一种我从未见过也至今无法理解的表情，他用一种异样的目光打量着我，手中杯子里的水溢出来了……

就这样，我又离开了这间小屋。

在昏暗的灯光下，抚摸着这小屋空洞洞的四壁，拾起了片片纸屑，觉得我的心好像也被掏空了，叔叔为什么走？我突然明白了，叔叔一定是让那个大辫子带走了。

从这以后，我一次又一次跑到叔叔常乘车的地方，从早晨到黄昏，无论是刮风还是下雨，寻找着叔叔，等待着叔叔，但一天又一天我什么也没有找到。

在无可奈何的情况下，我开始寻找那条大辫子。有一天，我在街上突然瞥见了大辫子的背影,便飞蹿过去,一把揪住了那条大辫子说:"你把叔叔带到哪去了?"她惊讶地回过头来,我才看清楚她不是那条我寻找的大辫子。

就这样一天又一天,我连大辫子也没有找到。

在这茫茫的大千世界里,我每天都在寻找着叔叔,盼着他回来,可是我不明白,为什么叔叔急急忙忙地搬家?

原载于《人民文学》(1985.12)

三个女医生

华康医院实行挂牌门诊了。这天，离上班还差半个小时，葆秀华大夫破天荒地赶了个早，朝第三诊室走去。她今天的情绪看来很好，眼睛眯成一条缝，嘴角微微上翘，胖乎乎的圆脸上泛着红光；穿着一件胸前印着挂牌号码100的白大褂，走起来下襟两边直飘，她边走边不时低头看看胸前的号码。"一百，这可是个吉祥如意的数字！"她乐颤颤地走到第三诊室门口，发现诊室的玻璃隔板被擦得光洁明亮，仿佛室内与室外只有一个木框。透着推开的门，飘来一股刺鼻的消毒药水味，她皱了皱鼻子，将脸转过一边。她知道这又是于婷婷擦的玻璃，扫的地。但她没有一句夸奖的话，只当没看见一样，心安理得。

于婷婷是第三诊室最年轻的一个医生，葆秀华对她的底细一本清。她还算不上是个医生，充其量也只能说是个"郎中"罢了。论学历，论资历，葆秀华是中医学院的专科毕业生，有着近二十多年的临床经验。就连本诊室那个七十年代才分来的赵亚怡，跟自己比起来也还差一大截哩！在这间诊室里，她显然是老资格了。对于于婷婷早来打扫打扫卫生，她自然认为是小于分内之事了。

葆大夫走到自己桌子前，打开抽屉，从里面取出一叠处方笺放到桌面上。

这一叠处方正好是一百张。"今天要把这一百张处方都开完！"她蛮有把握。她朝正在屋角洗脸架上洗手的于婷婷瞄了一眼。于婷婷穿的白大褂上印的是107号。"是个单数！"葆大夫的脸上掠过一丝冷冷的笑意。"最后一个数是7，那个7可不是个好数。"

于婷婷洗好手揩干，坐在葆大夫的对面。她也打开抽屉，从里面拿出一本唐朝孙思邈的《大医精诚》，专注地默念着："凡大医治病，必当安神定志，无欲无求，先发大慈恻隐之心，誓愿普救含灵之苦。若有疾厄来求救者，不得问其贵贱贫富，长幼妍媸，怨亲善友，华夷智愚……"

葆大夫抬手看看表，还有一刻钟到点。她又朝诊室外看看，走廊里空荡荡的。"怎么到现在还不来？"她有些急躁，也有些无聊。她见于婷婷低头在看书，便没话找话地说："哎，小于，你知道这个月奖金的分值是多少吗？"

"……不知道。"于婷婷没有抬头，随便答了一句。

"哎呀，连这个都不知道？这个月奖金的分值是三毛五，超过定额人次，每多看五个病人，就增加一个分值。"葆大夫的语气既神秘又喜悦。

于婷婷没有搭理。她正在体味着孙思邈讲的"勿避昼夜，寒暑饥渴，一心赴救……不得起一念芥蒂之心，是吾之志也"这句话的内涵。

葆大夫见于婷婷对自己透露的情况不感兴趣，不免有些失望。她不再搭理于婷婷，掏出一个小计算器，手指灵活地揿着，计算器上面的数字一现一现着，使她眼睛有点发花。她揉了揉眼，可是眼前老是幻出一个又一个的病人来……

昨天，刚上班不久，她在挂号室窗口，跟一家饭店的十几个青年女服务员拉扯上了。听她们说是来检查身体的，她立即满脸堆笑，毛遂自荐。说她就是检查身体的医生，要她们跟她去检查。那些服务员排成一字形的纵队，跟在葆大夫的身后朝楼上第三诊室走去。葆大夫恨不能一步迈进自己的诊室，她急促的步履竟把后面的"队伍"落下了一大截。当她进了第三诊室转过身来，刚要说声"请"字，这才发现身后的这十几个人的"大军"却无影无踪了。她立即朝走廊跑去，谁知在第一诊室，那十几个女服务员正围着一个男医生。那个男医生见葆大夫涨红着脸，气呼呼地站在门口，便冲她微笑着点点头，又自顾自地给那些女服务员检查了。

她窝了一肚子的火，但也无可奈何，她煞费苦心地拉来这些人竟让别人接去了！她怪自己过于大意，怪自己没有跟在"队伍"后面殿后！她朝第一诊室狠狠地瞪了一眼，悻悻地踱到楼下的药房。

好在葆大大又有了机遇！她在药房里打听到一个信息，明天药房发放"药用蜂蜜""药用银耳珍珠霜""药用减肥茶"，还有精致的保健盒。她脑子一转，遂露出笑容。"对，就这么办！"她三步并作两步跑到医院大门口的传达室，急速地拨动着电话机。

"喂，秀文吗？你身体好吗？好？——不过没病也没关系，我们这里进了一批保健盒——不，是牛皮的，款式精美，夏天穿裙子拎着它，可时髦啦！对！对！什么？其他人能不能用？当然能用！女同志用最合适了。快来，明天就来！来晚了就没了！"

"喂，老吴吗？医院进了一批药用蜂蜜——对，补的！明天来呀！"

"红英吗？药用银耳珍珠霜可好啦！大概就是为你们这些小媳妇生产的。什么？不能报销？哎呀，你头脑瓜子怎么这样笨！写大伯的名字不就得了！他离休了在哪儿都能报。实在不行就写你宝宝的名字。现在独生子女报销百分之百——快来呀。"

葆大天一连拨了二十几个电话。她掏出手绢揩了揩沾满唾液的嘴，流着汗的脸，心想："信息放出去了，总会有反馈的。"

她今天提前来，就是等着昨天那二十几个电话效果如何。二十几个电话，必然会起到连锁反应……还有五分钟就到点了，她有些坐立不安。

"别又像昨天那样被劫走了！对，到下面等着去！"葆大夫想到昨天的教训，立刻将抽屉向里一推，站起身出了第三诊室朝楼下走去。

第三诊室的门又被推开了。进来的是一位四十多岁左右的矮小的女人。她脸色憔悴，眼睑浮肿，两眼布满血丝，穿着一件标有101挂牌号的白大褂，显得又大又空。她也是这个诊室的医生，叫赵亚怡。她靠在于婷婷的桌边，用手理理头发，歉意地说："婷婷，又让你受累了。这地以后让我扫吧！"

于婷婷忙站起来，关切地问："赵大夫，你的肾炎又犯了吧？"说着就拖过来一把椅子。

赵亚怡摇摇头，没有坐下，只是将听诊器、血压表、采血器一件件往出诊包里放。"没有，我昨晚没睡好觉。"她朝于婷婷笑了笑，将出诊包整理好，挎到肩上。"我出去看一个病人，这里你多照顾一点。"说完，转身急匆匆地走了。

这时，外面已下起雨来。这春天的雨是夹着寒意的。于婷婷见赵亚怡没穿雨衣，忙从门后取下自己的雨衣，跑出诊室。"赵大夫，等一等，给你雨衣！"

赵亚怡放慢了脚步，接过婷婷的雨衣，问："你下班怎么办？""没关系，说不定下班雨就停了。"于婷婷将赵亚怡送到门口，爱怜地目送着赵亚怡渐渐远去的瘦小的身影，心里不禁一阵酸楚……

赵亚怡昨天晚上一夜没睡好，她一闭眼，就看见躺在病床上的林大爷喘憋的脸色发青。她深悔昨晚给女儿补习数学缠住了。林大爷年老体弱，要是转为肺炎就麻烦了！林大爷的儿子媳妇都在部队，家里只有老夫妻两个，万一林大爷病情恶化，他儿子在部队怎么能安心呢！赵亚怡在雨中一路小跑。汗水和着雨水顺着她瘦弱的脸颊直往脖子里淌，冰凉冰凉的。她把出诊包紧紧地搂在胸前，此时，她恨不能生出两只翅膀，一下子飞到林大爷的家里。

葆大夫满脸堆笑地被几十号"病人"像众星捧月似的簇拥着进了第三诊室。这些"病人"都是不约而同地汇集到医院来的。葆大夫坐在椅子上环顾了一下挤得满满的诊室，心里估摸着，怕还有不少人要来，得抓紧时间。

诊室里的"病人"见葆大夫一落座，"呼"地一下围了上来。

"大夫，给我看一下。"

"大夫，我先来的。"

前面的人见后面的人直往前挤，大声说："都排队好不好？要自觉嘛！"这些人不少都是初次来的，互相不认识。

后面的人火了。"我们早就来了！你倒会抢先抓药吃！当心别撑死了！"

"别吵，别吵，都能看到！"葆秀华笑呵呵地招呼着，"要什么？"她问最近前的一个妇女。

"药用银耳珍珠霜两瓶，保健盒两只。"

葆秀华在处方笺上唰唰地写好递过去。"下一个。"

"我要两盒减肥茶。"

"药用蜂蜜两瓶。"

"保健盒一只。"

唰唰唰——处方笺像白蝴蝶飞舞。

"下一个。"葆大夫的声音简短急促。她的脸涨得更红，抓笔的手有些微微颤抖。

一位看来跟葆秀华很熟识的青年妇女，手脚麻利地帮她把挂号条的上联贴在处方笺上，作为"患者"取药的凭据；挂号条的下联撂在一起，作为葆大夫今天门诊统计的依据。当然，医生也是凭这些挂号条的多少来领取奖金的。

葆秀华一边看处方笺，一边瞄瞄堆得越来越高的挂号条，心里说不出的高兴……

"下一个。"

"哎。"

"要什么？"

"不要什么。"

"不要——什么？"葆大夫诧异地抬起头，看到坐在面前的是一个年轻的小伙子。

"那你要什么？"她有些不高兴。

"大夫，我要看病，我的肚子涨痛。"小伙子说着将手放到脉枕上。

葆秀华更加不悦了。搭了脉就要询问病状，又要写病历，起码要少看十个号！她巴不得三言两语将他打发走。没办法，得敷衍一下。她将三只指头搭在小伙子的手腕上。

葆秀华不耐烦地说，"你的脉纯属弦滑脉，是食滞胃脘，应以消导为治。"

她在处方笺上龙飞凤舞地写上："加味保和丸三袋。"看那小伙子出了诊室门，才有气无力地喊："下一个。"

本来排着队的"病人"，见葆大夫卡了壳，便围上了于婷婷。于婷婷早就憋了一肚子气。第三诊室哪是医院，分明是个信托商店，在卖一批处理的折叠伞、打火机、猪皮鞋！她觉得自己受到莫大的侮辱。大声说："是患者就坐下来让我诊治；凡属买货的我概不接待！"

这声音是有力的，但却有些颤抖。能听出来，说话的人在抑制着自己的激动。

人们惊讶地看着这位年轻女医生。"这位107怕是没人找她看病，气不过吧？"有人心里在嘀咕。

"完不成门诊额也犯不着发火呀！"有人替她惋惜。

于婷婷坦然地迎着一双双射来的疑惑、嘲讽、同情的目光，内心十分痛苦："这些人的人格就值这一两瓶银耳珍珠霜、几盒减肥茶？"她又瞥了一眼葆秀华桌上那一叠挂号条，感慨地想："你哪里是行医？简直是一个唯利是图的商人！"

于婷婷是一个没有学历的中医。她靠自学当上医生，爸爸妈妈都是搞文学艺术的。她的父母也希望自己的女儿长大能像他们一样。所以从小就培养她对文学的兴趣，教授她这方面的知识。婷婷儿时就能背诵好多唐诗、宋词，就是孔夫子的《论语》《大学》也能成段地念出来。"文革"中，她的父母被打成"反动学术权威"，接着下放到外省农村。婷婷当时正患肝炎，父母只能把她托给姑妈照管。有一天,她看见隔壁一位老人捧着一大捆书在墙边点火烧,便好奇地走过去看。燃着火的书堆里有李时珍的《本草纲目》,还有孙思邈的《千金要方》。她知道这是古籍,急急向火中去抢,燃着火的书烧伤了她的小手。她顾不得疼痛,连拍带踩将火弄灭。老人看她烫起水泡的小手,爱怜地说:"孩子,这些书是没有用的,你要喜欢就拿去吧!"婷婷高高兴兴地抱着书回了家。从此,学中医成了婷婷的唯一精神寄托。她决心当一名中医,为患者解除痛苦。同时,这些古老的医学书,也逐渐培养了婷婷的医学修养,使她懂得了当一名医生必须具备的职业道德。参加工作后,她也是以《大医精诚》为自己行为的准则。即使是医院实行挂牌门诊,她也是以解除患者病痛为己任。她觉得,作为一名医生,如果专门为钱为利去给人治病,将是对医生这一神圣职业的亵渎!

　　诊室里,人们都愣愣地站在那里不知怎样才好。这时,门外进来一位六十多岁的老太太,径直走到于婷婷面前,从口袋里掏出二十元钱,颤抖着递给婷婷,说:"姑娘,我真糊涂,这钱是我放在棉背心兜里了。那天看病我偏说丢在你的桌子上。你怎么也不解释一下,就给了我二十元。我真老糊涂了!实在对不起你呀!"

　　于婷婷忙让座给老人,微笑着说:"大娘,你那天的血压很高。假如你为丢失了钱而着急,你的血压会更高,你来医院是看病的,这样一来不又添了病吗。二十块钱算什么,您老的身体要紧哪!"

　　老太太感动得连连点头。"是啊,是啊!你真是个好人哪!"说着,紧紧地握住于婷婷的手。

　　此时,"患者"们似乎明白了这位年轻女医生刚才那一声颤抖呼喊的分量和那冷冷一瞥的含意。诊室里,排着的队伍开始松动了,有的"患者"已经蹑手蹑脚地推开门,走了。

　　葆秀华抬起头要索取"患者"的挂号条时,发现诊室里只有寥寥几人。她忙不迭地又数了数挂号条,一共八十七张,差十三张就满额!刚才不是还有二十多个病人吗？对，好像刚才于婷婷吼了一声，是不是她把病人撵走了？她下意识地朝于婷婷桌上看去，桌上只有十多张挂号条；又看看于婷婷，她还是无动于衷地坐那里看书。"可能见我看了这么多病人，红眼了，才把病人轰走？"葆大夫恨恨地想着。她把挂号条抓在手里抖了抖，火辣辣地说："怪了，门诊数上不去拿病人出气！要不要我让一些？！"

于婷婷蔑视地冷笑。她默默站起来将桌上的挂号条一张一张地撕得粉碎，又揉成一团，"啪"地扔进了废纸篓里。她好像从这些挂号条上闻到了一股铜臭味，觉得只有扯掉它，扔掉它，诊室里的空气才会清洁些。

赵亚怡来到林大爷居住的十八层居民大楼前，已累得喘不过气来，她将湿漉漉的头发往后理去，抬头向上层看去，林大爷就住在十层东面挂蓝布窗帘的那户，她平时来都是一级一级走着上去的。她不能乘电梯，一乘就心悸、头晕、呕吐。今天她可顾不得了，她要赶快到林大爷家察看老人的病情。她走进电梯间，揿了标有"10"的塑料揿钮，电梯猛地上升起来。赵亚怡顿时一阵眩晕，她紧闭双眼，双手紧紧抱着出诊包，紧抿着嘴唇。从电梯出来，她的脸色就像上了一层黄蜡，忍不住呕吐了几口酸水。她靠在走廊墙上定了定神，才蹒跚着朝林大爷家走去。

林大娘在给林大爷捶背，林大爷的床边放着一只痰盂。大娘一见赵亚怡走进屋，忙说："哎呀，赵大夫，这么大的雨你还来。快坐下歇歇。"赵亚怡坐到林大爷身旁，将痰盂端起来仔细看了看。"快放下，赵大夫，那，那不干净！"林大娘忙去接痰盂。

"不，我是看看大爷的痰里有没有血丝。"赵亚怡仍然端着痰盂在看。她见林大爷喘得难以仰卧，忙用被子和枕头叠在一起，扶林大爷靠着，然后取出听诊器给林大爷检查。"右下肺有大小水泡音，脉诊浮数无力……可别真得了肺炎！"赵亚怡暗自担心。她又从出诊包里取出采血器，在林大爷耳朵上轻轻地采了一点血，放在冰盒里。

"大爷,您的病不重。我先回医院取些药,马上就回来。"赵亚怡将听诊器、采血器、冰盒放进出诊包,扣好,安慰两位老人。

"赵大夫,你慢点走,我不碍事。"林大爷喘着气招呼已经走出门的赵亚怡。

赵亚怡跑回医院立即将血样送到化验室,经检验诊断,林大爷患的是大叶肺炎,必须及时控制病情的恶化。她急忙又跑到药房,领了三瓶五百毫升的输液,三剂汤药和其他一些必要用药,把出诊包塞得鼓囊囊的。往肩上一挎,又向林大爷家跑去……

第二天,华康医院又传出一个新的消息:上级领导决定,华康医院领导班子经过整顿,任命了一个新院长……

下午,医院召开全院职工大会。新院长走上讲台,微笑着朝台下点点头。"……昨天,我抽查了中医科第三诊室的门诊量,于婷婷大夫的门诊量是十二;葆秀华大夫的门诊数是一百零二;赵亚怡大夫的门诊数是一。"

台下立即一阵窃窃私语。葆秀华坐在那里甚是得意,朝坐在她左右的同事不时投以愉悦的笑容。于婷婷跟赵亚怡坐在一条凳子上,她俩一声不吭,只是朝新院长站的讲台上的"救死扶伤,实行革命的人道主义"大幅标语看去,似乎两个人都在揣摩这句话的真正含义。

"不过,"新院长顿了顿,说,"我又去药房和病案室查看了这三位大夫的处方笺及病历书写情况。"

台下的人又聚精会神地听新院长交代下文。

"于婷婷大夫有十二张处方全是汤剂和丸药;病案书写行款整洁,处方准确。赵亚怡大夫昨天整整一天都在为一个患大叶肺炎的老人出诊治疗。她自己有慢性肾炎,这几天正犯着病,而昨天她却工作了十多个小时……"新院长的语气有些激动。

台下不时发出一片"啧啧"声。

"葆秀华大夫开的处方,有三十一张是蜂蜜,四十张是银耳珍珠霜,三十张是保健盒。这些处方中有一大半是公费医疗,一部分是回单位报销;有一张是病假条。而这一百零二张处方,却没有书写一份病历……"

"今天,我动用院长基金的一部分,奖励赵亚怡大夫和于婷婷大夫。就算是咱们医院的'医德'奖吧。"

"葆秀华大夫不择手段,拉人来买药,在患者中造成极坏的影响,不仅要进行教育,而且还要扣发三个月奖金……"

新院长说到这里,全场愕然。在短暂的寂静之后,突然爆发出一片掌声。

于婷婷没有鼓掌。她微笑着侧过身来看看赵亚怡,但她的笑容旋即便消失了,露出满脸的爱怜和惊讶。原来赵亚怡已经昏然地睡着了……

原载于《采石》(1986.3)

没有盛开的迎春花

1

窗外下着雨，我望着"中医自学高考辅导班"的学生证发呆。突然，我的猫咪蹿到书桌上来，"哗啦"一声，由中医书所筑成的围墙倒塌了。这情景多么像二十年前。不过那一次猫咪撞倒的围墙，是用莎士比亚全集筑成的……

昨天，一位同事摇晃着学生证，喜形于色地大声说：

"这是可以获得大专文凭的鲤鱼跳龙门的机会呢！"说着他还做了一个跳跃姿势，通红的鼻尖上浸出了汗珠。

一张大专文凭，就能使人如此癫狂，我却凄然了。人们总是那样容易接受世俗成见的教化，"文革"时热衷于大批判，现在又奔波于一纸文凭。为什么总不肯相信自己的头脑，去探索自身真正的价值呢？

二十年前，也是这样的雨天，我从艺术学院考场冲出来，满怀欢欣。主考教师说："你的艺术素质不错，今后要多努力。"雨点透过阳光洒落下来，我在雨中跑着，仰起脸伸出手臂，让有色彩的珍珠般的雨点敲打我燃烧着青春的躯体。身着一件雪白的连衣裙，头发上一根猩红的缎带，心里一片金色的希望。十六岁是拥有整个世界的年岁！

雨停止了歌唱。当蔚蓝色的天空悄悄抹上一道彩虹，他，林野，我的老师和朋友，奔向了酸枣树丛。酸枣还没有成熟呢，青青的，涩涩的。他却采了那么多，兴冲冲地捧给我。

临考前他问我："我能为你的成功做些什么？"我闭上眼睛想了一会儿："请你到郊外去采一把酸枣来。"

啊，酸枣！在以后暗淡的岁月里，我曾多次采撷过，品尝过，但那成熟的果子却怎么也比不上当年的味道。青青的，涩涩的，却是甜甜的，那味道哪里去了？

忘不了那一个夜晚，我轻轻推开林野的房门，他正在为他们的《艺术家》杂志审阅稿件。我悄悄地把艺术学院的初试录取通知书放在他面前。他激动地凝视着那张小小的纸片，兴奋地站了起来："你终于找到了自己的位置，真为你高兴。"

"谁知道复试会怎么样呢。"

"会成功的，我对你的艺术素质有充分的信心。"

"不！我的成功该归功于你的酸枣。"

"那好，复试前我再去采多多的酸枣。"他舒展地笑了。我第一次这样大胆地望着他的眼睛，那眼睛像是秋日明朗的天空。我愿是一只小白鸽在那里自由地飞翔，我愿是一只美丽的小鸟，幸福地融进蓝天的怀抱。不知为什么，只有和林野在一起，我才会变得愉快、聪明，似乎也娇美了；离开了他我就感到不安。热情是从这里开始的，痛苦也渐渐从这里产生了。

我下意识地走近了林野。他只是站着，站着，望着我一句话也不说。这时，北京站荡起午夜十二点的钟声。在这万籁俱寂的深夜，那钟声显得尤为悠扬深远。它仿佛只是为我们两个人敲响的。我第一次体味到声音原来也有迷醉的芳香。我跳到凳子上，把墙上挂着的旧式木制大挂钟按停了："让时间永远凝固在这一刻！"他会心地笑了。

2

二十年过去了，我已经从荡起秋千唱着歌的小女孩儿变成了惦记购货本上二两麻酱四两粉丝的妇女。老师却祝贺我们坐进了大学的课堂！这不是早在二十年前就应该得到的祝贺吗！

最后一次我是怎样离开林野的，他还会记得吗？那是我终生难以愈合的创伤……

一九六六年的春天看不到绿叶，夏天也没有见到鲜花。

"废除一切考试制度"，粉碎了我到艺术学院复试的美梦。我把刊有这则消息的报纸揉成一团，将自己关在房间里，我害怕看别人的，也不愿别人看见我的扭曲的脸。星星出来的时候，盼望中的林野终于来了。我像是一个被惊呆的孩子，茫然恐惧。我需要在他的话语和微笑中找到力量和希望。

他慢慢地推开了我的房门，却只是站在墙的一角望着我，很久很久地望着我，一句话也不说，脸上没有一丝笑容。唉！今天他怎么了？他随手拿起我书桌上的一张照片，那是我在海上划舢板时拍的。他端详着又用手轻轻拂去镜框上的灰尘。我把台灯拧亮了，他又把台灯关上了："我不喜欢太亮的光线。"我沉默了。

过了一会儿，我憧憬着说："我们一起去海上玩游艇好吗？"他笑了，是那样苦涩的笑。一会儿看着我，一会儿又看着照片，半天才说："莎子，谁能知道以后的日子是什么样的呢！"

我心里那种朦胧的与往日告别的预感，好像变得清晰了。

"文化部已经贴出了你爸爸的大字报，现在大学又不招生了……"

"那我该怎么办？！"

"不如先到乡下亲戚家去避一避。"

"不！我不想去。"

"待在北京你会被惊吓的。"

"在这里不是还有你吗？"

"我……我要去了，到外地去了。我唯一的希望就是你平安无事。"

"……那你就永远不回来了？！"

"唉！怎么才能对你说清楚呢？我的小妹妹，原谅我吧！"

整个世界都变得模糊了，只有他站在我的身边是真实的。我不知道该说什么。可是我却想笑一笑——他说过我笑起来很美，但我终究没有笑出来，只是在努力抑制泪水。

"我们的童话故事结束了？！"我企求地望着他。

他却不回答我的话："让我们握握手吧。"

"不！我不要握手，我需要的比这更多。"

他猛地转过身去，面对着墙。

"你怎么了？"我用力摇晃着他的手臂，他的身体却像岩石一样岿然不动。我要寻找他的眼睛，他那像蓝天一样的眼睛还能让我飞翔吗？但是，我看见的只是又冷又硬的后背。

我的泪水唰的一下流淌下来。他终于转过了身。但他的眼睛已经不是明朗的天空，那里布满了乌云。他用力看了我一眼，仿佛这一眼要把我永远纳入眼底。

突然，他推开了门，又在门口站了许久，而后决然又深情地说："莎子，一定要保护好自己，要多多珍重！"

他走了，把我一个人留在黑暗之中。留给我的是一辈子也说不清的东西……

林野那小屋的灯光熄灭了，可当初正是那小屋的灯光召唤我走近他的呀！

3

那是一个除夕夜，我们一家人围着满桌丰盛的酒菜吃团圆饭。大姐一边给爸爸碗里挟着鸡腿一边提议："现在咱家每个人都说说这一年里自己最愉快的事情好吗？"妈妈说："好极了，我把咱家所有的灯都点亮。"爸爸连连点头："把客厅里那三个灯笼也点亮！"顿时，满屋通明瓦亮，一派喜气洋洋。二哥放下筷子兴冲冲地说："我先开头，今年我当选为团组委，发展了五名团员，我们团支部被学校命名为优秀团支部，我被评为优秀团员。""好，下边该小妹说了。"大姐命令似的点着我。"我说个有意思的事吧。昨天夜里我被一阵咬东西的声音惊醒，打开灯一看，原来是一只又瘦又小的老鼠。它看见我并不蹿，只是一个劲地给我作揖。真好玩！"爸爸一下子把饭碗撂下生气地说："真是乱弹琴！"妈妈急忙调节气氛："今天是过节，开个玩笑也好。""不，我不是开玩笑，我说的是真事。"我理直气壮地说。"你这孩子怎么不着调呀！"妈妈汤勺里的鸡汤溢出来了。"我就知道我要变成哑巴，全家都高兴！"

我放下饭碗就出了屋。天空中飘舞着细碎的雪花，我在街上信步走着，突然想起该去看看我的钢琴老师。她是一位六十多岁的独身女人，住在一所古老而幽深的大杂院里。

院子里家家灯火通明。在这一片辉煌之中有一间小屋的窗口却摇曳着微弱的烛光。我迷惑不解地呆站在这小屋的窗前。突然，从屋子里传出小提琴的声音。琴声一下子把我抓住了，那是舒曼的《童年情景》。曲子的尾声流露出一种惆怅的情绪，好像哀叹金色的童年已经过去。

"拉琴的是个什么样的人？"我怀着强烈的好奇心敲了门，紧张得额头、手心都出了汗。幸亏等了一会儿才有人来开门，我的心已平静了些。在幽暗的烛光里，映入我眼帘的是一个十几岁的高个子青年，清瘦，沉静，一脸络腮胡子，还有一双智慧的眼睛。

"小朋友，你找谁？"低沉好听的男低音。

"不，我谁也不找，只是……只是想看看谁拉的琴。"

也许见我有些慌乱，他平静地笑了："那请进来吧，小客人，不过我的房间很乱。"

我走进了小屋，只见罐头筒上点燃着两根蜡烛，房间里显得有种特殊的气氛。

"你为什么不点灯？"我不解地问。

他沉吟了一下才回答："我拉这个曲子就喜欢在烛光下。这样我好像又回到了小时候。"说着他打量了我一下，"比你现在还要小的童年。"接着问我是否需要把灯点亮。

"不，不要！"我摇着头说，"我也喜欢我小时候的日子。"我请求他再拉一遍《童年情景》。

我靠在窗前，让自己溶在幽幽的烛光里，曲子又把我带到刚刚逝去的童年的梦乡。烛光渐渐暗下去了，可是我觉得这里比在阳光下还要辉煌。

4

黄昏，我回到家——我和一个男人组成的家。这是怎样的家呢？我和他对坐无言，直到夜色融进屋里，他都没有说什么，我也没有说什么。我害怕黑暗，尤其害怕黑暗中的沉默，他只是一声不响一根接着一根地吸烟。他在想什么，我不知道。我随便拉开抽屉乱翻起来。突然一声震耳欲聋的霹雳使我惊叫起来；抽屉里的东西都打翻在地；接着又是一声更响的巨雷，还闪着白光。我情不自禁地喊道："我害怕！""打雷，不要怕。"他依然吸着烟。我那想被抚慰和理解的柔情一下子冻结了，我在努力把眼里的泪水吞咽下去。"给你喝吧。"他冲了一杯浓浓的咖啡放在我面前。但我什么也没有说，只是点了点头。

咖啡在乳白色的杯子里腾着缕缕热气，像淡淡的雾。隔着雾气我们彼此都变得模糊了。我没有喝，一直看着雾气渐渐消散。

他睡着了，我点亮台灯，从书柜的底层抽出那本《安妮·弗兰克的日记》。这是二十年前林野送给我的，书里夹着一朵迎春花。

我走进了林野的房间，看见一束金灿烂的迎春花开放在他古色古香的花瓶里。我轻轻地把屠格涅夫的《初恋》放在迎春花旁，一朵花瓣无声地落在书上。这朵迎春花陪我度过了二十年的春秋，我经常在寂寞的时刻望着它，吻着它那逝去香气但仍顽强的花瓣。

"今天是你的生日，"他笑着说，"看，我刚刚为你采来的迎春花。"

我心里的迎春花也绽开了微笑。这是我一生唯一的一次神圣、庄严的微笑——纯洁、娇羞。在以后的岁月里，我常因这少女的微笑而感到生命的充实与满足。

就在那一天，我满十四岁，林野送给我一个黄格子花布封面的日记本。他用毛笔在第一页上写着：

生活的大门已为你打开
无尽的宝藏等待你去开采
送给像迎春花一样的少女

林野

从那以后，我开始写日记了，写我的梦想、欢乐和悄悄话，还写过学校门口卖糖葫芦的老头和街上系着花头巾捡烂纸的老太太。可惜，它在那个特殊的年代被红卫兵投进了火堆。但是，在我心里永远有她的一块墓碑。墓碑四周是一簇簇盛开的金黄的迎春花。

夜深了，钟表把时间切成细细的碎片，滴滴答答地唱着一支古老而永恒的歌。

我靠在沙发上,手捧着安妮的日记,望着在席梦思床上熟睡的他,为什么他离我这样近却又那样遥远?

5

北国的冬天,寒风凛冽,可是林野的小屋却温暖如春。炉火在唱着一支冬天的歌,讲述着一个冬天的童话。

这小屋里有一个书架,一张二屉桌,一张单人床……我第一次走进这间小屋就感受到了一股特殊的气息。

"外婆回海滨城了。"坐在火炉旁,我的眼睛湿润了,"外婆比谁都疼爱我,是外婆带我在海边长大的,她会讲许多许多故事。"林野放下手里的稿件也坐到火炉边来,静静地听我说。

"今天我发现在她给我织的红毛衣里放进了五十块钱,她身上穿的那件蓝布褂都洗得发白了,她都不肯做新的,却给我……"我终于哭出了声,我不愿在家里哭,我是为了能够痛痛快快地哭才到这间小屋来的。

林野递给我一条用热水刚刚洗干净的毛巾,无言地望着我,那目光让我感到这样温暖亲切。我一边擦着眼泪一边告诉他:"前年,在外婆家过完暑假快开学的时候,我只顾着数鹅卵石、贝壳,猛一抬头才发现外婆低着头擦眼泪,我一下便扑到外婆怀里说,'我先不走了。'外婆却笑起来说,'傻孩子,我才不喜欢你呢,你太淘气了,把院子里四只猫的胡子都剪了,这回夜里该闹耗子了。'"

林野笑了起来,他笑得像阳光那样灿烂,使这童话般的小屋充满了光明。

第二天,天空依然飘舞着雪花。放学以后,我又奔向那童话般的小屋。远远望去,小屋宛如一座银色的精致的宫殿,但窗口却没有灯光。我的心一下子凉了。今天班里发生的事情如果不能对林野说,我会觉得不安的。于是我踏着厚厚的积雪跑到了汽车站，一辆车一辆车地等着他。啊！终于把他等来了，我飞跑过去，他也大步迎过来。

"出了什么事，看把你冻的！"说着，他摘下自己脖子上的毛围巾。我还没有来得及推辞，他就给我围上了。"我就是想告诉你，明天我就退出少先队了。"我从毛围巾里面抻出了红领巾，"今天是我戴红领巾的最后一天，心里挺难受的。"

"怎么会难受？你已经成长为一个青年了，这是该高兴该祝贺的呀！"

"不，我不要成为青年。团支书说退队后要争取入团，可我不想入团！"

"这又是孩子话了，怎么会不想入团呢？"

"要入团就得经常向组织汇报思想。可干吗要汇报？有的思想可以汇报，有的我就不愿意让人家知道。都汇报那不跟忏悔一个样吗？牛虻向神父作了忏悔，结果是那样！"

"这……这不是一回事。"他说了这么一句，便沉默下来。

回到温暖的小屋，林野从抽屉里拿出了一本书——《安妮·弗兰克的日记》，神色庄重地递给我说："入团的事儿，先不谈吧，不过你已经开始迈上青年的阶梯，应该懂得更多的事情了。这本书送给你作为告别少年的礼物，如果她能活下去，一定是位有特色的作家。"

"她死了？"

"她是一个犹太人，在德国法西斯的禁锢下写了这本日记。后来病死在集中营里，死的时候只有十四岁！"

"啊，十四岁！十四岁！"

"是的，只有十四岁！可在她那样的年纪却懂得很多。"不知为什么林野说这些的时候，眼神中透发出深深的爱怜和一种隐隐的担忧。

我庄重地接过书，随手翻了几页便读了起来，读着，读着，我读不下去了。

一个十四岁的女孩子，在死亡威胁的日日夜夜，还是这样渴望生活。我低下头沉思了。

突然,一阵焦煳味弥漫了这间小屋,哦,原来是我的棉大衣被火烤焦了。林野急忙用凉水熄灭了我大衣上的火星。"你自己会补吗?不然回家你妈妈会说你的。"

"我当然会补,但是我不想补,在冬天的日子里,我打开了一个春的窗口,不也是一种创造吗!"

真的,至今我珍藏着这件艺术品——冬日里春天的窗口。

6

新的一年又来了,在林野的小屋里增添了一株橡皮树。这树差不多和我一般高,质地很厚的翠绿的大叶子,可爱极了。我抚摸着一片一片的大叶子,随口哼出了一支歌:

冬天踮着脚尖悄悄地来了
院子里花木变得凋零,萧瑟
而我们这个小屋春意正浓
因为有了这一片片绿色……

从此,当我走进小屋,便悄悄地把自己写在白纸片上的小诗折叠起来,用线垂在橡皮树上。我告诉林野,只有当我的诗歌挂满树枝的时候才能打开。

这一天终于来了,那是一个晴朗的早晨,翠绿的橡皮树上飘逸着片片洁白的小诗。

"你真的从来没有偷偷打开过吗?"我故意猜疑地问。

"我起誓,从来没有过。"林野佯作严肃地说。

"现在是时候了。让我们一起来摘这树上的果实。"我扯下一张纸片递给

了他。林野把那纸片小心翼翼地打开,我便欢畅地朗诵起来:

橡皮树,我的春天我的绿
我的思绪萦绕着你
一片片,一串串,像那蔓藤的青翠
把树身掩蔽
会不会有一天狂风使我们分离
我真怕绿叶狼藉满地……

林野认真地听着。我念过一首他就要过去,抄在一个印着蓝花的精装笔记本上。

"一个中学生的拙诗,值得您一个艺术编辑记在本子上吗?"

"这是我树上的果实,我正在收获。"

听见这话,我第一次体味到幸福的滋味。世界上还从来没有人这样尊重我这么个孩子啊!

其实,林野也是个大孩子呢!有一天他让我坐在橡皮树旁给我画像。我不能习惯于一个姿势,更不愿让人死死看着我,于是就一块接一块地吃起酥糖来。"你爱吃酥糖吗?"我问。"这是给孩子吃的。"他答。啊!这盒酥糖是专为我买的,我觉得糖更甜了。

他一边调着颜色,一边吓唬我说:"你这样乱说乱动,我会把你画得很丑的。"

"丑就丑吧,我不在乎,在这个笼子里,再丑的鸟也会觉得快活。"我故意把嘴闭得紧紧的,蹙着眉头,身子直板板地站着。林野又好气又好笑地放下了画笔,站起来也往嘴里放了一块酥糖。

"你不是说孩子才吃酥糖吗?"

"是呀,这小屋有了你,现在我又重新变成孩子了。"他当然不是孩子了,尤其是他把我当作孩子的时候。那天,看完了苏联影片《一个人的遭遇》,我心里有一种说不清的滋味,迈着无力的脚步回到家。在饭桌上,爸爸板起脸来问我:"期中考试成绩怎样?"妈妈应和着说:"一天到晚看小说看电影,还会有什么好成绩!"我理直气壮地说:"读小说看电影也没耽误我当优等生。"

"一个月,你看几场电影?"

"一场也没看,整天泅在数理化里,昨天晚上忙得只顾洗了一只脚,另一只脚留到今天晚上再洗。"我扒了两口饭,放下了筷子。

傍晚,在林野的书桌前,我呆坐着半天只用牙咬着手帕,没有说话。

"怎么了,今天是发生了冷战还是又有了什么感受?"他一边说着一边调着小提琴的琴弦。

"也有冷战,也有感受,可是别人都不懂得我……"

"你说说,我试试看能不能懂得你。"

"今天我看了电影《一个人的遭遇》,我很喜欢,可是听同学说这部片子有毒,看过的还要到团支部登个记准备消毒。"

他把小提琴放下,抬起头,脸色渐渐变得严峻起来。我怕他打断我的话,马上接着说:"这部电影比《斯大林格勒大血战》要好,《大血战》让人看到的只是大炮、飞机、战争场景……"林野还是挥手打断了我:"不能这么说。这部电影把正义的战争和个人的幸福对立起来,现在文艺界正在批判呢!"

"愈是批判的东西我就愈有兴趣,我不想重复别人的话。"

他困惑地摇摇头,走近我深情地说:"莎子,你还小,社会上的运动、斗争你一点也不懂,我真担心你思想太活跃,说话又随便,长大了要挨整。"

"挨整?什么叫挨整?"

"唉,我一时也和你说不清。答应我,刚才和我说的话,对谁也不许再讲。"他好像在祈求我,虽然我还不懂得这其中的奥秘,但却感受到了深深的爱怜。我不知所措地点了点头。

　　这天晚上,在回家的半路上,听到林野呼唤我的名字。我忙跑回去,只见他脸上浸出了汗珠,又听他气喘吁吁地低声叮嘱:"你回学校,不要对团支部说你看了这部电影;如果他们已经知道你看了,那你就说看不懂。"

　　从他的眼睛里,我仿佛看到了"某种危险"。虽然我还不完全明白这是为什么,但望着他担忧的神色,我却想哭。我突然觉得这世界上原来有人这样关怀我,爱护我,为我好。在这一瞬间,林野一下子从老师、朋友变成了我的亲人,我唯一可以信赖的亲人。在无言地告别时,他的手不自觉地触到了我的手,我却猛地缩回了。一阵强烈的电流流遍了我的全身。

　　那一刻,我,也不再是孩子了。

7

　　一夜未眠,迎来了又一个黎明。这个家庭,静寂得没有一点声音。我们都在小心地维系着它的安宁。他走近了我,"我到自由市场去给你买条活鱼。"

　　"不,我只想吃酸枣。"

　　"现在哪有酸枣?你做梦梦见了吧?"

　　"是的,我是做梦梦见了。"

　　我向我的梦中走去,穿过许多纵横的街道,去寻找已逝的梦。

　　还是过去的街道,还是往日的小胡同,从那座剥落的朱漆大门里,走出了你——林野,你沉静地笑着。我向你跑过去,我披着的白色纱巾飘落在后面了。让它飘去吧,林野,你不是答应我,当我十八岁的时候,送给我一条红头巾吗!现在我已迈入了中年的门槛,可那条红头巾呢?它飘逝了吗?我的心里呼唤着你的名字,你却像烟一样消散了。

　　一种深深的眷恋,一股温馨的慰藉向我袭来,这就是他曾经住过的小屋吗?久久地凝望着这换了主人的小屋,我终于不得不走了。在弯弯曲曲的小胡同里慢慢地走着。过去，我曾无数次在这里等待过他，只为了说一句话，只为了悄悄看上他一眼，有时，竟偷偷躲在人家门后，呆望着他的背影消失……

走在这昔日的小路上，这是一条洒满青春梦想的小路。小路，你在娓娓地叙述一个少女的童话。

"廖莎子，你今天怎么没有去听课？"医院里的同事小史猛地刹住了疾驰中的自行车。

童话变成了现实。"我不想花四年的时间，用青春的残阳在考卷上翻筋斗了。"

"谁愿意呢！星期天上午要听课，下午带孩子，烧高香孩子还别生病，晚上等孩子睡了，再准备第二天的午饭，复习完功课都快夜里两点了；第二天还要给百十来人正骨按摩。唉，有什么办法，为了混一张文凭啊！"

我望着他那有些浮肿的脸，虽然皱纹还很细，但肌肉已经松弛了。他的美丽青春被黄土高原的风沙埋葬了！

我望着天空中一朵凝重的云，起风了，接着又落了雨，他疾驰的自行车在风雨中远去了。我淋着雨惆怅地回到了家。丈夫兴奋地举起两张票："今天晚上，我陪你，一起去欣赏新星音乐会。"

"不，是我陪你去。"

剧院里，他为一位新星的演唱击节赞叹。我邻座的一对青年，一边笑着，一边把瓜子皮漫不经心地吐在我的膝盖上。我把瓜子皮拂落到地上，无意中发现手里的票已被我踩在脚下。这使我不禁想起了另外一张票，一张歌剧票。它至今还夹在安妮的日记里，虽然已经发黄，但还是崭新的。

二十年前，也是在这个剧院，演出《叶甫盖尼·奥涅金》。我多想和林野一起去欣赏，但又觉得不好意思。想了大半夜，早晨起来打开储蓄盒，拿出我的全部积蓄，共七元钱。啊！可以买七张票。请学校剧团的两个男生和三个女生，再送给林野一张，不就很自然了吗？

"这是我们学校剧团发的歌剧票，你愿意和我们一起去吗？"

林野欣然接受，我快乐极了。

　　奥涅金出场了，塔基雅娜也出现了，音乐奏出柔和的曲子，我仿佛置身于俄罗斯优雅的乡间。

　　突然，我邻座的女生揪了一下我的衣裙说："看那个演塔基雅娜的一点也不漂亮，可她穿的那件拖地裙倒是挺好看的……"

　　我望望身边的林野，他正专注地看着舞台。此刻，我觉得同学是那么多余——只有林野才真正是为了艺术而来的，为理解我而来的。

8

　　他真的理解我吗？他知道我为什么要学演戏吗？

　　读高三的时候，我在中学生剧团扮演《雷雨》中的繁漪。这事直到林野来看戏才告诉他。

　　在后台，我换好了戏装。当我对镜审视时，已经不认识自己了。这镜中的少妇就是繁漪。我的情绪已完全进入角色，甚至忘记了台下的林野。

　　我还记得周朴园命令周冲下跪逼迫繁漪喝药的那场戏，在排练时，我怎么也演不好。可是，那天我喝下的不仅仅是苦涩的药，还喝到了咸苦的泪水。

　　下后台，导演握着我的手对我说："你演得很成功！"而我却旋风似的跑下台去，寻找到了他的眼睛。

　　我们漫步到一个僻静的街心花园。这正是北国之秋，蓝天透过火红的枫林俯视着大地。我们脚下是一片金黄的落叶，还有一簇无名的小花。

　　他望了我许久，然后用手缓缓地把我额前的一绺头发梳理到耳后。这一瞬间极轻柔的触摸却深深印在我的记忆里。

　　"莎子，不知不觉中，你已经是大人了。"目光炽热，深情，霎时把我融化了……我是水，我要流动；我是云，我要在蓝天的怀抱里舒展我轻柔的舞姿；我是荒野中的一点篝火，我要燃烧成熊熊的火焰。

可是，他的目光旋即闪开了，他的声音又变得遥远了："你的路才开始。艺术气质这么好，就要好好走下去……但愿你能走得顺利，但愿我时时都能帮助你，爱护你……"

林野是我命运的先知吗？正像他担忧的那样，我稚嫩的艺术生命还没有来得及生长，就被狂风折断了。

一九六六年夏天，我惊恐地望着变了形的世界。爸爸被批斗的那天，我趴在床上哭泣。后来，爸爸妈妈踏着枯黄的落叶走上了"五七"道路。我无学可上，又无工作可做，仅仅靠着"黑帮子女"那十五块钱生活费过日子。

我是多么想念林野啊！他会告诉我应该怎么办的。我多少次跑到他的小屋前，希望他窗口的灯光会奇迹般闪出亮来。但是，那里黑洞洞的，像我的心。

我终于从乌托邦的王国堕入现实的人生。为了谋取生存的手段，我开始在一个老中医门下学习，在紧张的学习中使自己麻木起来。

在一个有月亮的夜晚，我和他相识。他是一个正直善良的青年，我像是一个在黑夜里哭泣的孩子，摸到了一双援助的手。风浪把我生命的小舟抛向了他的海岸。

迎春花盛开的时节，我穿上了新娘的礼服，却对着镜子哭泣：迎春花呀，你为什么要开放，现在哪里有春天！

9

在艺术馆的大厅里，一张油画使我惊呆了，身子禁不住微微地颤动——世界上竟有这样的巧合和偶然？！

一个小女孩，登着小木梯，踮起脚尖把墙上的大挂钟拨到十二点。画名叫做《盼》。画家的名字是林野。

镁光灯一闪，引起我旁顾，突然，林野的眼睛和我碰撞了！多么熟悉，多么亲切，我们好像从来就没有离开过……黄昏，我们走进一家个体户小酒馆。偏巧这里的电路坏了，我们在摇曳的烛光中举起了酒杯。

"还记得吗？是烛光使得我第一次见到了你。"

林野一连饮了三口酒，见我滴酒未进，用疑问的目光望着我，也许在寻找我过去的影子。

"这样的重逢，让我感到的只是迷乱。"

"那为你不再迷乱，我替你饮一杯酒。"

"我们都老了……"

沉默。

"这些年，你到哪里去了？"

"坐了十年牢。"

"坐牢？！"

他一口干了杯中酒，眉宇间透发着不屈的刚毅和男性的尊严，身上有种令人折服的力量，但，往日的温情却消失了。

"对。坐牢，那时我为你担心的事情落到了我的头上。"

"为我担心？"

"时时为你担心，担心你思想太活跃，说话又随便，长大了要挨整。还好，你平安过来了。"

"不，这些年，我的生活和坐牢也差不多。"我终于抿了一口酒。

他久久地凝望着我。这目光告诉我，他懂得了我。

"安妮·弗兰克，你现在该可以重新登台了吧？"

啊！遥远又亲切的称呼，这使我意识到我失去的东西太多了，不仅仅是青春。

"不，那个'安妮'早就不在了。"

"在牢里，每年春天我都想，迎春花该开了。"

"那株迎春花已经枯死了。"

"不，春天到来，它还会开花的。"

我默默地注视着酒杯，映着摇曳的烛光，酒杯里也涌进了我的泪水。

"你现在不会是一个人生活吧？"我问。

"是的，"他点了下头，"不是一个人了。"

"你为什么不问问我现在的生活？"

"从你的眼睛里，我已经找到了答案。"

"你知道，我曾经寻找过你，长久地寻找过你！"

他把一支烟在手里捏碎了……

在寂静的马路上，我们默默地向前走着。秋风起了，一片火红的枫叶飘落在我墨绿色的毛衣上。"你在想什么？""我在想二十年前的一个秋天，你呢？""也在想那个秋天，你穿了一件鹅黄色的毛衣，手里拾了一大把红叶。临别时，还给了我两片。"

"这两片叶子还活着？"

"活着，活在普希金的《一朵小花》里。"

"莎子，你应该重新拿起笔来……"

"晚了，一切都太晚了。"

"那么你抬起头来看看天空。"我顺从地抬起了头。

"你看见了什么？"

"星星。"

"是啊，闪亮的就是星星。不管你的亮度有多大，重要的是一颗真正的星星。"

我们向前走着，北京站荡起了午夜十二点的钟声。二十年，二十年我们没有听到这钟声了。

我们向前走着，不知想走回过去，还是走向新岸。

原载于《人民文学》（1986.8）

外婆的小村庄

在我心里永远流淌着一条童年的小河——外婆门前的小河。夏天我坐在小河边,用脚丫拍打着溪水,唱着外婆教我的歌。我亲爱的外婆用梳子蘸着溪水,梳理着我的头发,还给我插上了一朵紫色的牵牛花。

那时,我只知道世界上最疼爱我的人就是外婆,不知道还有爸爸和妈妈。

春天河水解冻了。小河冲破冬天的冰层又欢快地奔流着。我赤着脚在河里捞鱼捞虾,喜鹊在一棵老槐树上重新搭着窝。

"燕子,乍开春水还凉,你快上来,我给你讲故事。"外婆一边在碾道碾着玉米,一边招呼着我。

"外婆我在这儿。"外婆一抬头,看见我已爬到老槐树上掏喜鹊蛋了。

后来就病了,只觉得身子热得难受,头昏沉沉的,什么也不想吃。

"这孩子身子热得像块火炭,一连三天没吃东西了,要是……"在昏睡中我听到外婆低沉焦急的声音。

"阿婆,村外那座山腰上长着一种野菜,去年俺爹身子发热,采些,吃了就好了。"

"哦，想起来了，黑妞，多亏你记性好，劳你照看燕子，我去去就回来。"

掌灯时分，外婆回来了，我看见她一身的泥巴，两鬓的白发纷乱，手里提着一篮子绿生生的野菜。

外婆给我煮了一碗野菜汤："燕子，你喝口这汤吧，可爽口了，喝下去病就好了。"

我翻了个身，背冲着外婆。

"小燕子，这药不苦，我先尝了。"

"我不喝这苦菜汤。"我把被子蒙在头上了。

外婆轻轻地把被子拉了拉，在我额上亲了一口："小燕子，你不是说也要去打鬼子吗，打鬼子的孩子是不怕苦的。"

我不出声了。

"燕子，我先闭上眼睛，数上五十下，等我一睁眼睛，俺乖妞把药都喝光了，那就是一个能打鬼子的好孩子。"

"不，外婆，你数一百下。"

"行，行，我数一百下。"

"外婆你慢点数。"

我悄悄爬了起来，一闭眼睛，两三口就喝下去了。"外婆，你看！"我得意地把碗倒扣在桌子上。

"真乖，我刚数了二十下，俺的燕子就把药喝光了。"

"不，你刚数到十下我就喝完了，我能打鬼子吧！"我高兴地栽在外婆的怀里了。

我的口觉得不那样苦粘了。外婆用野菜轻轻地搓着我的后背，手心，脚心。一边说："不疼，不疼，外婆轻轻地给我的燕子搓，等病好了，我带你去山的那边去。"

搓完了，我睡了一大觉。

第二天，我觉得身子清爽多了，吵着要下炕到外面去玩。

外婆说："今天再躺一天，多吃点饭，明天就放你去玩，我把窗子打开，你躺着，看那窗外的山都层层绿了，外婆给你讲个故事……"

外婆也坐在炕上，一针一线地缝那么多的布袜子，还有一口袋布鞋。

"从前有一个俊俏听话的小丫头，她爹妈都打鬼子去了，她和外婆住在一个小村子里，还养了一条大黄狗……"

"俺不听，不听，外婆讲的是我。"

外婆笑了，用针灵巧地在头皮上一划。

"外婆，为啥别的孩子都有爸爸妈妈，可我就没有？"

"谁说你没有爹妈的，你一生下来，他们就去打鬼子了，你爹妈可疼你了，还给你做了石板，写好了一本字，等你懂事了让你学识字。"

我呆呆地望着桌子上的石板。

外婆戴着老花镜，正在一针一线地做那永远也做不完的活计，做完了一批就悄悄送到什么地方去。

我隔着玻璃，望着高高的青黛色的群山，还有蓝天和几朵游动的云。

"外婆，山上有人住吗？云比山高吗？俺爹妈都住在山的那边吗？"

外婆正眯着眼睛，凑到窗前穿针引线。我扑哧一声笑得坐了起来："外婆，您一共穿了十次都没把线穿过针眼，看我的。"

我把穿好线的针得意地递给外婆。她笑着说："你年纪小，眼睛亮晶晶，像颗小星星。"

我睡了一个长长的午觉，醒来觉得屋子里空荡荡的。

我叫了一嗓子"外婆，我饿了"。屋子里没有动静，我光着脚跑到后院，我吓坏了，外婆摔倒在一片湿漉漉的破碎的瓷瓦片中了，四周还撒了一地的腌香椿。

"外婆，你怎么了！外婆……外婆……"我哭着拽着外婆的衣襟。

"燕……子，不……要紧，我一时迷糊了……"

"外婆,谁让你给我拿香椿,我……我不吃。"我解开衣扣,把外婆冰凉的手放在我的胸口上,过了一会儿,外婆的手有些热了。

"外婆,你喝了这碗野菜汤吧。"我又端来了一碗药,"这药不苦,我不是喝过吗。"

外婆轻轻地摇了摇头,她散乱花白的头发浸在腌香椿汤里了。

"外婆,你别躺在地上,这太冷了。"我把外婆的一只手放在我的脖子上,"我抱你回屋。"我跪在地上,膝盖陷进了松松的泥土里,用另一只手抱着外婆的身子,我用了全身的力气,外婆的身子稍稍离开地面就又倒下了。我哇的一声大哭起来:"外婆,我抱不动你,你在这会冻死的。"

我的黄狗听到了我的哭声向这跑来了,它围着外婆和我转来转去。

"大黄,你去把黑虎哥叫来。"黄狗摆了摆尾巴,窜了出去。

没过一会儿,村子里的小羊倌黑虎哥来了,他把外婆背回屋了。

外婆躺在炕上,我给她梳理着白发:"外婆,你说句话呀,我害怕……"我又哭了,黄狗一动也不动地坐在我的脚下。

黑虎哥从家里端来了一大碗白高粱米粥,还有一碟萝卜条。外婆淡淡地说:"我这是老病,头一时昏了,过会儿就好了,没啥。"

又过了几天,外婆开始做活计了。

早晨,我和黑虎哥一起到山上采蘑菇,临走时,外婆叮嘱我:"不要太贪玩了,早回家。"

山上的桃花、梨花、杏花都开了,远远望去犹如片片的彩云,山上静静的,不知名的野鸟在林子里唱着歌,虎子哥吹着口哨,带劲地走着。远处的山峰上,我看见一缕淡淡的炊烟。"黑虎哥,那山上有人住吧,我们去看看。"

我们爬过了两座山,带刺的小树刮破了我的裤子,膝盖都露了出来,黑虎哥拉着我的手,趟过了一条小河,河水清冽极了,我使劲用脚拍打着河水,水珠溅得好高好高,在阳光下有如透明的钻石,黄色的小蝌蚪在碧绿的水草中灵活地游动着,倏地聚在一起,倏地又散了。

我们终于看见那座山上的人家了，它门前有一个高高的石阶，隔着老远一条大白狗冲着我们"汪汪"地叫，一位年轻的妇女走出了棚栏，冲那狗说："滚回去，咱家有客人来了。"那年轻妇女穿了一身素洁的蓝布褂，她笑着打量我们："你们两个娃子，在俺家歇歇脚，喝口水吧。"

我们进了棚栏门，只见一个青年汉子正在院子里编柳条筐，笑着冲我们摆摆手："屋里歇吧。"又爽朗地笑了起来。院墙上挂着一串串的金黄的玉米和红红的辣椒，大白狗再也不叫了，坐在柴火垛堆上吐着舌头，望着我们。

这时，一个和我一样高的小姑娘，从屋子里跑出来了，倚在门前冲着我和黑虎哥抿着嘴笑，她穿了一件好看的花布衫。

那年轻嫂子招呼我们坐在炕上，给我们捧了一大把核桃和红枣："尝尝，这是俺去年的收成。"说着大嫂便盘起脚来纺线了。纺车轰轰地响着，在这静静的山林里显得特别好听。

我吃着红枣，望着窗外的草堆，一群鸡鸭，正踏着这悠悠的纺车声，漫不经心地觅食。那小姑娘正靠着她爹，理着柳条。太阳暖暖的，她半眯着眼睛唱着歌。她爹斜看着她，又用手比画着，她撒娇地笑出声，那声音像冬天山谷里噼啪作声的冰凌。我想：她爹多疼她呀！

"嫂子，为啥纺这么多线？"黑虎哥问。

"纺好线才能织布。"

"是给山那边打鬼子的人穿吧？"

大嫂笑了，不停地摇着纺车。

那穿花布衫的小姑娘，提着两个鸟笼站在我们面前："给，这是俺爹给你们编的鸟笼。"黑虎一下就蹦下了炕。

"现在你们这儿有啥鸟？"

"俺这啥鸟都有，还有百灵鸟呢！"她说话的声音就像一只百灵鸟在唱歌。

我眼睛直直地盯着她的花布衫，一句话也没说。"这花布衫是俺娘给我做的!你喜欢吗?"我点了点头。"那赶到过大年,俺娘也给你做一件。""不,我……我有。"

临走了,嫂子给我俩装了一口袋栗子。

在山的迂回处,我们回头看见了三个人影,向我们招手。"再来呀!""再来呀!"那像百灵鸟一样的声音在山谷里回荡着。

"一定来,回去吧!"我们的声音也久久没有消失。

翻过了这座山,我不想说话,蹚过了那条河我还不想说话,我想,那小姑娘有爹有娘,她爹给她编鸟笼,她娘给她做花布衫,她日日都和爹娘在一块……我心里有些不得劲,坐在树桩上,望着山的遥远的那边,我有点难受。虎子哥一路上只顾玩着鸟笼,看见我不吱声,他说:"累了,就歇会儿。"我没吭声。

太阳落在山的后面了,我们一进村便听见了牛、马、羊的各种叫声,村子的上空弥漫着炊烟,那是我多么熟悉的声音和气味呀!我突然觉得我是一个离家很久的孩子。

在村口的一块青石板上,外婆正伫立在夕阳的余晖中,黄昏的风撕扯着她的白发,她一边纳着鞋底,一边向远处张望着,我飞跑过去扑在外婆的怀里:"外婆,山上那丫头有花衣裳。""小燕子,你娘也给你做花衣裳。快回家,我都想你了,还给你包了虾米白菜馅的玉米面团子。"我拽着外婆的衣角向前走着,一回头黑虎哥已经飞回家了。我的黄狗正蹲在门口,见我回来,跑过来叫了两声。

第二天,当我爬上树时,太阳才刚刚升起,我们的小村子是新鲜和凉爽的。阳光透过树上的叶子照在我的身上,舒服极了。

外婆正坐在溪边的树下洗衣服,时而还用木槌子捶几下衣服,发出"啪啪"的声音。

我躺在树上,望着树下的这条小河,河里的鹅卵石被水冲得清洁光滑,河水清澈得直见水底,小河在阳光下,泛着一层银白色的光,显得优美、静谧。

它似乎忘记了春天当洪水暴发时,它那汹涌奔腾的气势。

阳光依旧照耀着我们,我在树上静静地听着外婆洗衣服的拨水声,一阵清凉的风吹过,野草摇曳起来,小河的水潺潺地流着,远处大道上传来了马蹄声。

"外婆,爸爸妈妈真的快回来看我了吗?"

"燕子,别着急,过几天他们就回来了。"

"俺妈、俺爸长得啥样?"

"你和你妈长得一样,细眉细眼,高高的个儿,你娘嘴角左边长了一个小小的黑痣。说起话来慢声细语的,可干起活来麻利快,手也巧什么活都会做,有一次你爹在山上打死了一只狐狸,你娘心疼我,知道我是条老寒腿,一夜没睡给我做了一条皮裤子,这可好了,我冬天少受罪了。你爹长得可魁实了,总留着一脸胡茬子,他长得也黑,说起话来可痛快了,学问也大,还会写毛笔字呢……"

"那,他们还走吗?"

"等打完鬼子就不走了。"

外婆沉默了,轻快的拨水声也消失了。我望着远方的山路和高高的天空,马蹄声近了又远了,远了又近了。

有一天黄昏,我正坐在门口的树桩上,叠着粗布手帕,晚上用它包萤火虫,突然看见一个年轻的妇女,高高的个子,瘦瘦的,梳着两条辫子,穿着一身蓝制服,手里还拎了一个包袱,在向我走来,愈走愈快。

"她该就是我妈妈吧!"我站在树桩上望着她,只见她嘴唇抽动了一下,似乎想说什么,我却一扭头就跑了,没想到却撞在外婆的怀里,只听见一个甜甜的声音:"娘,这是小燕子吧。""燕子,这就是整天想着你的妈妈。"外婆摸着我的头说。我没有向前走一步,嘴里嚼着手帕。"我的小燕子。"那女人一下子抱住了我,很久不松手。我觉得胸口被堵住了,闷闷的,我用力挣脱了妈妈，扑在外婆的怀里。只见妈妈的眼圈红了。

外婆攥紧了我的手说："小燕子，你不是整天都盼着你娘回来吗，快和你娘玩一会儿，我去宰鸡做饭。"外婆的脚步显得轻快了，脸上的皱纹也舒展了。

我望着妈妈杏核一样的眼睛，干干净净的衣服，觉得很陌生，我死死地拽住外婆的衣角。

妈妈又一次拉住了我的手，一直把我拉到她怀里，从我衣兜里掏出了几块石头，又掏出了几朵野花，她闻了闻："真香呀！"她的眼睛一眨也不眨地望着我，亮亮的，那才像是天上的星星呢！

我笑了，妈妈也笑了。

不一会儿的工夫，妈妈就烧了一锅热水给我洗澡。

"燕子，你怎么这么瘦，不好好吃饭吧，太贪玩了。"

妈妈用手给我擦着后背，妈妈的手又软又暖和舒服极了，外婆给我洗澡时，她的手常划我的皮肤，不像妈妈的手这样让人舒坦。

我在水里玩着我的手帕，想用它兜起一兜水来，可它永远也装不满，一个劲地漏。

"燕子，你喜欢往山上跑吧。"

"嗯，我喜欢和牛一起上山，山上好玩。"

妈妈一边给我擦着猪胰子，一边轻轻哼起了歌：

月亮在云里穿梭，
燕子坐在打谷场上
想着高山，看着云朵，
萤火虫在她眼前闪烁

她唱得又甜又脆，我爱听极了。我叫了声："妈妈，你唱得真好听。"这是我第一次叫"妈妈"。她听见"妈妈"这声音,肥皂滑到水里了。我看见两滴泪珠落到水里了。

"妈妈,你为啥哭?"

她蓦地抬起头笑了:"我没哭,我是高兴。"

洗完了澡,妈妈把我抱到炕上,给我穿了一件新的花布衫,还有两个口袋呢!我对着镜子照呀、照呀,当时,我真想告诉山上的那个小姑娘:我妈妈也给我做了花布衫,比她的还好看,我妈妈还会唱歌呢!我也有妈妈了。

妈妈的身上有一种清香,妈妈的手指又细又长,妈妈的辫子像染过墨一样黑,我每天最喜欢的事就是给妈妈编辫子。妈妈总是乖乖地坐着任我玩:"哎呀!燕子,你轻点,拽得我头皮好疼。"我在妈妈的头皮上揉了揉:"不疼喽,不疼喽。"我还给妈妈戴上了一朵黄瓜花,她一直戴到月亮升起。

晚上我也不愿意离开妈妈,我喜欢妈妈身上那好闻的气味,妈妈抚摸我的时候,我的手脚都舒服极了,我钻进了妈妈的被窝,她搂着我,妈妈的胳膊又圆又滑,我枕在妈妈软软的胸脯上,比躺在河滩上还舒服。每天晚上她都给我讲故事,那声音就像外婆门前清清的小溪:"地球是个球体,不透明也不发光。太阳比地球大,向着太阳的半球是白天;背着太阳的半球是黑夜,太阳原来也是一颗星星……"我第一次懂得了在外婆的小村庄外,还有那么多我不知道的事情,外面的世界多大呀!

有一天早晨,妈妈带我到山上去采野花,她显得比平时还要高兴,她把一束五颜六色的野花插在瓶子里了,她一会儿把红色的放在前面,一会儿又把蓝色的放在前面,她高兴地摆弄了很久。后来,放在窗台前。我想:妈妈真喜欢我,为我采了这么多花。我小心翼翼地数着一朵又一朵野花。

妈妈碾米去了。家里突然来了一个陌生人,满脸的黑胡茬,说起话来粗声大气的,灰色的衣服上沾满了泥巴,裤腿挽到膝盖下。不知为什么当我第一次见到这个陌生人——我的爸爸,就有些害怕。

"我的小燕子,都长这么高了。"他抱起了我,我闻到一股烟叶味,脸被硬硬的东西扎着了，我哭喊着挣脱，扑向了外婆。

黄昏的天空，在我看来像一扇窗户，我抱起我的黄狗等待着星星出来，就像等待一盏盏的灯光。

爸爸走近了我，黄狗倏地跑了，我刚要撒腿去追黄狗，爸爸一下子把我抱住了："燕子，你看这是什么？"我看见爸爸从衣兜里拿出一杆亮锃锃、绿色的钢笔，绿得就像山上的草，我乐得叫了起来，用两只手来回摸着。

"喜欢吗？燕子。"

"喜欢。"

"那就给你吧。"

"真的！我有钢笔喽！"我把钢笔举起来大声叫着。

"燕子，你识字了吗？"

"我会写好多字了，是外婆教我的。"

于是我在石板上写着外婆、爸爸、妈妈和我的名字，最后写的是：大黄狗是我哥哥。

爸爸笑着把我高高地举起。我笑了，爸爸把我举得更高了，直到我笑得喘不过气来，爸爸才把我放下，又亲了我一口，我躺在大柳树下，用袖角在嘴上擦了半天。

爸爸也走到大柳树下："燕子，写字是有笔画顺序的，可你有时倒下笔，我教你一笔一画地写。"

萤火虫在我眼前一闪一闪，青蛙在唱着往日的歌，村边的溪水淙淙地响着，爸爸教我一笔一画地写字。这是一个没有风的黄昏，我想起了山上那个会编鸟笼的小姑娘的爸爸，我的爸爸和她的爸爸不一样，我爸爸教我写字，还给我钢笔。下次，我要拿着钢笔去看她，并且要告诉她："这笔是我爸爸给我的。"

外婆又宰了一只鸡，还采了许多鲜蘑菇，这些日子外婆的脸上总是挂着笑容。

爸爸回来那天，外婆就搬到西厢房去了。那天，妈妈把她的头发洗得又黑又亮，对着镜子编辫子，编好了又拆了，拆了又编好，嘴里还唱着歌，给花瓶里的花换了两次水。妈妈为啥这么高兴？

月亮升起了，我钻进了妈妈的被窝，等她给我讲小金鱼的故事。妈妈笑了笑，爸爸也无言地笑了。

"燕子。"外婆在窗外喊我，"今晚我不舒服，你来陪我睡吧。"

我慢慢地钻出了被窝，噘起嘴说："我先到外婆那去，等她睡着了，我再回来，妈妈你可等着我。"

当我关上西厢房的门时，妈妈屋的煤油灯倏地灭了。

"燕子，你爹只在家待一天，和你娘也好几年不见面了。我明天早点起，给你爹磨点豆腐尝尝。"

第二天一早，我随着外婆起来了，推开了爸爸妈妈屋的房门，我惊呆了：我看见妈妈袒露着白白的胸脯一头扎在爸爸毛茸茸的怀里，妈妈的辫子散开了，他们睡着了。

这一瞬间，我失掉了妈妈和爸爸。

我走到黄狗的小窝，我躺在稻草上，抱着我的黄狗，眼泪簌簌流了出来……外婆的磨盘均匀地响着。小村庄在梦乡中。

许多年过去了，我终于懂得了那小村庄难忘的夜晚——那是一个既美好又忧郁，既甜蜜又辛酸的夜呵！

原载于《希望》（1986.12）

紧闭房门的小屋

"梅子,你已经是大学一年级的学生了,该懂事了。大夫说你这肾炎病一定要好好休息,要是转成慢性病,可是一辈子的事。"梅子妈妈把煎好的中药放在桌子上。

梅子躺在床上,紧闭着眼睛,好像要告诉妈妈自己还在睡觉,但那长长的向上翘起的睫毛,却不停地眨动。梅子妈妈看看表,关上房门去上班了。

梅子听着妈妈的脚步声渐渐远去了,马上爬下床。她抓了一把米撒在阳台上,又放了一碗菠萝水,在淡淡的雾霭中,在不远的楼顶上,一只喜鹊在唱着歌,好像在问:"梅子,你什么时候上学?"梅子马上在自己乌黑的长发上,系了一条宽宽的白色发带,顿时,她觉得自己也变得快活了。她唱起了歌:

晨风轻轻向我问好,
美丽的喜鹊在快乐的鸣叫,
在这可爱的清晨
我在校园里读书,思考

梅子一唱到"校园"就唱不下去了。她回到小屋，在静静地等待着那群可爱的小鸟来觅食，心里默念着归有光的"项脊轩志……冥然兀坐，万籁有声。而庭阶寂寂，小鸟时来啄食，人至不去。三五之夜，明月半墙，桂影斑驳，风移影动，珊珊可爱"。

终于第一只鸟飞来了，接着第二只小鸟也飞来了，梅子最喜欢听小鸟啄食那一点一点细碎的声音，她也想亲亲小鸟身上那细细的羽毛。梅子把袜子甩在地上，光着脚，沿着墙根一步一步轻轻地溜进阳台，当她看见小鸟喝完水，又高高地抬起头来，那品味的姿态，使梅子不禁想起古代诗人饮酒赋诗，梅子的心里一阵狂喜。她幻想这些小鸟变成一群孩子和梅子拉着手，她最怕这群鸟吃饱了，喝足了，就一只一只地飞走了，梅子可受不了这样的冷落和寂寞。

今天，她要为小鸟录下一点声音，拍上一张彩色照片，镜头对准了，空白磁带开始在录音机里转动了。

"开拍。"

"开录。"

突然"哗"一声，十几只鸟都惊飞起来了，只见最后的一只小鸟，翅膀微微扇动一下就一动也不动了。地面上淌了点点血迹。梅子的心一阵剧跳，她摸了摸小鸟还有余温的躯体。这时，从楼上传来了一阵轻快、调皮的口哨声——吹的那曲子是《费加罗的婚礼》，梅子抬头看见了一个英俊的小伙子，从窗口里探出了脑袋，还故意把弹弓甩得高高的，冲着梅子得意地笑。

"没有道德。"梅子愤愤地说。

"你才真正没有道德呢！劳动人民辛勤种的小米，你都喂了麻雀……"那小伙子，当看见梅子那充满泪水的美丽的眼睛，他把半截话吞了回去。梅子跑回房间，把阳台的门紧紧地关上了。

梅子觉得今天阳光特别晃眼，她拉上了淡蓝色的落地窗帘，就倒在床上读起了三毛的散文《不死鸟》："如果你只有三个月的寿命，你将会去做些什么事情？"

梅子想：仅三个月、三个月，太少了，我还什么都没有做呢！她想起去年她考入电影学院时，主考教师问她："你为什么要学艺术？"

"因为那是我的位置。"

"你怎样理解创作？"

"我认为，每一次创作就是一次毁灭。"

梅子一想到大夫建议她休学一年，在这样美丽的春天，她不能和同学们一起创作，一起远行，却只能乖乖地躺在这张小床上，此时，她用力踢了一下床板，真想把它踢出一个洞。她觉得这小屋简直是一座监狱。内心窒息得将要爆炸，她跳下了床，把柴可夫斯基的《1812序曲》磁带放进了录音机里。当乐曲中出现红场礼炮齐鸣的胜利场景，梅子突然在房里跑了起来，"嚓"地把窗帘拉开了，窗外一片阳光。

小屋里闷热起来了，梅子无可奈何地推开了小屋的房门，她讨厌她居住的这个又杂又乱的筒子楼，她的小屋又对着楼梯口，通常她总是把房门关得紧紧的，当梅子的妈妈把房门打开，通通风时，梅子又执意把房门关上了："我不要听这些狼哭鬼叫！"

梅子拿起了琼瑶的《窗外》，她正翻到康南老师给江雁容的信。

孩子：

你肯把这些烦恼和悲哀告诉我……

孩子，这世界并不是件件都能如人意的。我但愿能帮助你……

康南

梅子闭上了眼睛，仿佛看到江雁容忧郁的面庞，和缭绕在康南面前的一缕烟雾……

"铃……铃……铃……"楼道里的公用电话铃响了。

"喂,是、是、是,我就是潘四。您是康校长吧?"这语气不光显得谦卑,还有点下三烂。

"康校长,我孩子学校的事,可就靠着您了。对、对、对,行、行、行,那彩电的事就包在我头上了。"

邻居录音机里,一个嗲声嗲气的女人,又闯进了梅子的房间:"要问我爱你有多深,我爱你有几分……"她唱得直要大喘气,好像有个爷们要亲她。

梅子烦躁起来,把《窗外》扔在床上,她打开录音机,响起了理查德·克雷曼的钢琴曲。曲子刚刚开始,那家录音机的音量又调大了,那女人用哭腔唱着:"没有你的爱,我就死去……"

梅子想这家真寒碜!录音机吼了五年,天天就吼这几首流行歌曲,也不嫌腻味人。梅子把音量也调大了。

那女人总算吼够了,梅子的耳朵也快震聋了。

梅子朗诵起北岛的诗。

我用暗号敲门
你说:请进吧,春天
我迟缓地摘下帽子
鬓角沾满了霜雪
……

"你又买洋货去了?"

"我买了个美国心英国壳双开门,二百立升的大冰箱,明天就提货,把全楼的雪花、万宝、香雪海通通毙了。"

"美国心英国壳不是杂牌吗?"

"哎呀,你真'帽儿',那外国东西哪有杂牌呀!国产的才出杂牌呢!我眼睛都不夹它!"

高跟鞋"嘎嘎"地在楼道里响着，透出着实实的得意。

梅子在朗诵和思索着，北岛那意象朦胧、闪烁思辨色彩的诗篇，却又被那"美国心的冰箱"切割了。

梅子拿起画笔，她想画一张，"空间"。

从楼梯口突然飘来了一阵悄悄的上海话：

"你别忘了给我打电话。"

"记住，下星期三晚上十点半。"

"她？"

"她上夜班。"

梅子腾一下站了起来。他不就是那位一本正经的团委书记吗？一天到晚兜里总揣着本《红旗》，一副人五人六的模样。前几天，梅子在自由市场看见他挽着腆着大肚子的媳妇，手里拎了一只野兔子，两口子笑嘻嘻的。现在怎么会这样？他正在寻找一个放纵的空间。

梅子把台历翻到下星期三，呵，这一天正是她十九岁的生日，她稍稍迟疑一下，猛地撕下了这一页日历，把它紧紧地攥在手心里，然后撕得粉碎。

梅子的画纸一片空白。

"喂，你那自行车堵在我家门口了！"

"离你家那门口还有两寸呢！在这筒子楼住就得将就，不能讲究，要讲究你买私房呀！现在政府又许可！"

"你少放屁！"

"你少放屁！先用刷尿盆的刷子，刷刷你的骚嘴巴！"

梅子拿着画笔，望着这张空白的画纸。

"我X你妈！"

"我X你大爷！"

"你们俩人别在我门口撒野，都他妈回家操去！""呼"一声门关上了，玻璃震碎了。

梅子放下画笔，端起了中药碗，"啪"一声，连碗带药全扔了。

第二天，梅子把小屋的门关得紧紧的。突然，从楼上的窗口撒下了一把米，落在阳台上了。紧接着又是一阵口哨声，那曲子是："不要忧伤，黑眼睛的姑娘。"

小鸟一只接一只地飞来了。

这一天，梅子拍摄了一幅艺术品。

她俯在阳台的栏杆上，望着天边的一抹晚霞，想着明天。

原载于《希望》（1986.12）

别了，往日的梦

一个打扮入时的妙龄女郎轻盈地步出了美术馆的大厅。几乎同时，一个三十多岁的男子正从美术馆的小广场迎面走过来。他们在距离十几米的地方就显然已经认出了对方。那男子突然迟疑地把脚步放慢了，而女郎却依然平静地向前走着，仿佛什么也没看见，直到他们可以清楚地看见对方的脸时，那男人把脚步停下来，好像想说什么，但是那女郎却突然加快了脚步，竟半步也不停地一边说："对不起，我有事。"一边就轻快地擦肩而过了。

这就是凤凰艺术研究所的图书资料员杨丹丹和长城电影制片厂的摄影师兼录音师梁雄。

走出美术馆，杨丹丹禁不住自问，难道三年前自己就是把一颗少女赤诚的心全部奉献给他了吗！他就是使自己心驰神往的恋人吗？怎么现在竟然觉得再说一句话都是多余的呢？这不说，不是不能说，不愿说，更不是违心的自我克制，而是一种发自灵魂深处的彻骨的冷漠。这冷漠里包容着自尊、自强，酸楚的自嘲与对方的轻蔑，但更多的却是与时俱长的力量。这力量帮助她从爱的血泊中挣扎过来，告别了往日梦，她要去追寻新的生活。

梁雄从梁丹丹这冷静淡然的态度中，已经分明感受到了一种高傲和轻蔑，作为一个男人他可以接受爱，也可以接受恨，但却不能容忍这种轻蔑，特别是来自一个曾经崇拜过、倾心过的女人的轻蔑。

他认为男人应该是力量的象征，这力量无论是爱与恨都无法动摇。而现在，他突然意识到这种刚强的力量已经崩溃了，他如同踩在一片乱石碎瓦的废墟上。在画厅里，他所看见的也只是灰色、黑色、红色，以及绿色的各种颜色的堆积，此外他什么也看不见；他在画厅里寻找着一张纯洁、美好的少女的脸，寻觅着一棵春天的桦树，但是，几乎一切都意味着丑陋、衰老和死亡。他从未感到自己这样软弱无力，脑子里一片混乱。

杨丹丹与梁雄的第一次相识，是在一次家庭音乐会上。主人介绍说："这位是长城电影制片厂的摄影师梁雄，这位是凤凰艺术研究所图书馆的杨丹丹。"就在他们握手微笑的一瞬，梁雄眼前闪现的是一道霞光。杨丹丹是一位二十几岁的姑娘，齐耳的短发，洁白的连衣裙，修长的身材衬着丰满的胸部，周身充溢着一种青春的生命力。梁雄看到的仿佛是蓝天下的小白桦树。这时，在他的内心萌动着一股强烈的创作欲望。那是歌颂春天、自然与理想的乐章。

在他生活的艺术圈子里，自然不乏比杨丹丹更漂亮的女性，但他在艺术创造中，追求与热爱的是自然美，因而，眼前这位姑娘的顾盼，举止，典雅的微笑，就显得超凡脱俗而使他动心。

杨丹丹凭着女性的敏感，真是有些承受不了这灼热的目光，以致不由自主地双颊微红着低下了头。

这时录音机里传来了柏辽兹的《幻想交响乐》。音乐使杨丹丹摆脱了窘境，一时仿佛忘记了眼前这位热情而颇有丈夫气的美男子。她轻轻地把眼睛闪了一瞬，深情地说："太美了。"就像一朵飘逸的白云落座在沙发上，静静地被音乐带到遥远的天国。

一曲终了，梁雄随便地问杨丹丹："你很懂音乐吧？""我可谈不上懂，只是喜欢，想在音乐中得到净化与享受。"梁雄点了点头，杨丹丹便接着说：

"比如从这部交响乐中,我感受到的是幻想与热情的追求,但也有伤感与绝望的情绪。您说对吗?"

梁雄欲望地说:"你的悟性真好。能够感受音乐,才能理解音乐。当年柏辽兹在巴黎剧院观看英国剧国演出莎士比亚的悲剧,爱上了饰朱丽叶的女演员,却遭到了拒绝。在极度苦闷中,二十七岁的柏辽兹写成了这部表现个人爱情狂想、绝望与梦幻的交响乐。你对音乐的理解,说明你真是他的知音哪!"

杨丹丹像一朵凝固的白云,静静地听着。从她那严肃端庄的神态,不难知道她感受到了什么。

这时,房门突然拉开了。主人马上说:"呵,嫂夫人又姗姗来迟了。"进来的是一位近中年的妇女,瘦瘦的,板板的身材。她颇不以为然地说:"一个组织生活会,一个护理工作会,党员加上护士长就把我死缠在单位上了。真想到这儿喘口气,却差点就抽不开身……"

梁雄显得挺随便地打断了她的唠叨:"李斯特的钢琴曲磁带,你们医院的那位大夫还了吗?"

"哎呀,我忘带来了!"护士长大大咧咧地拍了拍手提袋。

梁雄淡然一笑,这笑有责备也有无奈。他望着坐在一边默默不语的杨丹丹,突然想起来似的说:"唉!我忘记介绍了。这是我的妻子谢珍,这是刚刚结识的凤凰艺术研究所的资料员杨丹丹。"杨丹丹握着谢珍的手,感到她的手是冰冷的,粗糙的。谢珍的眼睛像刀子一样在杨丹丹的身上上上下下刮了一遍,接着又像扫描机一样从头到脚地扫视一番。这目光显然包含嫉妒,和对自己韶华已逝的惋惜。

杨丹丹没有立即理解这种目光的内容,只是觉得这样的打量是没有礼貌,缺乏教养的,当然她也感到这目光中缺乏真诚与友善。

打这以后,杨丹丹与梁雄便经常在家庭音乐会相遇。有几天晚上梁雄踏着柔和如水的月光把杨丹丹送回家。有时杨丹丹客气地说:"请进来小坐一会儿吧?"他总是说太晚了,等有时间再来造访。

但是当他们走在这条月光下的小路上时,却总是把脚步放慢放慢,又觉得这条小路太短太短。

他们的相识和相知是从音乐开始的,当然还有这条月光下的小路。

梁雄有他自己内心的苦闷,这是他从未向旁人披露过的,也并未被周围的人所觉察。周围的人都羡慕这个家庭:能干的丈夫,贤惠的妻子,健康的儿子。这不是已经很理想了吗?

年仅三十五岁的梁雄是长城电影制片厂的摄影师、录音师,也曾是一部颇有影响的影片的副导演,可以说正当春风得意,踌躇满志的时候。

今天他坐在调音台前,总觉得乐队排练不够认真,那失去了平衡的节奏,层次混乱的音乐,使他感到十分烦躁,只得向乐队指挥宣布停录。近黄昏时,他走出了录音棚。心绪不宁使他不愿骑自行车,也不想乘公共汽车,而决意缓步走回家去。

仲秋时节,从电影厂到宿舍的这条路,是一年中最美的路。柏油马路两旁整齐的白杨树已变成一片金黄。远远望去,给人明快感的黄色是那样丰富,以致梁雄的眼前蓦然重观了苏联画家画的《金色的秋天》那明朗、色彩强烈的画面。

在这画面里,他寻找着某种意境,某种情绪。他觉得在这色彩里,有能容下绘画、音乐、诗歌以及回忆和梦想的一切。

踏着金黄的落叶,他漫步向前走着。在宁静的沉思中他忘记了烦恼,仿佛置身于世外桃源。

梁雄终于推开了单元的房门。从厨房飘来豆瓣干烧鱼的香味,儿子在自己的房门里专心地做功课。他冲了一杯速溶咖啡,坐在沙发上随便拿起了当日的晚报。在这一瞬间,他感受到了家庭的舒适,使他在录音棚里的紧张得到了暂时的松弛。

过了一会儿,谢珍在门厅里用沙哑的声音喊道:"吃饭了。"这声音马上使梁雄回忆起前不久为录制一部外国影片,一直在为一个角色寻找这种声音。

那声音的干瘪和沙哑，过去怎么就没有这种感觉呢？他现在感受得尤其强烈，是她的声音变了还是自己的感觉变了？

谢珍用长满灰指甲的双手把一个馒头掰成两半，把其中的一半放在梁雄的碗里。当梁雄知道了这灰指甲是霉菌传染的，心里禁不住感到一阵阵恶心，但又想到妻子工作了一天，现在已经把饭送到自己嘴上了，还有什么好挑剔的呢！

儿子总是一声不响地埋头吃饭。梁雄说话不多，只有妻子说个没完。几乎每一顿晚饭都是谢珍对医院的一次小小的批判会。梁雄想，如果家庭不那么和谐，起码也要安宁，特别是饭桌上的安宁是有助于消化的，身为护士长的妻子怎么连这一点常识都不懂呢！世界上哪一个丈夫不希望妻子柔顺可亲，有谁希望家庭充满刀光剑影的谈话呢！也许妻子以为把一天的劳累烦恼痛痛快快地对丈夫发泄一下，就是一种信任与爱的表示吧，但这绝不是梁雄所期待的。

谢珍可不管丈夫怎么想，只是由着自己的性子大声说：

"今天，我在大街上看见了护士小刘，我都差点认不出她来了。披散着头发，耳朵上戴着个零碎也不怕沉，细细的裤子紧裹着肥胖的屁股，我真怕放个屁把裤子崩破；脚下还蹬了一双红色高筒靴子，直到膝盖以上，活活像从赛马场来的，真是八十年代的疯丫头……"

谢珍发现丈夫没有反应，只是吐着鱼刺，便又继续播音："肖玲今天又把一块瘦肉放在冰箱里了。我多次教育她们冰箱不能放私货，我要求院部扣发她当月奖金……"她边说边晃着筷子，激昂慷慨，唾沫星子飞到了梁雄的脸上。

梁雄以极大的耐心听着，至此再也不能容忍了。他把剩下的半碗饭一扔就转身回到房里，一头躺在床上。他宁可自己动手做饭，只要谢珍不再做这种讲演。可惜妻子一点也不理解他的心，竟紧跟着追上去问："你怎么啦？不舒服吗？"

接着用含着半块鱼的嘴吻了梁雄的额头，又说："怎么啦？好像不发烧嘛！"

梁雄只说想安静一会儿，没有理会她，随后便起来开了录音机，房里立即飘荡起令人陶醉的柴可夫斯基的小提琴协奏曲。

　　一会儿的工夫，妻子就端了一碗热腾腾的鸡蛋羹来，并说："吃碗鸡蛋羹就会好的，这好消化。"

　　这时梁雄的眼睛里流出了绝望的泪水。妻子这是第二次看见丈夫流泪，这泪水使妻子回忆起梁雄第一次拥抱亲吻她时，那复融在一起的泪水。作为一个女人，一个妻子，她最大的心愿就是被丈夫爱，至于怎样去爱丈夫，又怎样使丈夫爱自己，那是谢珍从未想过的。这泪水使谢珍相信了自己还被丈夫爱着，眼睛也禁不住潮湿了。

　　真的，结婚十年的谢珍并不理解丈夫到底需要什么，也不知道什么才是真正的爱。她只认为结婚就是用铁板把一家人紧紧地联在一起。她做好一个妻子应做的一切，更值得骄傲的是为梁家生了一个大儿子，这不是已经足够了吗？！可惜，她不明白，爱情是朵最娇嫩的花，像一切生命一样，它既会生病，衰老和死亡，也会痊愈和康复。如果爱情之花枯萎了，那任何联系也束缚不了它，有责任也强制不了它。爱情有时又是游动的云，寻觅着蓝天，寻觅着细雨。婚后的生活真是最难驾驭的艺术。因为这片土地有着它的四季，也需要不断地播种耕耘，才能有收获，如果你让这片土地成为荒芜的废墟，爱的心也会在这废墟里埋葬。

　　晚上，谢珍总是等到梁雄躺下后，睡在他的身边。对于夫妻生活，无论她需要还是不需要，她都认为主动满足丈夫的要求是妻子的义务。这种满足在她看来再简单不过了，简直可以说是一种机械动作。而梁雄拥抱的几乎是一具死尸，没有呼吸，没有感觉，没有声音，甚至没有生命……爱与性是人生的一大享受。性，绝不是原始的动物的本能的发泄，性乃是声，色，味，形，灵俱在的艺术，而这艺术在享受中必须给人的心灵、精神及感官上的极大的快慰与满足。

　　当谢珍用粗糙的手，抚摸他的后背时，梁雄觉得有些疼，他只得说："把手放下，我皮肤不好。"当梁雄拥抱这干瘪的躯体时，他想还不如躺在沙滩上,那沙滩是松软的,温暖的,还可以看到蓝天。和一切健康的男人一样,梁雄渴望着美感的诗意的爱。出于男性对女性的尊重,梁雄不愿拒绝妻子的主动,可有时候,他真觉得这是一种苦刑。他常常一边曲意地爱抚,一边心灵却在哭泣。只一会儿工夫,谢珍就满足地睡着了。她的鼾声常常使梁雄辗转难眠。这时候,他只得跑到儿子的房间去,沉重的乌云笼罩着这颗孤寂的心。性爱的苦闷与压抑,潜伏着一触即发的家庭危机……

梁雄走出了美术馆,小雪花悠悠地飘着。这雪花落在脸上是冰冷的,但他觉得很舒服。这雪花使他回想起两年前,白雪覆盖着整个圆明园远近的村庄、原野和残垣断壁。整个大地都成了一片白色的世界。

梁雄一早就来到了圆明园。周围没有一个人,显得异样的空旷寂寥。他踏着盖满白雪的松软的大地漫步走着,享受着这静谧和洁白。他满意地拍下了他在这片广袤无垠的土地上留下的第一行脚印。

这时,梁雄在不远的前方,突然发现了一个鲜红的在雪地上来回奔跑的身影。在这一片洁白无垠的世界上,这身影时而像是一朵跳动的燃烧的火焰,时而又像一株火红火红的雪莲,梁雄马上对好镜头,准备拍下这美妙的一瞬。但就在这时,那株雪莲突然躺卧在雪地上,好像是被风折断了,许久没有再起来。这时,梁雄想,该不会出什么意外吧?便连忙向前跑去。当他跑到近处,竟突然惊喜地叫了起来:

"原来是你呀!"

杨丹丹也万分惊喜地一跃而起,拍着手说:"呵!你也来了!"由于激动与意外,杨丹丹不由自主地抓住了梁雄的胳膊,接着,又像意识到什么似的马上缩了回去。

"你怎么躺在雪地上,不冷吗?"

"怎么会冷呢!昨夜妈妈为我铺了一层多厚的鸭绒被呀,温暖极了!"杨丹丹一边说一边惬意地眨动着眼睛。一丝雪花在她长长的眼睫毛上化开,掉下来。她上身穿着红色的登山服,头上戴着红色的滑雪帽,脚下穿一双红色的长筒靴,真像冰峰上的雪莲似的,显得分外俏丽、娇艳。

在梁雄深情的凝视中,杨丹丹又突然头枕着手套躺卧在雪地上。梁雄马上拍下了这朵雪中的睡莲,随即带着请求的口吻说:"丹丹,我是否也有幸可以享受一下这温暖的大地之床呢?"

"这可是妈妈为我一个人铺的呀!"杨丹丹娇憨地说。

"大地母亲是你的妈妈,当然也是我的妈妈;在妈妈面前,人人平等嘛。"梁雄不由分说就躺在杨丹丹旁边的雪地上了。

四周静悄悄的,没有一个人影。不知名的鸟啾啾地叫着。细雪不时飘洒在他们身上,又被风吹散了。这洁白的大地,美丽的水晶床,仿佛只属于他们两人。

梁雄侧身望着杨丹丹起伏的胸脯和娇红丰满的嘴唇,真想亲吻这朵雪莲的花瓣,但又觉得这花太娇贵了,生怕把花瓣碰落。

两双喜鹊欢快地互相叫唤着,从空中掠过。杨丹丹若有所悟地说:"喜鹊披着漆黑的羽毛,那它身上的白色是什么?"

梁雄不假思索地说:"当然是白色的羽毛呀!"

"不,不是,那是冬日留在喜鹊身上的终年不化的残雪。"接着杨丹丹又深情地说,"我透过这积雪和冬日的天空,又远远望见了绿莹莹的春色,还有金灿灿的秋天的果实。"

杨丹丹的思绪和情趣在梁雄的心中产生了深深的共鸣。仿佛是两个充满活力的灵魂重叠在一起,一种强烈的感情骚动在他们心灵的深处激荡着,形成一股无法抑制的力量,这力量使他们不由自主地靠拢了,却又有一点惶惑和害怕——使人眩晕的惶惑和令人感到甜蜜的害怕。一条浅浅的小溪终于从一个源头流入另一条河流,爱的泉水浸润着两颗干涸的心。当阳光升起,积雪树木都被抹上了一层淡淡的玫瑰色时,这两个重叠交融在一起的灵魂才逐渐在感情的颤动中苏醒过来。

冬去春来,杨丹丹不幸患了急性中心视网膜炎,住进了本市最权威的眼科医院。碰巧梁雄的父亲是这所医院的眼科主任，同时也是杨丹丹的主治医生。

梁雄从未放弃过任何一次探视的机会。今天他从医院出来，眼前一片黑。妻子、儿子回娘家过星期天去了，他希望快些回家。这个时刻，他最需要的就是使自己的心安静下来。

他推开房门，拉上窗帘，便躺卧在沙发上，一根接一根地吸着烟。在这烟的雾云中，他仿佛看见了丹丹伸出细长白皙的手，流着眼泪绝望地说："我看不见了！什么也看不见了！如果世界对我是一片黑暗，我还不如马上死去……"

泪眼蒙胧中，梁雄想，为什么不可以把我的一只眼睛移植给丹丹？！那样一来，这个世界对于她就再也不是一片黑暗了。这个想法给梁雄带来了一线光明。在这光明的幻想中他迷迷糊糊地入睡了。

又是一个探视的日子，梁雄背着一个沉甸甸的书包站在病房门口。这时，他突然看见父亲正站在丹丹的床前，耐心地说着什么。只见丹丹斜靠在病床上，乌云似的头发披散在肩上，显得脸色更加苍白。没有一丝笑容，真是令人万分怜爱。

梁雄走上前去，紧紧地叫了一声"爸爸"，顺手把书包放在椅子上。

"爸爸，她的病怎么样了？"梁雄急切地问。

"黄斑区的水肿正在逐渐吸收。"梁主任淡淡地回答。

"那么，爸爸，眼球移植术在中国可以成功吗？"没有回答，在沉默中梁雄又嗫嚅地说："她的病能好吗？"

"当然可以好，但要配合治疗，情绪要乐观。"同时严肃，尖锐地瞥了儿子一眼，足以透视儿子心底的一眼——便走出病房。

这时，梁雄连忙把靠在床框上的枕头放下，轻轻地扶着杨丹丹躺下，又把被子给丹丹盖好，便坐在床边的椅子上给她削了一个苹果。

杨丹丹一边吃着苹果，一边眼泪汪汪地说："你以后不要老往医院跑了，你太累，我觉得很过意不去。"

这时,梁雄微笑着打开录音机,马上从录音机里传来了一个浑厚的男低音的歌声:

……
白雪覆盖着原野和山冈,
火红的雪莲在寒风中怒放。
啊!斗雪傲霜的雪莲,
你在呼唤着春天和希望。

杨丹丹听了头一句就知道是梁雄唱的。这深沉而又充满感情的歌声使她一下子似乎又有了力量。歌声使她想起了那灵魂震颤的一幕。

歌声停止时,杨丹丹高兴地笑了。她说:"我知道这支歌的作者是谁,还知道歌曲产生的时代背景呢!"梁雄只报以会心的一笑。

这时,她苍白的脸色一下子变得红润起来,眼睛也不那样呆滞了。这是她住院以来第一次这样舒心地笑。

临别时,梁雄紧握着丹丹的手说:"我每天都为你的康复祈祷。你应该知道,有一颗心每天都在想你,难道不幸福吗?必要时,我的另一只眼睛随时都可以无保留地奉献给你。现在让它先保留在我这里好吗?"

感激的泪水一下子充盈了杨丹丹的眼眶。一个病中的少女,一直在黑夜里哭泣,她从未感到像现在这样需要关怀,力量与爱。她终于在黑夜里摸到了一双温暖有力的手。友谊与爱情,只有和为对方献身的决心融合在一起的时候,才是最值得珍惜的。

这时的杨丹丹突然觉得自己有了双倍的力量去战胜疾病。不,一加一何止等于二,她简直觉得自己无所畏惧了。

在这些日子里,梁雄隔三岔五地就回父亲家,不是询问有关眼病的知识,就是随手翻阅父亲有关眼病的各种医书。父亲早已在那天梁雄询问眼球移植手术能否成功时就已经洞悉了他的心思。

有一天，父亲终于轻轻地拍了一下他的肩膀，严肃地说："你对病房那位姑娘的关心显然太过分了。不要忘了，你可是有一个妻室的男人哪。"

梁雄被父亲窥破了内心，不禁愣怔着无言以对，等他愣过神儿，父亲却已不容分说地离他而去了。

一个月以后，杨丹丹的眼睛终于恢复了健康。

梁雄得知杨丹丹就要出院，竟然一步三个台阶地跑下楼，连忙跑到花房为她买了一束鲜花。

杨丹丹出院后，又在家里休养了一个月。视力已经稳定了，她即将开始正常的工作和学习生活。

她知道，如果没有梁雄的爱护与关怀，她的视力决不会恢复得这样快。她常常想，是梁雄给了她一双眼睛，让她重新又看见了这个多姿多彩的世界。对曾感到绝望和孤独的杨丹丹来说，梁雄是难熬的夜晚里的一线光明。

在这些日子里，杨丹丹只要离开了梁雄就想见到他；只要见到他就又怕离开他。她的眼前无时无刻不在闪现着梁雄的身影，以至禁不住自问："难道我是在恋爱吗？我怎么会爱上已经有了妻室的男人呢？不，这是不可能的！"只要一想到爱情的降临，她的心就感到一阵强烈的战栗，但是，还是忍不住心心念念地想着他，每时每刻都盼着见到他。

这可怕的神秘的痴情像火焰一样烧灼着她的心。只要想到梁雄是个已经结了婚的男人，她就手脚发凉，好像自己跋涉在一片看不见绿洲的沙滩上，觉得脚下是一片空白，只要她再向前迈一步就会坠入万丈深渊。

这时，丹丹从衣柜里拿出她为梁雄编织好的毛衣，紧紧地把它抱在怀里，盈盈的热泪，也就禁不住一颗一颗地滚落在灰色的毛衣上。

在极度痛苦中，杨丹丹终于用颤抖的手，提笔给梁雄写了一封短信：

别了,往日的梦

梁雄同志:

　　无论什么时候,也无论在什么情况下,请你都不要来见我,当然我也不愿见到你。请你不要问我为什么。

杨丹丹

　　写完信,她似乎得到了一种精神上的解脱,可是在把信扔到邮筒的同时,她的心又沉了下去。呵,她真想站在这里,等邮递员打开邮筒时,再把信收回来。从寄出这封信后,她对梁雄的思念反而比任何时候都更加强烈。她痛苦地问自己:"今后还有谁来关心慰藉我的心灵!我怎么能把一颗心撕成两半呢!"

　　从这以后,她只要听到敲门声就是一阵心悸,一阵激动。她开始恨那些无端刺激她的声音。她一天几次打开信箱,但始终未找到梁雄的回信。

　　杨丹丹在期待、悔恨和痛苦中煎熬着自己。这对她简直是一种残酷的折磨。也许有一种爱情就是诞生在血泊中,诞生在心灵的激烈的内战和厮杀中的吧!这时,杨丹丹甚至想,如果梁雄现在出现在她的面前,她就要不顾一切地去爱他并享受他的爱,她愿在爱的烈火中将自己化为灰烬。可同时,心里又有另一个声音在呼唤:"他真的爱我吗?"

　　"从他那第一次握手及那满含深情投来的第一眼,不是早就爱上自己了吗?"

　　梁雄也仿佛听到了这心灵的呼唤,在一个晴朗的早晨,他终于出现在杨丹丹的面前。相对无言,他们在对方的眼睛里都看见了自己的泪水。

　　还需要说什么吗?一切不是都很清楚了吗?爱的巨浪把理智卷走了。一种蓄积已久突然爆发出来的激情,终于像一泻千丈的瀑布,跃入了爱的深谷。

　　杨丹丹浑身酥松地任梁雄用力地把她紧抱在自己的怀里。在狂热的贪婪的热吻中,丹丹几乎停止了呼吸,只是哭泣着喃喃地说:"我离不开你,离不开你。"

梁雄把她轻轻地放在床上，拥抱着这丰润柔软的处女之身，透过杨丹丹那真丝的睡衣，他听到了她的心在狂喜地跳动。他闻到了令人沉醉的女性的温馨，第一次懂得了女性的柔媚，第一次尝到了山泉的甜美，第一次享受了春风轻轻的吹拂。杨丹丹保持着一颗少女的心，一个少女的身体，是那样明净、活泼、新鲜，像溪水一样给人一种清新感和明快感，梁雄感到自己的身心也融化在其中了。

当他们从爱情的激流中平静下来的时候，杨丹丹含着眼泪问："难道你只想把我置身于一个这样的位置吗？"梁雄沉默着，一时不知说什么好。

"难道不能有别的道路吗？"杨丹丹的声音带着几分责怪。

"我知道，你指的这条道路就是我们能够结合，这种奢望我几乎不敢去想，因为我有一个我不爱的家，不爱的妻，但我没有办法摆脱她们。离婚就是一场残酷的内战，持久战，它把一个人的精力和时间消耗殆尽，甚至名誉扫地而毫无成效。谢珍是决不会同意离婚的，这等于让我逼她去死，我实在也不忍心……我常常觉得，我这个家已经死了，有时觉得自己也死了，只有当命运将你恩赐给我的时候，我才重新找到了生命。呵！你就是我的上帝，除了你愿意给我，我不敢有别的奢望……"梁雄仿佛有说不完的心里话在向外流淌。

"那最初你为什么和她结婚呢？"杨丹丹不解地问。

"那时，我只有二十三岁，患了急腹症住进了医院。谢珍是我病房的护士，对我照顾很周到，有时看我食欲不好，大冷天她竟为我买了许多西红柿和黄瓜。她说病人最喜欢吃新鲜的东西。临出院的时候，她还给我织了一件毛衣，我很感激她。出院后，她继续与我保持来往。周围的人都说有位白衣天使在我身边照料，真是幸福。那时，我误认为好感就是爱情。婚后，我才感到双方心理、情感方面的不协调……我曾试图想重新塑造她，但事实证明那是徒劳的……我也想挣脱出这个笼子，但是越是挣扎那个套子就拉得越紧。"

梁雄的这一番自述，好像是在杨丹丹爱的心田里撒了一把盐。这光亮温暖的小屋瞬间变得阴暗了。她第一次觉得梁雄可怜，并在这可怜里多少失去了对他的敬意的崇拜。

刚刚萌芽的爱情逐渐变成了一种矛盾、痛苦的情感的体验。他们的爱情和先天不足的嫩芽又遭逢了营养不良的厄运。

不久梁雄准备去广州深圳拍外景，约好去二十天，赶回来庆祝杨丹丹二十五岁的生日。

杨丹丹每天都在计算着梁雄回来的日子，心里默默数着，"还有五天，还有三天，还有两天……"那一天终于来了，杨丹丹整个下午都徘徊在梁雄宿舍周围的楼群中，她漫不经心地走着，眼睛却专注地搜索着，没有更多的奢望，只想看他一眼，哪怕只看他一眼。

接近黄昏的时候，杨丹丹的腿已经走得有些发酸了，正在她感到失望的时候，突然看见梁雄喜气洋洋地与一个青年男子往住处抬着席梦思，那床竟和自己的一模一样，接着，又抬进了一对电镀金丝绒的沙发，谢珍站在门前兴高采烈地招呼着，又与梁雄亲密地谈着什么。

杨丹丹悄悄地站在对面楼的单元门里，屏住了呼吸，清清楚楚地看到了这一切。这时，仿佛有一股寒流流遍了她的全身：怎么，他不是不爱这个家吗？怎么又在兴致勃勃地建设着这个家？！她突然感到一种被欺骗的委屈。

杨丹丹木然地徘徊在梁雄的窗下，自己也不知道究竟想干什么。直到晚上八点多钟她还没有想起该去吃晚饭。这时梁雄与妻子房间的灯熄灭了，暗红色的窗帘拉紧了。杨丹丹的心一下子被撕裂了。一阵剧痛，真是难以承受。她觉得自己最神圣的东西被亵渎了。她不知所措、昏昏沉沉地跑回了家，整整痛苦了一夜，而经过这一夜，她好像老了十年。

过了两天，梁雄为杨丹丹庆祝二十五岁的生日了。生日蛋糕上点燃了二十五根蜡烛。梁雄拿出一个长条盒子，高兴地说："这是我从广州为你买的生日礼品，一把檀香扇，还有两双长筒袜。"

"您太破费了。这檀香扇是真檀香木吗？"丹丹淡然地问。

"不是吧，恐怕是假的。"

"看起来和真的也差不多呢，真是巧夺天工呀！"

杨丹丹望着这价值菲薄的生日礼品，又想到他为自己的家庭购买的昂贵的家具，内心的雾一下就消散了，那朦胧的变得清晰了。

杨丹丹是个独生女儿。爸爸是总工程师，妈妈是艺术学院的钢琴教师。她并不看重物质金钱，对朋友从来也是慷慨的，但现在她却反常地计较起来，因为她觉得梁雄的这份心意太薄了。

这时，梁雄一下子把杨丹丹拉在怀里，丹丹还没有来得及挣脱，就听见梁雄说："今天是你二十五岁的生日，你给我二十五个吻好吗？"说着他就尽情地狂吻着丹丹的嘴唇，一边喃喃细语地说："无论将来你属于谁，但你是第一个属于我的……你太美了，比她丰满、有味多了……"

这急风暴雨式的占有和梦幻似的狂言，使杨丹丹突然清醒过来，并获得了一种不可违抗的力量，以致她不但从梁雄的拥抱中挣脱出来，而且一下子把他推出门外，并同时把假制的檀香扇和袜子扔在门外，倒锁了房门，旋即斜靠在门上，胸脯急剧起伏着，不管梁雄如何解释和哀求她都再也不愿理睬他，她觉得一阵恶心，顿悟了原来梁雄在同时享受着两个女人，也在欺骗着两个女人，也就是说，杨丹丹与另一个女人同时在分享一个男人。她本能地感到从精神到肉体上的肮脏，真想跳进大海去，把每一个毛孔都冲刷干净。

过去，她在月光下看着梁雄，觉得他很美，有时又在雨中望着他，觉得是朦胧的；现在杨丹丹是在阳光下看着他，一个真实的，多层次的他便暴露无遗。

杨丹丹明白了，梁雄不能娶自己为妻，但又不满意家庭生活中的某些缺陷，更没有勇气和力量离开他所不爱的家，于是便在家庭之外，寻求着一种补充和满足。他谁也不爱，他爱的只是他自己，当杨丹丹意识到自己原来不过是处于一个情妇的地位时，深深感到一种人格的侮辱。这种女性的人格上的尊严感和崇高感，使她一下子站立起来了。一个觉醒的灵魂在呐喊了。

这时，窗外的风吹灭了一支又一支摇曳的蜡烛，二十五支蜡烛不再无声地流泪了。

一个星期六的晚上，丹丹上完了英语课已经快九点了。这时，天空中雷声紧紧追逐着闪电，强劲的风肆虐地摇撼着树木和楼房，滂沱大雨在冲刷着整个城市。

杨丹丹无力地支撑着一把伞，书包和衣服都淋湿了。当她走到宿舍的楼门前时，一个没有任何雨具，被雨水冲激得像落汤鸡似的人，像一尊塑像一样站在楼的门口。杨丹丹感到十分愕然甚至有些恐惧。突然，那个黑影走过来，用低沉的声音说："杨丹丹，我是梁雄，我看见你窗子的灯没有亮，知道你上课没有回来。我一直在等你，请你明天中午十一点在莫斯科餐厅等我好吗？"

杨丹丹淡淡一笑说："我可没有这个雅兴。"说着头也不回地往前走了。这时，梁雄紧忙追上几步，带着哀求的口气说："我站在雨里，你在雨伞下，请你和我说几句话，随便说什么都可以，你不能又重新把我扔到孤独中去。"

杨丹丹转身对他说："该说的全部都说过了，再说就是废话了。"说完，便迅速小跑着奔向楼门。

这时，只听见梁雄在雨中大声喊："你如果不回来我就在雨中站上一夜。"

"那是你的自由！"杨丹丹决绝地回答。

两分钟以后，杨丹丹卧室的灯亮了；十五分钟以后，这灯又熄灭了。杨丹丹竟枕着这哗哗的雨声甜甜地入睡了。过了几天，杨丹丹接到梁雄从医院寄来的明信片：

杨丹丹：

我患肺炎发烧住院，病房号是七区三〇五。

梁雄

杨丹丹淡然地看完明信片，又将明信片装在信封里，按原地址退回。

把信投寄以后,梁雄已经从自己的生活里清除了。

别了,往日的梦!

明天,将是阳光灿烂的晴天。

原载于《金城》(1986)

葛大夫的一天

葛大夫同小李护士咬了一阵耳朵，便悄悄地把两张北京饭店的舞票塞进了她的白大衣兜里，随即便步入了中医第三诊室。

护士小李从兜里摸出了这两张票，不由得扬了扬修剪过的细眉，嘴角也笑得翘了起来，迈着轻盈的舞步飘进了电话室。

葛大夫沏了一杯酽酽的绿茶，望着墙上的挂历，三月三十一日。她突然意识到今天是这个月的最后一天了，她还记得，副院长在全院职工大会上说："今后，咱们医院就实行承包了，打破大锅饭，有吃肉的，就有喝汤的，你馋就多抓病人呀！……有病的不能上班的，或不能完成门诊定额的，先发三个月的工资然后劝其自谋生路。"话音刚落，会场上出现了一种瘆人的沉寂，接着就是一片骚动。有人悄悄地说："你副院长一个更年期妇女，正是闹病的岁数，说这话不怕闪了舌头。"副院长泰然地靠在软椅上，拉长了声音说："不要在下面开小会，有意见可以提嘛！"内科高年医师周大夫腾一下子站了起来，周大夫今年四十七岁，六十年代的大学毕业生，二十年来一直致力于肠胃病的研究，曾先后荣获区、市科技奖，也许是累积成病，于五年前他才发现已染上了慢性肝炎，无奈现在只好经常休息或勉强坚持半日工作，患者经常看到他一手按着疼痛的肝区，一手开着处方。平时慢声慢语的史大夫，此时脸上已渗出了汗珠，青黄色的脸上的肌肉好像在抽动，他大声说："我把青春和精力都贡献给医院了，现在我老了、病了，要我自谋生路，我不是地主没有土地，不是资本家没有财产，不懂生意经不会做买卖，要命只有一条……"这些话像刀子一样戳进了葛大夫的心里。

　　她觉得他们这一代人倒霉透了，年轻时，拼命工作，都从未多拿过一分钱，现在奖金呀，岗位津贴呀，职务补贴呀，等等，都来了，唉！可过去工作太用劲，生活又太清苦，把身体给糟蹋了，现在人老了不中用了，唉！虽然葛大夫心电图显示心脏供血不足，心律不齐，但她却不敢休息。上有老下有小，儿子正处在生长发育阶段，吃涮羊肉一顿就是二斤，吃饺子一百个挂零，吃一只鸡只剩下两个爪子；老人经常还要给煮点西洋参吃点水果，东西又这么贵，她只有坚持上班，争取超产才能维持这个家庭的吃穿。

　　于是她从抽屉里拿出了电子计算器，手指在上面灵活地舞动着，这舞蹈的节奏愈来愈激烈了，手背上的两条如蚯蚓一样的青筋，也仿佛要跳出来。她这才清楚自己还差八十个人次才能完成月门诊定额，她手上的节奏逐渐缓慢下来，因为即使跳最激烈的迪斯科，也跳不出八十个病人来。

　　她把电子计算器扔在一边，在门诊记录本的背面记下"八十"这个数字。她一边无精打采地喝着茶，一边想：如果今天不能完成八十个人次的门诊量，那就意味着不能拿到四十元的月奖金，可这钱，她早在月初就派了用场了——给儿子买一身尼龙运动服。她后悔自己竟把今天当成了三十日，如果还有两天的时间来完成八十个人次，那还是从容的，可现在……她低下了头，瞥见了桌子玻璃板底下压着一张照片，今天当她仔细端详时，她都不敢相信是自己了，那是二十几年前的一个星期天，她正在中华医学会图书馆翻阅资料时，一位在图书馆工作的女友给偷偷照下来的。长长的乌黑的辫子垂在肩上，明亮清澈的眼睛好像在思索什么，朴素的天蓝色的连衣裙，柔和地勾勒出她窈窕的富有曲线的身体，周身洋溢着青春的朝气与梦想。

近几年来，她不愿看这张照片了，不，她有些害怕看这张照片了，甚至当别人说："看，葛大夫年轻时多漂亮。"也引不起她的某种满足。因为她意识到黄金般的年华已经过去了。不知不觉中理想的绿叶也变得枯黄了，她觉得自己开始衰老了，渐渐习惯了那种慢吞吞的老牛拉破车式的生活。记得几年前她通知挂号处，"一天只挂二十五个号"，这样，她可以仔细地望、闻、问、切，可以认真地字斟句酌地写病历，空闲的时间还可以读些书。可近几年来，医院实行了开放门诊，不许限号，来者不拒，公费医疗制度使工厂、学校、机关又各呈异彩，五花八门。她在开处方时，必须仔细算好药方的价钱。如果超过了规定价钱，那就要扣除大夫的当月奖金。这是过去二十年来，大夫看病不必考虑的问题，现在竟变成了一个新的烦人的课题。现在她必须像运动场上的赛跑运动员，快速写病历，加速周转病人，开始她只是为了完成门诊定额，渐渐地她也希望超产了。一切都在不知不觉中变化着，过去，没有具体的数字来约束她，她把治病救人当成一种人生理想时，她觉得很愉快，现在规定的门诊的基本定额，就如同在她的脖子上套上了一个枷锁，她觉得生活变得紧张、沉重了。她有些喘不过气来，葛大夫在麻木中变化了，在变化中也麻木了。

护士小李送到葛大夫诊桌上一份病历，后面紧跟着一位看来与葛大夫很熟悉的副食品店的女服务员，小李的眼神仿佛对葛大夫说："这没错吧！"葛大夫脸上那两块凝滞的肉块，骤然松弛下来了，满脸堆笑地对患者说："这阵子，你怎么不照面了？""唉，没病没灾的谁往医院跑。"葛大夫一边诊脉，一边想：家中冰箱里的瘦肉全吃光了，鱼也没有了……嘴上却说，"你怎么不合适？""我咳嗽得难受，夜里睡不着直捶胸。""吐什么痰？""黄痰。"她一边开药方一边说："我给你开三剂汤药，再开三瓶蛇胆川贝液，这药都是最好的，保你吃完药，咳嗽渐轻。"售货员感激地说。

"那敢情好了。"这时，葛大夫悄悄耳语道："你们店的猪肉肥吗？""别人买的肉肥，您要买还能肥吗！"葛大夫随手拿出十元钱递给她说:"我下班去取。"售货员走后,葛大夫便在"重点患者"通讯录上记下了她的病历号是一一九五。对于葛大夫来说,每个重点患者都是有的放矢的。

接着诊室里进来了一位年轻的小伙子。他悄悄地把一个厚厚的大信封放在葛大夫的诊桌上。大信封上印着"中华照相馆"字样,葛大夫的目光像扫描机一样扫了一下旁边的大夫,便迅速地把大信封塞进了抽屉,然后悄悄地问那小伙子:"要假还是要药?""开一月的假,再来十盒维生素E。"葛大夫有些犹豫了。院长多次在大会上重申慢性病开假不得超过一周,更不能滥开营养药、人情药。这要是让院长逮住了又是一阵好折腾,她低下头看了看这厚厚的东西又一想,这两卷彩卷连冲加上扩印少说也得一百元钱左右,这比她的一个月工资还高呢!一个坚定的声音从她的心底发出。小伙子终于如愿以偿地走出了诊室。

这时,从护士台传来了争吵声:"我不要葛大夫看,我服苏大夫的药。""这是医院不是菜市场,让你随便挑大白菜、胡萝卜。"护士小李绷着脸,把患者病历"啪"一声放在葛大夫的诊桌上。患者无可奈何地坐下了。葛大夫打开病历,第一眼寻找的便是工作单位及职业。这位患者工作单位是砖瓦厂,职业是统计。葛大夫一边诊着脉一边冷冷地问:"你怎么不合适?""我是老哮喘。"葛大夫马上在处方上写上"消咳喘两瓶",然后说:"取药去。"

"两分钟就看完病了?我跑一趟医院,连跑路再挂号取药得三个小时呀!"

"如果我也用三个小时看一个病人,那你等的时刻恐怕就是几十个小时了。"

"这药是治什么病的?有什么禁忌?"

"药上都有说明。"

"那我休息两天缓一缓行吗?"

"慢性病休息两天解决不了问题,长期开假中医科解决不了,你再挂一个内科号吧。"

病人这时慢慢地站了起来，低着头走了。病历半天没有送来了。葛大夫有些焦急，她站了起来。今天一定要多抓些病人，争取凑上八十个。当她下楼时，看见五六个饭馆的服务员正上楼，她笑着问："你们看中医吗？""是，看中医。""跟我来吧。"葛大夫一步两个台阶登上了三楼。可正当这五六个姑娘，尾随着葛大夫登上三楼时，正对着楼梯口二诊室的一位年轻的男大夫，颇有绅士风度地做了一个"请"的手势，于是这五六个姑娘便一声不吭地欣然进入了二诊室，葛大夫屁股刚刚擦着椅子，正想说："请。"这才发现这五六个人不见了，她急于起来要去寻找，但由于动作太大，太急，白大衣的兜"嚓"一声，被半开着的抽屉撕下了大半截。她站在楼梯口逡巡着，这才发现五六个姑娘都在二诊室呢！那位年轻的男大夫一边给其中的一位姑娘听心脏，一边还若无其事地对葛大夫点头微笑。这令葛大夫更加气恼，她内心愤愤地骂道："你小子就喜欢腥味，一个中医不好好诊脉，偏爱给小妞听心脏。你小子超产了还抢我碗里的饭，小心撑着！"

这一切小李护士都看在眼里，她冲着气急败坏的葛大夫小声嘀咕了几句什么，只见葛大夫健步如飞地奔向电话室。她急促地拨着电话号码，想尽可能多地通知所认识的人来医院。

葛大夫就这样一直拨了十几个电话，从电话室出来，看见一楼的计价处、挂号处、交费处、取药处已经挤得水泄不通了，还不时传来人们的吵架声："自觉点，后面排队去，你这辈子没吃过药吧！""是没有吃过，大姑娘生孩子头一遭，算我祖辈积德。"人们的脖子像拨浪鼓一样左右转动着，只听见有人说："还有吗？""够险的。"如果不是空气中弥漫着医院的特殊气味，你一定会以为，是调价前夕人们在市场上抢购毛毯、毛料、活鱼、大虾……葛大夫深悔自己没有及早得知供应这紧俏货的消息。

但她终于也有了时来运转的机会。半小时后，葛大夫的诊室也挤满了人，她早已在处方上写好了医生的姓名、年、月、日，患者来时，只需填上姓名及所需药名即可。

"要什么药？姓名？"

"保健盒两个。"

"下一个。"

"大宝素两盒。"

"再来一个。"

"药用银耳护肤霜三瓶。"

这时诊室里进来了一位中年男子，拿着病历，一屁股坐在葛大夫的诊桌前。葛大夫淡淡地问："要什么药？""我是来看病的，又不是在商店买东西。大夫应该根据病情下病嘛！我要是懂得吃什么药，还找大夫干什么！"

葛大夫受了他一番抢白，气得直翻白眼，但又不好发作，只好耐着性子认倒霉吧！她三个手指漫不经心地放在患者的寸口处，眼睛却看着这联成一条龙的挂号条，默默地数着：五，十，十五，二十……

"大夫，您摸到我的脉了吗？"

"当然摸到了，您的脉是弦滑脉，纯属消化不良，应以消导，服大山楂丸。"

葛大夫话音刚落，患者一下子就站了起来，揶揄地笑了："我是反关脉，其实您根本就没有摸到，也许大夫有特异功能，怪不得古代把巫与医并称。"说着，就一个健步迈出了诊室。

葛大夫从医已经有二十个春秋，人们对尊敬的"大夫"都是礼貌、热情的，甚至有几分虔诚。她已经习惯了，也麻木了。可是，今天是二十年来，第一次有人郑重地称呼她为"巫医"，她愕然了。真的，她一个本科大学毕业生，一个曾有过崇高理想的医生，难道今天自己已经堕落成跳大神欺骗人的巫医了吗？！过去，她一连十几个小时抢救危重病人，虽然累，但她觉得生命是充实的，那时，医院没有制定定额，她内心只有一个信条——一心赴救，不得起一丝芥蒂之心。记得一年前，她连续几天看的都是疑难病人，所以门诊量骤减，有的医生讥笑她："葛大夫老了，手脚不利落，当不了一个人使用了。"

评奖时给她评了三等,她悄悄哭了鼻子。渐渐地她也变得追逐门诊量了,没有人再说她不顶一个人使用了,她心中最初的那块净土,渐渐被世俗玷污了。

这时,窗外吹来一阵风,把她那长长的挂号条吹到了诊室外。她没有理会。一会儿,一个青年大夫把这一长串挂号条放在葛大夫诊桌上,嘴里却说,"嗬,今天的买卖蛮不错呀!""买卖,什么买卖?"医生看病已经和买卖并提了,葛大夫的心乱了。

这当儿,那位副食店的服务员正提着一大块瘦肉气喘吁吁地登上了三楼,脸色通红,一见葛大夫就把瘦肉一放,竟蹲在地上咳嗽得说不出话来。葛大夫急忙把她搀扶起来说:"你有病还为我跑一趟,应该我自己去取。"售货员一边咳嗽一边说:"我常生病,老麻烦葛大夫,这点忙算什么,您工作忙,我抽空来送,是应该的。"葛大夫听到这话心里很不是滋味。经葛大夫进一步检查诊断为急性支气管炎,如果病情不进一步控制很容易转成肺炎。葛大夫又是焦急又是内疚,她重新给售货员调整处方用药,并亲自帮助她取药。等她注射完青霉素,葛大夫便把她送上了汽车。售货员感激地说:"太麻烦您了,连中午饭都误了,您再买东西就言语一声吧。"

每日中午葛大夫必小睡一会儿,今天却一直躺在诊床上翻饼……

下班后,她想起儿子早晨一再请求的事——明天学校开运动会,他需要买一套运动服。她一边走着一边想:今天冲卷扩印节省了一百元,瘦肉也占了大便宜,门诊定额又超产了,但这并未使她高兴,有一种说不清的滋味向她袭来,内心突然有一种失落感。

去百货公司要穿过一条繁华的大街,这也是葛大夫回家的必经之路,过去这是一条整洁幽静的马路,马路两旁生长着翠绿的白杨树,那时,在如盖的绿荫下,葛大夫一边走着一边沉思,想着一天的患者,哪些应该追访,哪些应该再观察,哪些应该查资料……还有,当凉凉的杨絮花落在她脖颈时,她知道春天来了,她不禁想起了大学时代。每当这个季节,同学们都喜欢踏着这柔软的杨絮花铺成的小径漫步,遐想。她有过憧憬,就是成为一名白衣天使。

曾几何时,这里变成了夜市、农贸市场,使这静寂的街道,突发出活泼的生机。那盆中游动的活鱼,四季不断的蔬菜,都使人觉得生活方便了,色彩丰富了,但今天,葛大夫感觉却有些异样。树干上扯起了绳子,商贩们把色彩鲜艳、款式诱人的各种外国货裤子、衣服、裙子、乳罩、帽子都摊在地上,或拴在绳子上,这里飘着一个又一个的五色旗,还有架子、挑子、烤羊肉的炉子组成一条乱纷纷、热烘烘的长廊。这时,小贩们的叫骂声及顾客们争斤夺两的喧嚣声犹如潮水一样拍打着堤岸,冲击着葛大夫的耳膜。

"烤羊肉串,三毛一串。"新疆人在叫卖。

"别买,听说是老鼠肉烤的。"

"先尝后买,七种佐料的兰州小吃——酿皮子。"一个打扮入时的小媳妇在叫卖。

"糖葫芦,刚粘的,不脆不要钱。"

"好香了!好香了!北京特种小吃灌肠,保焦、保脆。"

"水淋淋、绿生生的菠菜!"

"买书,买书,请看刘晓庆的私生活。"

……

葛大夫看见一面彩旗下,几个年轻的女子,穿着新潮的衣服,佩戴着耳环、项链,正在摆动着各种姿势。一个男人对着话筒喊着:"请看这街头模特的服装表演,请顾客随意挑选现代新潮服装。"这声音突然中断了,猛地蹦出了一句,"葛大夫,您买件衣服!"葛大夫仔细一看原来这服装商贩就是自己的一个老病号。葛大夫连忙解释:"我路过这儿,准备去百货公司给孩子买件运动服。""您孩子多高?""一米七四。""胖吗?""不胖。"只见这商贩"啪"地把一大捆衣服甩在柜上,挑选了一会儿,取出一件递给葛大夫说:"拿走,保管你孩子穿上合适。"

"多少钱?"

"白送您的,我一个月少说也挣八九百元,还缺您这几个子儿?"

"这怎么可以!"

商贩凑近了葛大夫神秘地说:"我是下班后搞服装买卖的,我想跑一趟广州,请您给我开两个星期的病假,这样我就公私兼顾了,咱们也就公平交易了。"

这时,葛大夫的脑袋嗡的一下,好像要炸开,"交易"这两个字好像是炸弹一样在她面前爆发出一片烟雾。她突然觉得自己置身于一个陌生的世界,连自己也变得陌生了。葛大夫神态恍惚地说:"不,不,我不要。"说完,就向前拐进了一家私人酒馆。酒馆里很清静,一个小伙子耳朵上挟了根过滤嘴的香烟,向她走来:"大姐,您要点什么?"

"一两酒,一盘花生米。"随即付了钱。

她呷了一口酒,心里乱纷纷的。隔着玻璃她望着窗外五颜六色的世界,却又不由得想起了那往日的林荫道,及坐在长凳上读书看报的老人和孩子,还有在屋顶上晒太阳的鸽子,又想起了患急性支气管炎的售货员,还有那瘦肉……

天色已晚,她慢慢地站起来,只见那位小伙子又走过来了:"大姐,请您再多付五毛钱。""为什么?""因为我们放了音乐。""我怎么没听见?"她一环顾,这才发现小酒馆里五张桌子都坐满了人,其中一个蓄小胡子的年轻人说:"刚刚放的是邓丽君唱的情歌,真盖!"葛大夫把五毛钱扔在餐桌上便走了。

她乘上了回家的汽车。这时,她才想起忘记给孩子买运动服了。她手里提的瘦肉愈来愈沉了,好像是一块铅块。

葛大夫望着窗外昏黄的路灯,树枝在摇曳着。起风了,也许明天还会下雨。

原载于《萌芽》(1986.5)

紫红色窗帘

四十岁对于女人来说是个可怕的年龄。女性的风采在这岁月里收拢了最后一抹余晖，往日那足以显示女性魅力的服饰都寂寞地躲进箱子的一角。

可我正在创作一部钢琴曲——《生命》来迎接即将到来的四十岁的生日。

四十岁的女人有着成熟女人特有的风韵。她不再羞涩，却更端庄、矜持，成熟的心理孕怀着宽容与认真，温柔与刚毅。她爱过，痛苦过，因此，她更懂得爱。

夜晚，我的琴键里流出了轻盈、舒缓的旋律。这时，一阵女人低声的哭泣从楼上传来，流入到旋律中。我跑到阳台上，见这楼的窗户黑洞洞。哭声渐渐止住了，却传来了断续的叹息声……

我刚刚搬进这栋白楼，对周围的人很陌生，但是楼上那紫红色的窗帘，马上引起了我的注意。无论是白天还是夜晚，这窗帘总是拉得严严的。那窗帘下坐着一个什么样的人呢？我登上楼梯，轻轻地敲了几下门，那哭声便止住了。屋子里传来了一阵窃窃声："谁呀？"

"我，您楼下的邻居。"

"您就是刚搬来的精神科大夫吧？"

门轻轻地开了，一个身穿白色睡衣、四十岁模样的女人靠在门上。

"我可以进来吗？"

她点了点头。

这个约十二平方米的房间，墙上张贴着各种姿态的电影明星照。

我落座在沙发上。

她似乎不在乎我的存在，懒懒地坐在梳妆台前，一边从脸上撕下一片片面膜，一边从镜子里望着我说："看，我家现代化吗？冰箱是美国进口的，录音机是夏普800。"接着，她伸手按了一下柜子上的录音机，便响起了邓丽君的情歌。"唉！丈夫和孩子都去奶奶家过暑假了。我不愿和他们一起凑热闹，可一个人待久了又寂寞。真冷清呀！"

我望着她有些浮肿的眼睛，走到梳妆台前说："闭上眼睛休息下，我给你做面部按摩。"可她的面部肌肉已经松弛，皱纹是阡陌小径。我沉默了。

钢琴的旋律像是从雾中穿过，雾气又渐渐消散了。她一下子抓住了我的手，把我拉到沙发上。"你觉得我爱美呀？""爱生活，就美。"

"别人说我一把年纪了，还臭美！对了，你看我有多大岁数？"

"看起来，三十岁左右。"我有意打了个折扣。她笑着把我抱住了。

"但，你的心理状态却像一个四十岁的女人。""为什么？"她骤然松开了手。

"只有人觉得某种东西要失掉的时候，才抓住不放。"

"是呀，我就害怕自己衰老。"

"人要乐观地顺乎自然规律。人生也有春、夏、秋、冬。春天的绿叶、夏天的鲜花固然美好，难道金黄的果实、飞舞的雪花不同样也美好吗？！我尤其喜欢冬天。它有一种成熟深邃的魅力。"她痴痴地听着我说完，便粲然地笑了，露出一口洁白的牙齿和两个像伤痕一样的大酒窝。

"我这两个酒窝是刚刚在美容院挖的，笑起来好看。你怎么不去挖？"

"我喜欢自然美。"

她轻轻地哼唱着:"你的笑靥,我永生难忘。"

在钢琴旋律里,突然出现了空白。

"您的职业受年龄的限制吗?"

"受限制。我是侨美饭店的服务员,还能说几句英语呢!可现在已经不让我在前厅服务了,只得在后面刷碗。"她的眼圈红了,"记得我年轻时,许多英俊的小伙子都送我礼物。"这时,她突然跑到另外一个房间,拿来了一个缎面精制的小盒,兴冲冲地打开:"你看。"

我看见一张小小的白纸,平直地躺在盒子里。纸上画出一颗心的形状,上面涂上了暗红色。

"这是一个日本人送给我的。回国时,他说把他的心留给我了,那颜色是他咬破手指的血染红的。"她的眼睛变亮了,人也显得精神了。

"后来他每个月都来一个电话,大声说:'我爱你。'后来,他说他早已有了家室,但他不爱他的妻,他老想着我。"

沉默。

《生命》的旋律冲出了层层云雾,变得明朗了。

"过去,我到商店买东西,男售货员总是很殷勤。可前几天,我去买毛衣,售货员随便扔给我一件式样又老、颜色又旧的毛衣,我站在柜台前心都凉了,我知道我老了。"

这时,钢琴声在我眼前展现了初春的田野,斑斑残雪从田间消失,向沉睡的海岸哗哗奔去。

"去年冬天,我从公共汽车的踏板上被挤下来了,那少年还回过头说:'岁数大了,不要和年轻人较劲儿。'我慢慢明白了世界是年轻人的。"

我抬头望见了挂在铁丝上的健美服、腹带、乳罩……

"你平时和丈夫说这些吗?"

"唉!他从来不喜欢听我唠叨。有一天夜里,我在枕边对他说:'我害怕自己老了。'他冲着我吼了一句，'老就老了。'翻个身，给了我一个后背。我跑到阳台上悄悄地哭了，心里冷飕飕的。如果我年轻，他准会心疼我。唉！老了，如果有一个情人也许能得到一点安慰。"她哭着抱住我说，"你千万不要以为我是坏女人，我实在是苦闷。"

我给她擦去了眼泪："我理解你。"

"你尝过情人的滋味吗？"

"我还没有结婚。"

强音像是"霍"的一声推开生活的门窗，火车疾驰奔向前方。前方是终点站，阳光照耀着一片沃野，春风迎面扑来，曲子突然中断了，我凝望着茶几上的镇静药，"我，我没有病。他们总催我吃药。"她把药扔在纸筐里。

"是的，你的病不是药能治愈的。"

她靠在我肩上说："今天，我心里很舒服，好像心里的一团乱麻都掏出来了。"

她推开了窗子，挨墙的一溜榆叶梅舒展着深红、浅红色的花瓣。一股春雨后的清新扑了进来。

第二天紫红色的窗帘拉开了，但我却失眠了，我思索着《生命》这首钢琴曲。它能穿透那紫红色的窗帘吗？

原载于《爱情，婚姻，家庭》（1986.12）

清明雨

　　清明的细雨不紧不慢地下着，飘飘悠悠，无声地洒落着，远处翠绿的群山变得朦朦胧胧了。

　　一位六十多岁的老人，身着米色的风衣，撑着一把黑色的雨伞在雨中慢慢地走着。在他脸上交织的皱纹里，蕴含着某种复杂、深沉的感情。他紧闭嘴角的轮廓显得很清晰。在缄默的悲哀中又似乎有些难言之处。他就是C大学的英语教授廖先生。

　　廖教授走在最前面，后面跟随他的是二女一子。

　　长女廖瑾四十岁的模样，穿着朴素，气质文静。她走向前去和父亲轻声说了些什么，父亲依然沉默着。

　　小女儿廖黛和儿子廖凯并排走着，他们不撑伞，任意让雨淋着。

　　廖黛身材修长，乌发披肩，手里捧着一束洁白的玉兰花。

　　廖凯身材魁梧高大，穿着一身运动服，手里提着一个骑摩托车时用的头盔。

　　廖教授和孩子们望着愈来愈近的森严、高大的骨灰堂，神情更加肃穆。

他们伴着这幽幽的雨声走进了骨灰堂。

雨骤然大了起来。

小女儿廖黛用自己绣着蓝花的手帕给妈妈的骨灰盒拂去了一层薄薄的灰尘。大家都静默着，静默得如此凝重。

骨灰堂外响着"荷荷"的雨声，风从缝隙中吹进来，阴凉凉的。

廖黛把那一束捧在胸前的玉兰花献在妈妈的骨灰盒上。

妈妈生前最爱玉兰花，她在庭院里亲手植下的玉兰树，现已亭亭如盖了。

清明节的早晨，廖黛望着满树绽开的晶莹的玉兰花，轻轻地说："妈妈，玉兰花又开了。"说着，泪珠滚落。

每年，当玉兰花开放的时候，妈妈即使病得再重也要拖着病身子，坐在庭院里观赏玉兰。

月光下，一丝凉风掠过，廖教授说："洁，回屋休息吧，外面太凉了。"

"不，月下看玉兰花开放是最难得的，不知明年这个时候还能不能坐在这棵玉兰树下。"她平静地说。廖教授无言地给妻子披上了毛衣。

一两朵玉兰花瓣飘坠下去。横斜的月影，穿过头上的树枝落在她憔悴的脸上。万籁俱寂，在暗香浮动的院落里，廖教授偎依着多病的妻子，他的心和这漆黑的夜融在一起了。

廖教授走近亡妻的遗像，用手仔细地擦着小小的玻璃框。妻子依然那样优雅、温柔地微笑着。她这一微笑，一切紧张、忧郁、烦恼都消失了，这微笑像一首美丽的曲子、一杯淡淡的醇香的酒、一朵清香的花，陪廖教授度过了大半生。

他忘不了，永远也忘不了那个酸楚的夜晚。在病房里，妻子把一张照片从枕下取出来放在廖教授的手里，"……需要时就把这张照片用上吧。"此时，廖教授望着这张照片一阵心痛。

那一天晚上，他刚刚走出医院，就想再回病房看妻子一眼。难以抑制的欲望支持他又走回了病房的楼梯。值班护士说："您不是刚刚离开病房吗？现在已熄灯了。"这竟然是他们最后一次见面！

现在他双手颤抖着抚摸着骨灰盒，"怎么活生生的一个人，最后剩下的只是一把灰呀！"

这曾经燃烧过的灰，现在已没有声音，没有痛苦了。把爱与痛苦都带走了。

长女廖瑾含着眼泪搀扶着父亲。

儿子廖凯向着妈妈的遗像深深地鞠躬："……妈……我……"说着就哽咽了。

廖凯是家中唯一的儿子。他是S工学院的学生。前年寒假，他乘火车半夜抵达北京。他推开房门叫了声："妈，我回来了！"大姐廖瑾急忙迎了出去，低声说："妈住院了。"

"住院了？！几时住的？还是心脏病吗？病情严重吗？什么时候能出院？"廖瑾轻声说："快出院了。"

廖凯从书包里掏出了几个大橙子："这是妈妈最喜欢吃的水果，还有……"他有些不好意思地把一张照片递给姐姐："姐，你猜猜，妈能喜欢这个女孩子吗？她可会唱歌了，是我们班的同学。"廖瑾接过照片，鼻子一酸便落泪了，开始只是无声地饮泣，后来就出声地哭了："我……我本想……让你先睡上一觉，明天……明天……再告诉你。"

廖凯突然感觉到了什么，他抬头看见墙上镶着妈妈照片的白镜框已换成黑色的框子了。妈妈最喜欢的白颜色，他心里咯噔一下。再看看妈妈床头柜上，往日放着的一大堆药品都不见了，床上必备的氧气袋也没有了，当看见落在床边的一块黑纱时，廖凯的脑袋轰了一下，眼前一片黑暗。他明白了，妈妈已经走了，他竟没有和妈妈说上最后一句话，妈妈就离他而去了。他推搡着姐姐："为什么不告诉我……为什么……"没有人能挽住他那如澜的狂泪。廖瑾劝慰道："妈妈病危时，一再叮嘱不让写信告诉你，怕影响你毕业考试。妈妈一直把你的信放在病床的枕头下……"

这一夜，廖凯是靠在庭院的玉兰花树下度过的。第二天，他的两只眼睛红肿得只剩下一条缝。他在一只袖子上缝了一块黑纱。

"这黑纱原来是妈妈住院前早就准备好的。妈说：'我怕是不能经久了，衣柜的箱子里，我准备了一套衣服，你们不要再破费了。'"

"妈妈入殓的前一夜，我们打开了箱子。原来只有几尺黑布，和妈妈在解放区教书时，穿的一身旧制服，还有一本几千元的存折，说是为了帮助她工作过的解放区一所学校。"

"妈妈就这样从容地走了。"说着，廖瑾又饮泣起来了。

廖凯俯下身，嗅着这朵刚刚开放的玉兰花，同时想起，不久前它就缀在妈妈的胸前。从他垂下的眼帘里，滚出了两颗泪珠。他悔恨自己曾顶撞过妈妈。

那是因为，他为了庆祝自己二十岁的生日，在A餐厅邀请了几个朋友，花了三百多元，妈妈对他说："过去，我在解放区教书时，学生们经常是饿着肚子来听课，一分钱也不随便乱花。"

"行了，别老谈过去了，过去有过去的活法，现在有现在的活法。"

现在他是多么悔恨呀！不管两代人的观念有多少差异，也是不应该和病中的妈妈顶撞的。

廖教授哽咽着说："……洁……我真想多和你待一会儿呀！我……我对不住你呀！"

廖教授和孩子们端端正正地把骨灰盒放好，深深地鞠了躬。"妈妈，您好好休息吧，明年清明我们再来看你。"廖瑾代表大家说。

廖教授在孩子们的搀扶下，慢慢地走出了骨灰堂。

雨似乎渐渐地停了，远方天空出现了淡淡的云。

廖瑾搀扶着父亲走下一级一级的石阶。廖凯仰望着天空说："这雨还能下吗？"廖黛向空中伸了伸手臂说："这天可没准。"

过了一会儿，雨又依然绵绵地下着，冷风挟着细雨扑到脸上，浑身凉飕飕的，灰色的天空又聚拢着一块阴云。

细细的柔柔的雨丝冲洗着骨灰堂前高高的石阶，那散落在石阶上的一束束的塑料花，在清明雨的润泽下显得很逼真，但却没有香气与活力。

他们撑着伞，在雨中慢慢地走着。

廖教授小走几步便回头望望孤零零的骨灰堂。亡妻在这里度过两个清明了。去年清明是雨，今年清明又是雨，廖教授的心里也淅淅沥沥地下着雨。不知明年……廖教授的脚步缓缓移动着，宽大的风衣使他的身体显得更加瘦弱。

天空飘舞着柔毛一样的雨丝。廖教授松了松风衣的扣子，用肯定的语气问："你们都和我一起回家吧！"

廖凯马上说："……我……我十二点以前必须赶到A公司洽谈一笔生意，这家公司是老外联营的，设计费挺肥的。"说到这里他的声音又放低了。他想起上初中时，有一次他用几本旧书和同学换了一个袖珍半导体。妈妈知道了，当晚即命令他将半导体还给同学了。

廖教授不快地说："刚刚毕业就做起生意了！"

廖凯漫不经心地戴上了头盔。

廖教授把视线投向长女廖瑾。廖瑾理了理被雨打湿的头发，有些歉疚地说："爸爸，小惠今年考初中，我的一位老同学现任B重点中学的教导主任。今天中午我请他到我家吃饭，晚上我一定赶到您那儿去，你有什么事吗？"

廖教授望着灰蒙蒙的天空。清明雨轻轻地哼唱着一曲惆怅的歌。

"廖黛，你不会有什么事吧？"廖教授不无希望地问。

"……我……我没有什么太大的事，只是有一家出版社准备出版我的诗集，我想请川岛先生为诗集写个序。"淅淅沥沥的雨又大了起来。廖教授望着小女儿清秀的面庞，又想了亡妻。

有一天廖教授下班回来，看见久卧病榻的妻子正在厨房炒菜。她望着廖先生温柔地笑了："我觉得腿好多了。老躺着身子更软。"说着便挪动着两条发软的腿把一碗西洋参汤递给丈夫："你好久没喝这参汤了，老熬夜写东西身体会吃不消的。"廖教授接过参汤，便扶着她回卧室休息。她说："我能动弹就多活动一下，这阵子可苦了你和孩子们了。"她炒好了一盘鳝鱼丝。

"今天是你的生日，这菜是你最爱吃的。"

亡妻弥留病榻之际，拉着廖教授的手说："我怕是要先走一步了。孩子们虽说都长大了，但你还要多留心。我走后，你一个人怪孤单的，遇到合适的人就做个伴吧……"

"不！不！我都六十多岁了，还找什么人呀！"说着老夫妻都哭了。

妻子离他而去了。廖教授没有忘记自己的生日。那天，他买了一些菜，盼着孩子们回来。他在庭院里踱来踱去，等得有些心焦了，又把院门打开。每当他一听到脚步声，就动弹一下。

月亮升起来了，廖教授家里静悄悄的没有一点声音。庭院里投下了影影绰绰的树影。

星星也出来了。廖教授坐在玉兰树下，望着清冷的夜空。他的耳畔回荡着一个熟悉的而遥远的声音："不知明年此时，我还能不能坐在这玉兰树下？"廖教授的烟蒂的红光在黑夜中一闪一闪的。他站了起来，突然觉得黑夜是这样浓，浓得化不开。影子把他拉得长长的，缱绻地跟随着他终于把庭院、房间里所有的电灯都拉开了。录音机里响起了亡妻生前最喜爱听的《梁祝》小提琴协奏曲。

这一天以后，他觉得自己老多了，开始害怕黑夜。

雨渐渐大了起来。能听到雨点敲打石阶、树木的声音。天变得更幽暗了。路两旁的几株海棠都积了雨，沉沉地坠着，仿佛要压折似的。

廖教授清了清喉咙，伴着"荷荷"的雨声说："我原以为像今天这样的日子，你们都会回家去。既然你们都有自己的事情，那我就只好在这里告诉你们一件事情：一位世交给我介绍了一个人……我们相处了一段时间，觉得还可以……我下个月准备结婚，屋子要重新安排一个，只是……只是……"廖教授好像有什么难以启齿的话，微微低下了头。

这突然的消息，使廖家三个孩子一时都愕然了。廖黛心里想：我也想不到在这样的日子里,爸爸竟然宣布这样一个消息!她默默地注视着手里的一片玉兰花瓣,泪水在眼眶里打着转。而廖凯则轻轻地敲着头盔。四周静极了,只听见滴滴答答的雨声。

廖瑾终于打破了静默:"爸爸,这是件好事,我……我……晚上就把妈妈的相片取下来。"

透过无声的雨丝,廖先生的脸上掠过一种复杂的表情,一时也说不清它意味着什么。

闷人的空气里没有一丝风影,也听不到一声鸟鸣。清明雨还在不倦地唱着它的歌,一直低吟到黄昏。

廖教授和他的孩子们,默默地消失在萧萧的清明雨中了。

原载于《天涯》(1987.7)

春天又来了。晚饭后,我出去散步,走着走着又到这里来了。

从灰色的院墙里钻出了一棵翠柳,还有两棵古老的紫丁香树。我忽然想起,墙的那边不是就有我童年的足迹吗?我还能再爬过这堵墙,嬉戏在我童年的翠绿的草地上吗?可是,当我这样低头沉思的时候,却兀地发现一根早白的头发,落在了我的衣襟上。

突然,一个梳着马尾头的小女孩爬到紫丁香树上了,她身上还背着一个红色的书包。

我的心陡然颤动起来:这难道是我的幻觉吗?不,那小女孩不正在"嚓嚓"地折花吗?那一簇簇的紫丁香在我眼前变得模糊了。

爬树的小女孩呀!你惊醒了我睡在紫丁香树上的童年的梦。

二十年前,我的少女时代,就像在昨天一样,青春像童年一样是个稍纵即逝的梦境。

那时,我每天上学都路过一个高台阶的紧闭大门的四合院。每到春天,从这高高的院墙里就钻出两棵花满枝头的紫丁香。每次我背着书包路过这里,总要停下来数着花枝,但怎么也数不清。在有月亮的晚上,紫丁香像披上了一层薄薄的轻纱,在风中轻轻地摇曳着。空气中浮动着紫丁香的幽香,那香气飘散得很远。

有时,我真想把紫丁香的芳香都装进瓶子里。当北国大雪纷飞、万木凋零的日子里,我打开瓶塞嗅着它的香气,该有多好呵!

这紧闭的院落里,一定还有欣欣向荣的绿叶,姹紫嫣红的鲜花吧!为什么把这蓬勃的春天寂寞地锁在门里?!

有一天雨后,这满树的紫丁香,仿佛在溪水里浸润过,那水淋淋的花瓣上淌着透明的珍珠,香气也浸满了润润的雨滴。

"我多么想采一束紫丁香花呀!"

那天,四合院的大门半开半掩着,我扫视一眼,果然院落里春意盎然,一派生机,绿色的草地上几棵丁香树,撑着一簇簇雪团似的花朵,碧桃舒展着嫣红的花瓣……院子里好像没有人,只有几只不知名的鸟在花丛中啼鸣着。

我悄悄地跑进了院里,一径爬到树上。我"嚓嚓"地折了五枝紫丁香,正当我心花怒放地想往树下跳的时候,突然,一个男青年走到树下。他望着我手里的一大把紫丁香花,一言不发,只是冷冷地望着我,我却不知如何是好了,是继续待在树上,还是跳下树就跑,一时竟没了主意。我涨红了脸,坐在树上一动也不动,心却跳得七上八下。我没有哭,只是把手里的紫丁香攥得更紧了。

"你是想一直在树上坐到天黑吗?"

"不,我只是想你别夺走我的花。"

"那要等你下来再说。"

我一下子就跳下树了,铅笔盒里的文具洒了一地,但手里的紫丁香却一株也没掉。

他弯下腰把地上的小刀、铅笔、尺子、圆规都装进铅笔盒里了,和气地说:"小姑娘爬树很危险的,要是把腿摔断了,明年就不能再折花了。"听他这么说，我心里松了一口气，想：他也许不会告诉学校和家长，也不会夺走我手里的紫丁香花吧。我抬起了头，看见他胸前佩戴的校徽是"音乐学院"。望着他浓重的眉毛和高傲、尊严的眼睛，我突然联想起了屠格涅夫《前夜》中的英沙罗夫。

"我也喜欢音乐，尤其是钢琴曲。"

"你会弹钢琴？"他疑惑地望着我。

"真的，如果允许，我可以给你弹一个曲子。"

他把我带到一间不大的琴房，把琴盖打开了，又把琴椅摆正："随便弹吧。"我简直说不清他是真的让我弹琴，还是怀疑我就是个爱撒谎的孩子。

我把紫丁香花抱在胸前，凑在鼻子上嗅着。花瓣轻轻触着我的脸。他无声地接过了紫丁香花，并把它插进钢琴台上的花瓶里。我弹了一曲贝多芬的《月光》，又弹了一曲《致爱丽丝》。他听完了曲子，淡然地说："你还真是可以弹那么一点。"接着又笑了，"能够这样专注地弹这个曲子的女孩子，很难想象她又会爬树，又能上房，还能折花，真是全面发展呀！"

我不知所措地低着头，摆弄着辫梢上的红蝴蝶结。但是，那天紫丁香花我没有拿走，因为它开放在钢琴上，美极了！

我们就这样相识了。

我在这小小的琴房里，度过了不多的春天。

黄昏，他弹着肖邦的钢琴曲，我坐在墙的一角倾听着，感受着……我望着窗外的星星，但太远了。在钢琴声中，我仿佛看到了倾倒的古堡，远方的村落，教堂和墓园……

有时我们散步到黄昏的深处，走到夜的梦境里，夜拖曳着我红色的短裙走向梦的树丛……

"给我讲点什么，但要比黄昏美。"

"……贝多芬给世界创造了欢乐，把痛苦留给自己。"

当我们温情地相约了明天的会晤，我的心里流出了《小美人鱼的故事》。

紫丁香花又开了。他爬到树上给我采了一大把鲜花，还用紫丁香给我编织了一个花冠。我戴着这淡淡幽香的花冠，幸福地弹奏着《春之曲》。花瓣幽幽地落到琴键上，我觉得它就像飘落在山涧的溪流里。他的手轻轻地触到琴键，拾起了片片花瓣，轻轻地唱着歌。

夏天晴和的日子，我们一起到郊外的山野上放风筝。郊野的风好大呀！吹得风筝簌簌地抖着。他扯起线跑了几步，风筝就飞上了天空。这是一只画着五线谱的椭圆形的大风筝，它迎着风，在天空中缓缓地飘开，愈来愈高。

风筝消失在云里了，我们一起躺在绿色的草坡上，仰望着蓝天和躲在云层里的风筝，太阳懒懒地晒着我们。

"你们中学的生活有意思吗？"

"没劲！老师总按着一个模式要求我们，学校应改名叫'中学生工厂'，这样生产出的中学生都是乖乖听话的……"

"没有自己的思想，对吗？"

"对，昨天班主任要我们班的十个优秀生，课后给老师排队买植物油。"

"为什么一定要十个人？"

"因为一个人只能买一斤。"

他哈哈大笑起来，在草地上打了一个滚，拽了拽风筝的线，风筝在空中抖了起来。

"你们老师的脑袋是油灌的吧？"

"我们老师经常穿一件洗得发白的干部服，短发，布鞋，有时她说：'明天是我的观摩课，你们要给我争气。我不会给你们亏吃，你们就要升学了'……"

"喂，大学生的生活有意思吧！"

"还可以。我的指导教师崇尚古典和技巧，我却喜欢古典和现代的结合。不过，听说我们毕业后得先到农村改造思想一年。我有些担心这弹琴的手变得不灵活了。"风呼呼地从山谷里吹来了。我们一起扯了扯风筝线。风筝悠悠地飘着，飘着。各色的野花盖满了这郊野的草坡。

第二天，正是上午课间操的休息间隙，班主任邱老师通知我去教研室。我还以为又是让我中午给她买酱肉呢！我懒洋洋地跟在她的后面。

但，当我一看见她两眼射出的冷峻的目光，便有些忐忑不安了。最后她把目光停留在我日渐隆起的胸部上。那些日子，我正为这愈来愈隆起的胸部感到烦恼、害羞。她这针一样的目光，此时真让我难受极了。

"你昨天到哪儿玩去了？"

"我……我……"

"是一个人去的吗？"

"是……是……"

"可是有人亲眼看见你和一个男青年一起躺在草地上。这样很不好，尤其因为你是一个女孩子。"

我的心陡然一震。虽然我还不能听懂她话中的全部意思，但我却感到那其中的不洁和肮脏。一股难以遏制的委屈与厌恶在我心中迅速膨胀起来，泪水不禁涌了出来。我咬了咬牙说："我和他一起放风筝又怎么样，难道女孩子就不能和男生成为朋友？"

"如果你一时想不通，下午请你母亲来，我们一起再谈。你先回去上课。"

"怎么又通知了家长！"我这才感到事情严重起来了，可其实本来就没有什么事呀！

可是，妈妈竟然拍起桌子说："你如果再和那个坏青年一起玩，就不许进这个家门。不要忘记你是个大家闺秀的女儿。"

"他不是坏人，是个好人，您不应该随便给一个您根本不了解的人下判断，尤其您是位大家闺秀。"

妈妈气急败坏地随手举起两本书，一本是屠格涅夫的《烟》，还有一本是《父与子》。

"他借你这样的书，适合你的年龄吗？这不是毒害你吗？"

"难道我只能读些连环画，小人书？！"

妈妈气得两手直发抖，两顿没让我吃饭，却又悄悄地把点心放在我的房间里。我才不吃呢！可我也没饿着，我上树采了一把红枣，还吃了两个青核桃。

后来，我不知道我妈妈或老师是否找过他，谈过什么，从此他没有再来找我，有时在街上见到我，默默地注视许久，那眼睛似乎要说什么，但终究什么也没说。

他和我冷淡了，疏远了，我却像丢失了什么。

紫丁香花开了又落了，黑色的大门紧闭着。鸽群低弱的笛声渐渐消失了，低垂如灰色的天幕，落下了一些凉凉的雨滴。一颗纯洁的泪含在我童稚的眼睛里。

二十年过去了。

那棵古老的紫丁香依着院墙，舒展着一簇簇紫色的花瓣。当年那个爬房上树的小姑娘，已经消失在二十年前的春天。

当春天来临的时候，紫丁香又热烈地开放了，还是那样美丽，幽香。

灰色院墙的大门敞开了。满院的欣欣向荣的绿叶，花开得正好，大大的花瓣，长长的绿叶，一个身着白色运动服的男青年从院子里走到紫丁香树下，梳马尾头的小女孩把一束束的紫丁香扔进男青年的怀里。

她坐在墙院上，把马尾头散开了，笑望着远方树上几只唱歌的喜鹊。

原载于《天津文学》（1987.11）

寂 寞

　　昨天几只鸽子从我的屋檐上飞过,我听到它们翅膀轻轻的拍打声,便狂喜地叫了起来,我的手伸出了阳台,身子也要纵然飞起。可那鸽子和风一起飞走了。只留下一片远去的孤独的鸽哨声……

　　今天,我又站在阳台上,怅然地望着无云的天空,很久很久地等待着,寻找着,空中没有一只飞翔的鸟,死一样沉寂。

　　为了充塞这宇宙的空旷,我唱起了一支吴伯伯教我的歌:

勿忘草呀,飘呀,飘呀
飘满了我的小村庄
在山坡坡在溪水旁
飘荡着勿忘草的清香

　　唱着,唱着,我的喉中哽塞了,那是因为什么,我也说不清,只觉得那空旷的沉寂的天空,那样贪婪,那样沉重。风把我的歌撕成片片碎片,飘去了,我仿佛看见，洁白的勿忘草，撒满了遥远的天空。

突然一种难以忍受的寂寞，在我心里胀得大大的，快要把我淹没了，我像旋风一样闯开了单元楼的门，一口气跑完一个一个的窗口，就像摞起来的，一大堆不透气的火柴盒。

我沿着楼群的通道又走向那条小路，想从这里找回昔日的亲情，热切、透明和宁静。寻找轻轻回荡的勿忘草的歌声。啊！南湖村十五号——我自幼成长的地方。你的世界是那样小，可又是那样大，你曾包容了我，拥抱了我，可又离开了我！啊！不！不是离开，因为世界上任何离别都有可能相聚，离别虽然是痛苦的，但也有重逢的希冀。而南湖村十五号，在微笑中消失了，消失得这样慷慨，微笑得如此优美，以致让我感到有些迷惘。

在你的残骸上，将盖起一幢四十六层的国际大厦。为此，南湖村一带的居民都搬迁到新建的居民楼，我们这些朝夕相处的邻居，都封闭在楼群的各个角落。

搬家的前一夜，我靠在庭院里的枣树上悄悄地哭了，我已经很久很久没有这样流泪了。那一天枣树也好像通了人性。几朵枣花轻轻地落在我的脖颈上，凉凉的。

二十几年前的一个春天，我顶着一头毛茸茸的乌发，降临到这个世界上，爷爷说："趁着春时，给妙儿在窗前种棵枣树，春时看叶，夏天看花，秋天还能吃果子，冬天还会披上雪花，妙儿见了一定笑哈哈！"

我和枣树一起长大了，它长得好高好高，那树梢好像要穿破云层，秋天它支撑着满满的一树果子，沉甸甸地低下头，它已经长成一棵老树了，我也已经不是爬在树上读童话故事的小女孩了。我亲爱的爷爷于前年冬天离开了这个世界，也离开了他亲手为我栽种的枣树。

我抚摸着树干，脸背着月光，起风了！簇簇的枣花飘落一地，柔和的夜在移动着它的影子。

脚步声，沉重又孤独，洒在忧郁的夜里，我凝望着，吴伯伯正在从夜的深处走来。庭院变得遥远，朦胧。

我走向了这条小路，这是一条用我青春的幻想，用成年的思索铺成的心之路。我曾沿着它行走了二十几年，从一个在阳光下刚刚会迈步的孩子，到跳着橡皮筋飞跑的小丫头，直到现在的我。我曾在这里寻觅过许多飘逸的诗篇，在这黄昏的静淡中无言地漫步过，这条清新的小路，正静悄悄地听着我记忆的足音。

这小路的另一个尽头通向我的家，我的脚步不由得放慢了，我在寻找什么？我又丢失了什么？我走向的是一种开始，还是一种结束？

我贪婪地呼吸着这新鲜的亲切的气息，这气息使一个浪迹天涯的游子想到了家，想到飘舞雪花的冬日，室内炉火噼噼作响的温暖的家。

最初，这里曾是一片寂静的绿荫，路两旁是蓊郁的树林，夏日如潮的蝉声曾淹没在思索中。我常常徘徊在绿树丛中一个低矮的木屋前，绿色的帷帘低垂着，木屋前是一片花园，一个白胡子的长者，时常肩上扛着锄头，满身泥土，在花园里走动，还有一个英俊的小伙子也时常在花园里出现，他也是一身的泥巴，裤筒卷在膝盖上，他总是沉默地望着我，沉默得让人心碎。

清明的雨天，站在花园的篱笆旁，任凭雨水淋着我，隔着雨，隔着雾，也隔着时间，他拿着一片带茎的大树叶，无言地撑在我的肩上，雨点敲打在这片如伞的叶子上，发出柔和的、细细的、跳跃的雨声，在我们对视的瞬间，我知道了他。

从此他迷离的目光和那点点的雨声，都融入了我冰冷的酒杯。

在路的那一边，有常绿的柏树作天幕，我常常和吴伯伯漫步在绿色的童话里，或伴着青春的浓绿，或拖着金色的秋衣，或踏着濛濛的细雨，或捧着燃烧的夕阳。

当黄昏如晚汐一样淹没了草虫的鸣声，我看见，吴伯伯的眼睛像展开了满山黄叶的秋天。于是，他又给我讲起那个平凡的故事。我轻轻地唱起了那首《勿忘草》。

多少次，我用目光，用歌声询问他，为什么要重复这个简单的故事。

很久很久以后，我终于懂得了吴伯伯。

今天的晚风吹得那样柔和，晚霞燃烧得那样热烈。我一个人默默地唱起：勿忘草呀，你悄悄地开放在原野和山后……我的目光再也没有疑问，只有一种凝固的追恋。

曾几何时，这一切都不复存在了，树林被砍伐了，木屋倾倒了，花园消失了，雨中撑着绿叶的小伙子也不见了……推土机轰响着，吊车在空中遮住了云彩，从此，这条绿色的沉寂的小路变成一片泥泞、杂乱、灰尘飞扬的建筑工地。

又过了不久，一幢幢的居民楼、商业楼、舞厅、餐厅林立而起。柏油马路上拥塞着各种轿车，从酒吧里摇摆出一对对红男绿女，霓虹灯不知疲倦地闪着眼睛，远处的舞厅里传出了迪斯科的音乐声。

那绿色的林中小径，在梦中拖曳着我苦苦的追忆。

沿着这条路的尽头再向左走去，那就是我原来曾住过的家！那是一个很大，颇古雅的院落，它有大理石砌成的甬道，有影壁和回廊。

这里曾居住过几户人家，吴伯伯就住在我的隔壁。当我寻找南湖村十五号时，它已经是一片废墟，红砖砌成的围墙倒塌了，院子里一片残屋断壁，从石缝间偶然钻出几棵顽强的小草。这里好像经受了一阵惊心动魄的台风和暴风雨的洗礼，一切都被冲刷了，卷走了。

我木然地站着，使我奇怪的是我竟没有惊异，反而超乎寻常的镇静。可这镇静终究是脆弱的，因为我的心也像被暴风雨冲洗过的天空一样，空旷、寂寞。

我踏着碎石烂瓦走在废墟上，废墟上的思索时而凝固，时而延伸，时而飞溅，时而又奔腾。

那棵大大的藤萝架现在只剩下几枝死的藤萝，石桌上飞来了几只觅食的麻雀。

　　夏天，晚饭后，院子里的人都集会在这藤萝架下纳凉。

　　刘奶奶摇着大蒲扇慢条斯理地说：

　　"民国二十五年……光绪年间……"我好像在听一个遥远的神话。

　　"现在养孩子真了不起呀！光巧克力、健美酥还不算，看这光景家家都要买钢琴，孩子都学电子琴，也不瞧瞧孩子是不是那个'虫子影'……"这大概是赵二婶的唠叨。

　　陈二爷沏了一壶热茶，对着壶嘴呷了一口："这小壶是我的贴心宝贝儿，跟着我过了五十年了！"说着用布满青筋的手轻轻地擦着壶身模糊的纹络。

　　陈二爷有说不完的故事，直到月亮偏西了，茶壶里的叶子也泡得没味了，他才住嘴。

　　紫藤萝筛下细碎的月光，我停下了笔走出房间，斜卧在紫藤萝下的一角，从吴伯伯的书屋里飘来了低沉的箫声，我闭上眼睛，静静享受这天籁般的声音。

　　太阳升得很高很高了，它照着倒塌的北房和前面的雕花木廊——那就是我出生的地方。这里曾回荡我的第一声笑声，留下我第一次对"妈妈"的呼唤，印下我第一个摇晃的脚印……我的生活是从这里开始的。

　　在结着冰花的玻璃窗上，我画下了第一个人，第一朵小花，第一个太阳，第一个春天，第一次希望……我小时候，是个身体很弱的孩子，一见风就发烧，妈妈只允许我隔着玻璃窗望着外面，记得我时常把鼻子贴在玻璃上，压成一个扁扁的平面，望着窗外捉迷藏的孩子们。那时，我真想把玻璃敲碎，冲到外面去，可妈妈的大手像铁箍一样紧紧地按住了我跃跃欲试的小腿。我大哭起来，那是我记忆中的第一次压抑和反抗的哭声。

　　当我懂事以后，深夜常坐在窗下，听着屋檐上积雪的残滴，那一点一点的声响落入我的心里。

　　在这个庭院里我一天天长大，而它随着人口的变迁和增长也在一天一天变化。张家砍掉了一棵丁香树，盖起了厨房，李家刨开了大理石的甬道为儿子盖起了新房，吴家把房子延伸了，遮住了一片阳光，花坛破坏了，树木砍伐了，一个典型的中国式的美丽古雅的庭院就糟蹋得变了形，走了调。

它的每一次破坏，都引起我强烈的痛苦与不安，我是那样固执地欣赏和追求着民族美。民族美已经成为我的一种信念，一种理想，我不愿在这宁静的庭院里听到枪声，看到一只受伤的流血的小鸟。

我曾在日记中写道："……这个庭院是我世界的一部分，是我心灵的一座花园，现在它日渐荒芜，绿荫消失，莠草丛生，蝉声隐退，我的心像受了伤一样疼。只要它没有死去，总有一天，我会买下这个院落，重建和修葺它。在甬道的两旁种满了扶桑花、美人蕉、灯笼花……再开辟一个池塘，塘里种满荷花，在池塘的旁边建一个精致的亭子，起名曰：听雨亭。李商隐诗中云：留得残荷听雨声。

"在这喧嚣繁华高层建筑林立的都市里，它悄悄地坐落在僻静的一角。如同在霓虹灯下看到修竹清流，听到了丝竹管弦之声，沐浴了徐徐的熏风，看到了盛世的祥和。

"若能在细雨落湖的时节，听到悠悠的琵琶声，又该有何种情致！"

西屋就住着我的吴伯伯——一个著名的老翻译家，一位七十多岁的老人，茕然一身。抗日战争时期，他的爱人被日本飞机炸死了。从此，他既是父亲又像母亲一样把四个孩子抚养成人。

现在，有两个孩子在美国和加拿大工作，最小的女儿在意大利学音乐，还有一个在深圳当企业家。

每当他谈到孩子们时，除了溢于言表的骄傲之外，似乎还有一种我也说不清的情绪。

孩子们不太常来，却常常有信寄来，每当他收到信时，就在台历上画一个红圈写道："吾儿于今日寄家书来。"苍老的脸上便泛起一阵红辉。我常常想:"难道这是他用几十年的辛苦换来的慰藉吗?"

吴伯伯戴着老花镜一遍又一遍地看信,在灯光下看,睡前看,醒后看,还时常把我叫去给他读这些已经读烂的信。不过,当我读信时,吴伯伯总给我准备好许多好吃的东西,如小胡桃呀,小松子呀,小榛子呀,还有巧克力豆,他永远把我当成孩子,是的,我永远是一个长不大的孩子。

我像朗诵一样地读着信,当读到亲爱的爷爷时,我会把感情表达得充实而饱满。有时,我还即兴增加一些句子,如:"爷爷,如果您一个人生活太孤单,我暑假回来接您,和我们一起生活吧!"

有几次我看见他的眼睛潮湿了,还有一次他紧紧地抓住了我的手,长久地不松开又长叹了一口气。

可后来,来信也渐渐少了,寄来的只有几个字的明信片。圣诞节前夕,随着窗外飞舞的雪花,圣诞贺卡也飞进来了。上面却千篇一律地写着:"恭贺圣诞快乐!"

吴伯伯把它们一一摆在书柜里观赏抚摸,我望着这些色彩鲜艳热烈的圣诞贺卡,感到的却是一种莫名的冷漠。

可后来,贺年卡也不寄了,寄来的只是汇款单,老人木然地望着这一张张纸片,脸上阴沉得像暴风雨的天空。

那天晚上,我把早已织好的毛线帽子悄悄地和圣诞卡放在一起。

第二天,天刮起了大风,吴伯伯一清早就戴上了那顶帽子,在院子里打扫卫生,冲着我说:"妙儿呀!你猜猜这么合适的帽子,是不是圣诞老人送给我的?"我笑了起来:"我看准是。"

"圣诞老人原来是个这么俊的姑娘呀!乌黑的头发,亮亮的眼睛,就住在南湖村十五号呀!"

我不好意思地笑了起来。

有一年早春,天蒙蒙亮,吴伯伯就出去了,天黑了,他提了一篮白色小花回来,浑身都是泥巴,我急忙从走廊上跑过去接过篮子:

"吴伯伯，这篮子里装的是什么花？"

"孩子，这花叫勿忘草，我是从野山坡采来的。"他的声音有些激动。

我拿起一朵花，那是一种极普通的植物，由三片月牙形的叶片合拢一片叶子，四个叶片簇拥着一朵白色的透明的小花，它散发着淡淡的清香。

吴伯伯小心地接过我手中的勿忘草说："看！这绿色的叶子能清热解毒，这花不仅好看，还能驱散邪气呢！"

"为什么叫勿忘草？"

"这是我的取名，它让人不要忘记过去美好的东西。"

说着，他就把一束勿忘草花，插进了一个古花瓶里，吴伯伯痴痴地端详着，像是对我又像是自言自语道，"这是她生前最爱的花，虽然它是生长在山坡上的野花。"

我沉默了，他也一言不发。过了好一会儿，他从书柜里拿出一本自己翻译的雨果的诗集，读了起来：

她在年幼的时候有这么一种习惯，
每天早晨总要到我房间来玩一玩；
我等待她，如同等待曙光的来临；
她拿起我的笔，打开我的本，
坐在我的床上，翻弄我的纸张，
笑了笑……

书房里飘动着勿忘草清新脱俗的香气。

那一天，我度过了一个凝重的黄昏。

快搬家那些日子，吴伯伯整天闷闷不语，时常在窗前的海棠树旁转来转去，一会儿浇水，一会儿又摘几片叶子。

那一天傍晚，吴伯伯深陷在沙发里，见我进来，便把烟熄灭了，低沉地说:"这个烟,抽不出味道来。"

台灯亮了,洒下了幽幽的光,这个不大的书房显得异常的寂寞。我突然发现这里太缺乏活动的气流,我感到有些窒息,甚至惶惑。不知为什么我突然脱口而出:"吴伯伯,您害怕孤独吗?"正当我后悔这句话会触动老人的忧患时,他却大笑起来,笑得很爽朗,豁达。我还是第一次听到他这样的笑声。"我从来不怕孤独,因为生命的本质就是孤独。我们孤独地来到这个世界上又孤独地离去,我只是寻找活着的人的一点知性。"

这一瞬间,我才知道,我所理解的孤独太狭隘了,在吴伯伯的脸上我读到了一种超乎自然、超乎自我的真正的孤独!

那天傍晚,在吴伯伯的餐桌上,我们一起剥着新上市的毛豆,喝着他自制的一种乳白色的醇酒。这是我在南湖村十五号的最后的晚餐。

那天我真想喝醉,但却又没有醉。

走过了南湖村的废墟,又沿着刚才的小路寻找吴伯伯的新居,路交叉着延伸着,我的思想也延伸着,我终于迷失在这片陌生的楼群里。

我怅怅然地向家走,邮递员正要把一封信投进我的信箱,我飞跑过去抢过了它,正像我的直觉告诉我那样,它正是吴伯伯的字迹,我急切地拆开信封。

妙儿:

当你接到这封信时,我已经回到了我家乡的小镇上了。

人老了,就更想家,想找一个归宿,一个根。

小镇上的生活,我会喜欢的。我的母亲就在这里长大,她会纺线,也会织布,小镇上还有我过去的一些朋友。

在这里,我想研究点历史,同时完成那部译作,我时时感到属于自己的时间不多了。

这里的春天很长,等杜鹃花开的时候,你到我的小镇上来玩,写一个小城的故事。

如果我离开了这个世界（像这个年龄的人，很自然想到的事），请在我的坟上栽一棵勿忘草花吧！

吴伯伯

夜里，在梦中，我奔向了杜鹃花盛开的小镇，在飞驰的列车里，我的视线在寻找山花，勿忘草呀，你只生长在山坡上吗？

枕着低沉的箫声，我渐渐地入睡了。我看见南湖村已变成一幢彩色的现代化大宾馆，从窗子里闪动着无数双陌生的眼睛。

南湖村在叫我！叫我！我听到了它的回声，但又渐渐地远去了，远去了……

原载于《萌芽》（1988.8）

白纽扣

"方梅,明天我就住院了,想求你两件事,行吗?"郭英苦凄凄地望着方梅。声音里带着几分祈求。

"怎么,你要住院?!什么病?"方梅对郭英的不满顿时冰释了。

方梅望着她瘦骨嶙峋的躯体,和满脸的黑褐色斑,心里想,一年多不见了,不承想她已经变成一个虚弱的老太婆了。

她们上一次的相见,是在一次朋友的"星期六聚会"上,郭英陪着丈夫武良一起来的,是为了探讨方梅的几幅新作和交流文艺信息。

淡蓝色的墙上挂着几幅画,其中一幅是《教堂一角》。画面是神父坐在忏悔台上,前面遮掩着白纱,两边跪着虔诚的教徒,其中一个是穿着牛仔裤的青年,一个小姑娘掀起白纱的一角,往里窥视着。她的妈妈惊恐地拽住了小女孩的胳膊。另外还有两张画是变了形的人头像。大家专注地欣赏着这几幅画。

"方梅作画很会利用空间。"

"方梅,你创作时注意什么?"武良问。

"我首先注意'忘记',忘记在学校里学过的东西,由我的感觉去寻求。"

大家沉默了，望着思索中身着淡藕荷色连衣裙的方梅。

"怎么一个人能画出两个脑袋？"郭英嗑着瓜子说。

方梅淡然一笑。

方梅是学油画的，曾一度和武良学过国画。有一次武良对郭英说："方梅这个年轻的画家，学东西很有灵气。"

也许是由于丈夫的坦率，也许是由于妻子过敏，为此妻子好几天不和丈夫说话。武良觉得莫名其妙。后来，郭英按捺不住了，气呼呼地说："你教她有什么用！有时间自己画几张画，多赚点稿费不比什么都强！"

"……你怎么能这么说话？"

"不这么说该怎么说，现在我们纺织厂的活太累，奖金也不多。就想休息个把月。咱俩是吃一锅饭的，我这儿亏，你那儿补，要在一个锅里抓。"

郭英话音刚落，武良把画笔扔了："听你这些话，把我的情绪都破坏了。"

郭英织着毛衣怪里怪气地说："你看见谁有情绪就找谁去呀！"

在那次"星期六聚会"上，郭英紧紧地靠着丈夫，喝着葡萄酒。方梅坐在她的对面。郭英瞟了瞟方梅红润白皙的面颊和乌黑的头发，长一声短一声地说："喂，方梅，听说你的一幅画中了奖，多少奖金？"

"记不清了。"方梅往酒杯里放了一块冰块。

"连钱都记不清，真是不吃油盐酱醋呀。"

冰块很快化了，方梅又放了一块。

"这画是你自己单独画的吗？"

"你这是什么意思？"

"你没求教过我家武良吗？"

"嫂夫人，快尝尝我做的鱼。"画友魏宁连忙把话题岔开。

武良的脸色有几分愠怒，大口喝着"四特"酒。

方梅想："听说更年期妇女有些歇斯底里……"

从那以后，方梅尽量避免和郭英接触，和武良的接触也少了。

今天郭英亲自登门一反常态，还提了一兜水果，言语态度这样诚恳，又说要住院，方梅马上意识到发生了什么事情。

前几天，郭英从医院看病回来，呆呆地坐着。等到天黑下来的时候，武良回来了。她抱着丈夫就哭了起来：

"……我……我活不长了，大夫一定是怀疑我得了那种病，才让我住院检查的。"她哭得死去活来。

武良的心猛缩了一下。他一边把妻子扶到床上，一边佯作什么事也没有发生。他安慰道："你最爱乱猜，乱猜就是和自己过不去……现在医院为了多捞奖金，当然喜欢多收病人住院了……"武良还想逗妻子笑一笑，但他没有笑起来，妻子也没有笑。

这时，武良回想起这些日子，妻子总嚷嚷肝区疼，又想到她的祖父、父亲都死于癌症。武良的心里立刻投下了沉重的阴影。

这一天，他们很早就熄了灯。郭英紧紧地依偎在丈夫的怀里，喃喃地说："我问你一句话，只求你说个实话，我心里就舒坦。"

"你爱我吗？"

"这还用问吗？"

"只爱我一个人吗？"

武良稍稍迟疑了一下，紧接着回答："只爱过你一个人。"

武良看着妻子还想再问什么，马上向妻子投下一阵令人眩晕的猛吻。

妻子在令人窒息的热气中呻吟着。

"英，你累了吧，休息一会儿吧！"

"……不……不，我要你好好爱爱我……"

武良在黑暗中抚慰着妻子，而眼前却不时地闪现那可怕的病魔。他的五脏六腑好像都冻僵了，出了一身冷汗。

妻子说："我想好好看看你。"她随手打开了床头的台灯。武良却马上关上了灯。他害怕妻子看清他的脸。他愿妻子在他的爱抚中感到他的坚强。

"如果我万一有个三长两短,我愿你找一个爱你的人,能疼你,好好待孩子,我就放心了。"妻子哭着说。武良的心一阵酸疼。

妻子在甜甜的拥抱中睡着了,这时,武良打开了灯,仔仔细细端详着妻子,理了理她凌乱的头发,一颗滚热的泪水落在妻子干瘪的胸脯上。不知为什么,这时,在他眼前闪过方梅那洋溢着青春活力的身影。只是一瞬间的闪现,他马上关上灯,屋里变得黑暗了。

"您有什么为难的事情,我会尽力帮助的,您尽管说吧。"

"我要住院检查,也不知几时才能出院。我这一走,他一个人在家怪寂寞的,你要是有工夫,希望能常和他聊聊。"

方梅一声不吭地望着窗外光秃秃的没有生气的树干,几只乌鸦在树前抖了抖羽毛,飞掠过去。

"还有,我家的小羽很喜欢你。现在她患了肝炎住在姥姥家养病。老武这个人粗心,不会照顾孩子,你要有时间去看看小羽,她一定很高兴。"

郭英住院了,也许由于医院生活太寂寞,她第一次写日记了。

X月X日
医院生活真没劲。查房、吃饭、睡觉,烦死人了。

X月X日
怎么武良昨天没来看我。我等得好心焦、难受,一夜也没睡着。

X月X日
武良看我,迟到了一个小时。本来探视时间就有限,来了只是闷闷地坐着,不多说话,我心里很别扭。

X月X日

不知方梅是不是经常去我家。我猜她一定去了,他们在一块又是谈画又是说书,多开心呀!我一个人在医院好冷清。算了,不多想了,想也没用。

X月X日

方梅到我家又穿了什么衣服?她的衣服真多。记得有一年夏天,她穿了一条黑裙子,上身是白衬衫。武良说她像《青春万岁》里的女学生。唉!爱穿什么就穿什么,与我无关。

又过了几天,郭英收到女儿小羽寄来的信:

亲爱的妈妈:

知道您住院了,我很难过,特别想念您。您一定要安心养病,不要惦念我。我的病快好了。

方梅小阿姨经常来看我,还给我买了许多水果和童话故事书。昨天,她陪我在院子里晒太阳,还给我画了一张画——《阳光下的小女孩》。

妈妈出院时,我一定和爸爸还有方梅阿姨一起去接您。

祝

健康

小羽

有时,生活喜欢和人开玩笑。郭英经过两个多月的检查治疗,诊断为患了胆结石,迁延性肝炎。

她出院了。回到家,却觉得这个家变了。究竟哪儿变了,她也说不清。"喂,武良,我那盆茉莉花怎么不见了?""风把它从阳台上刮下去了。"武良淡淡地说。

郭英心里一阵不得劲。她爬在床上,哭了一鼻子:"这花,我用心侍候它两年了,没想到……"武良扶着她的肩说:"再买一盆就是了,这又不是稀罕东西。"

"我不管什么稀罕不稀罕,我喜欢。"

"好,好,好,我错了行了吧。"武良拖着长长的声调。

郭英本想丈夫会热热地吻她一阵,再甜甜地安慰她,直到把她哄笑了。但武良没有。突然一个念头在她心里萌生了,而且愈胀愈大。

第二天,她决定去找方梅。她愈走愈觉得迈不动腿。她理应去谢谢方梅的,为了小羽,还有……可是,又觉得方梅一定夺走了她的什么东西。她的脑子里顿时出现了空白。冥冥中她走进了方梅的画室。方梅身着蓝色工作服,用油画刀刮去画面上多余的颜色。

"方梅,没想到我出院了吧?"语气中有些不自然。

"在医院养得不错呀,虽然浮胖,可精神挺好。"方梅招呼着郭英坐在一张软椅上,又递上一杯咖啡。

方梅继续用油画刀刮着:"太抱歉了,这张画画院要得急,我边干边聊吧。"

郭英巡视着这画室的四壁,挂着四张画。她想:怎么画上都没有人物呢?天空是空旷的,原野只是一抹绿色,杨树下的椅子也是空落的。这时,郭英才看见,方梅刮去了天空中一朵灰色的云。

"方梅,谢谢你了,我住院时把你忙坏了吧!"

方梅一边在调色板上调着颜色,一边淡然地说:"我不值得您谢我。您的两个嘱托,我只完成了一个,关于另一个使命太重大了,我难以胜任。"

郭英一边听着,一只手紧紧地抓着自己的一颗纽扣。她顿时觉得这天空、原野变得开阔了,她的心也变得亮堂了。

当她走后,方梅发现一颗白色的纽扣,粘在一幅放在地面上的油画——"空落的椅子"上了。

方梅觉得这颗白纽扣是精彩的一笔,使这幅未完成的作品终于完成了。

原载于《芳草》(1989.5)

核桃树上的铃铛

在静静的晚上,没有人的屋子里,我常常大声喊叫:"奶奶,请把那根系铃铛的绳子还给我!"

在我的记忆里,我奶奶好像从来不笑,她永远穿着一身藏青色的衣服,轻手轻脚地走着,既而便带起一丝凉凉的风。

全家人都围着她的时候,奶奶显得很平静,她靠在硬木雕花的椅子上,永远默念着一本发黄卷边的书,手里不时地响着生锈钢镚的碰击声,那声音似乎给奶奶带来了许多快乐。

妈妈低着头呈上了一杯绿茶,那杯子是白地蓝花杯边还刻着龙,奶奶说这杯子是从她祖宗上传下来的,不许人随便碰它,可我还偷偷拿那杯子吃过芝麻酱拌白糖呢!奶奶不说一句话,全家人闷头干着自己的事情,就连淘气的卷毛狗也打了蔫。

奶奶翘起小拇指,慢慢地掀起茶杯盖,轻轻地吹着飘在上面的茶叶,古老的时钟沉重地敲打着,好像要把时间切成碎片。

奶奶大概还是疼我的,因为我是她唯一的孙女。可我最怕听到她干瘪沙哑的声音:"花花,你还像个丫头吗,你是投错胎了吧!"那时,我正趴在地上大声叫:"水牛,水牛,先出来犄角后出来头,你妈你爹给你买烧羊肉吃喽……"奶奶这一嗓子,让我激灵一下,吓得水牛好不容易出来的一个犄角和头又缩了回去,我望着这光秃秃的硬壳,双手用力拍打着地面,急得流出了眼泪。

院子里发黄的牵牛花枯萎了,一颗水珠顺着茎秆滚动,扑簌扑簌地落下来了,唉!迷蒙的秋雨,灰色的天空,想起我的童年,展现在我眼前的总是这样一幅画面。

夏天没有风的日子好闷呀!奶奶斜卧在藤椅上,手里摇着一把大蒲扇,嘴里不时发出:"哎呀……哎呀……疼……疼……"那声音落在人们的心上,我顿时觉得云把天空压得很低,绿草地变黄了,鸭子身上的羽毛脱落了,池塘里的水快要干涸了,屋子变得黑暗了……

奶奶的呻吟仿佛是一道命令,妈妈无言地放下手里刚刚端起的饭碗,走到奶奶面前给她捶呀、捶呀……直到妈妈的手累得抬不起来,奶奶的呻吟才慢慢变低了,可如果这时爸爸走过来对妈妈说:"你累了,我来吧。"那奶奶的叫声马上变得尖锐有力了。

也许一个人病久了就会成为一种生命形式,大家都接受了这份无奈。

有一天下午,奶奶又没完没了地"唉呀"起来,叫得我头发根都竖了起来,作业本上的应用题一道也解不出来,我急得跑到奶奶床前,"奶奶,你为啥不学雷锋?""什么?雷锋是谁?"奶奶的叫声停止了,眼中闪出了孩子般好奇的光芒。"雷锋是解放军叔叔,他好极了,从来都是先为别人想,最后才想自己,奶奶,你以后忍着点好吗?"说着我把一本《雷锋日记》塞在奶奶的手里,奶奶的眼睛变得亮了,可一会儿又"唉呀唉呀"地叫了起来,不过声音好像是变低了。

爸爸妈妈都上班去了,卷毛狗趴在廊子上晒太阳,奶奶"咯吱咯吱"地打开了盛点心的瓷罐子，桌子上放着一杯沏好的龙井茶，奶奶靠在软椅上，眯着眼睛慢慢地咀嚼着一块枣泥点心，最爱听奶奶的假牙碰撞时发出的声音，她使我联想起在树林里爱吃榛子的松鼠，那时，我会高兴得笑出声。奶奶便睁开一只眼睛，"花花，过来，给我捶腿！"我跑过去拽着奶奶的衣角问："奶奶，为啥妈妈一走，你就不疼不叫了？为啥你明明是吃了东西，可等爸爸一回来却说什么都不想吃？累得妈妈屋前屋后地给你烙油酥软饼，买绿豆枣泥糕？老师教我们做一个诚实的孩子，你为啥不能做一个诚实的老太婆？"奶奶用手指使劲拧了一下我的胳膊，嘴里还不停地叫着："孽种，孽种……"我"啊哟"一声便蹿出了屋子。

有一天，妈妈下班回来，发现一罐子点心下去一半了，"花花，不要老是吃零嘴，要养成按时吃饭的习惯。"我连忙放下手里的铅笔刀冲着奶奶挤挤眼睛："妈妈，那点心不是我吃的，是一只老耗子偷吃的。"

那一夜奶奶的叫声通宵没断，妈妈一会儿起床，一会儿下地；灯一会儿亮了，一会儿又熄了，家里真像是闹了耗子。

第二天，妈妈赶紧在紫色的罐子里添满了点心，趁奶奶打盹时，我抓了一把盐撒在罐子里，然后，我踮着脚尖心花怒放地溜走了。

一会儿，我从玻璃窗外偷偷看见奶奶打开了点心罐，只见她取出一块白色的小蛋糕小心地盛在一个蓝瓷盘里，来回端详了一会儿，又冲了一杯淡淡的牛奶，靠在椅子上，脸上露出了一丝安详与快乐，奶奶却又不吃，只是端详着，她把盘子转了一圈，摇着头仔仔细细地看着，好像能看出别人看不见的名堂来，她喝了一口牛奶，把点心轻轻拿到嘴边，我睁大了眼睛盯着奶奶，可她呆了一会儿又把点心放下来了。急得我长叹了一口气。玻璃上已被我的嘴烘出了水气，我不停用手擦着。终于，奶奶的嘴咬了一口点心，随即又吐了出来，把盘子也推翻了，嘴里不停地骂道："孽种、孽种。"我掩住了嘴怕笑出声，急忙背上书包，一步跃了三个台阶，那天我上学迟到了一个半小时。

放学以后，我直奔我心爱的金鱼缸，那是前几天我搜罗了家里所有的废报纸到废品站换来的钱，买来了几条小金鱼。

可当我跑到窗前，撩开窗帘时便急得叫了起来，鱼缸空了，小金鱼一条也不见了！只见奶奶坐在安乐椅上一前一后地摇着，她手里两个光亮的核桃发出嚓嚓的声音，我听起来特别刺耳，奶奶的眼睛眯成一条缝，斜看着我，嘴边还挂着一丝窃笑，这时，我心里全明白了。我攥紧了拳头，心里想，别太高兴，老太婆，明天就让那两个贼亮贼亮的核桃见鬼去吧！

有一天放学以后，我和同学在老槐树下跳皮筋，直跳到我满头大汗两条腿快断了才罢休。晚饭后，我胡乱把作业划完就睡了。

夜里，我突然被噩梦惊醒了！语文老师让我站起来背诵课文，而且还要带感情，我只记得四句："延安周围是山，延河水绕城流过，城东的宝塔山上有雄伟的宝塔……"再往后就怎么也记不起来了，老师罚我站着，我急得叫了起来。醒后，我出了一身冷汗。这才突然想起今天不光是背课文，还考地理呢！我急得浑身冷飕飕的，便抱紧了膝盖，闭上眼睛想法子。有主意了！我班男生告诉过我，如果能把墙皮吃到肚子里就能发烧生病。我马上一片一片地撕着墙皮，慢慢地吞咽着，好难受呀！

早晨，时钟敲了七下，妈妈掀开我的被子，"花花，别贪睡了，该上学了。""我生病了，头发热，肚子好疼呀！"我"哎呀哎呀"地叫了起来，妈妈急得想带我去医院，"不，不，不去医院，躺一天就好了！"我连忙用被子蒙住了头。

奶奶的拐杖蹬蹬地敲着地板，走到我床前用粗糙的冰凉的手摸了摸我的前额，"怕是在学校闯什么祸了吧？"奶奶的声音是颤抖的。我一声不吭地用被子把自己裹得更紧了。

一会儿，屋子里静了下来，只听见时钟滴滴答答的响声，我把被子踢到脚下，望着屋门上方一个小小的铁窗，窗户开得很高，窗外有一棵白杨树，长得那样高，那样直。一会儿，阳光透过白杨树那样柔和地泻了进来，我觉得心里很快活。我想起了刚刚读过的童话，一个漂亮的王子，在森林里打猎，遇到了一个美丽的女孩子,她险些被大灰狼吃掉,是王子救了她。后来,他们结婚了,住在一个美丽的城堡里……我的心变得透明愉快起来。

一会儿,奶奶推开了房门一言不语地把两束开得极美的海棠花插在我的花瓶里,我看见奶奶的手干枯得像秋天的树枝,她摘下两朵花瓣放在手里,脸上似乎泛起了一层淡淡的红晕,她看了看我,掩上门无言地出去了。

那一天,奶奶给我一种特别的感觉,我说不出到底是什么,好像有神秘、美丽还有忧伤,那是我第一次懂得忧伤的滋味,尽管是淡淡的。

在我家的楼前是一片美丽的庭院,在院墙边有一棵老茉莉树,一个月来整整开了千朵花,美极了,美得让人发疯。茉莉依墙攀缘而上,它的枝叶抓满了院墙。

在那个初夏的夜晚,我高兴地请来了我们班的三个男生三个女生,围坐在绿草地上,享受茉莉花的清香,夏夜的风轻轻地吹拂着,我仰望着天空,天好蓝,风好柔,我看见一只白色的鸟站在树枝上,我心中充满了一种朦胧的渴望。

我一一给同学斟着茶,"古代诗人就是坐在花前对饮,咱们今天体验体验,说不定长大了能成为诗人呢!"一个男生说:"花花,喝酒才能成为诗人呢,喝茶恐怕只能当个干人了,你干脆到家偷偷拿几瓶酒,那才够意思呢!"我悄悄地从酒柜里拿来了好几瓶啤酒,七个杯子在夏夜的花香里发出了美妙的碰击声。那夜,一轮皓月正从松树后面冉冉升起,我们都睁大眼睛注视着夜空,在我们漆黑的双眸里,反映着柔美的月光。从此,这美妙的月夜,这好听的酒杯的碰击声便永远深植在我心里。

我的卷毛狗在周围巡视几圈,干脆就在我的脚旁睡下了。茉莉花在月光下显得更洁白、柔和,风从不远的地方吹过来,轻轻地唱着歌,当月亮高高挂起的时候,这个夜晚澄清得像水晶。

我站在茉莉花前,望着满树的洁白变得颠颠倒倒,我们七个人手拉手围着茉莉花树，唱起歌又跳起舞来，跳累了，我们就躺在草地上，望着天上闪烁的星星和弯弯的月亮。

"你猜咱班谁的眼睛长得像星星？"我问。

"花花的眼睛像星星！"一个男生说。

我得意地眨了眨眼睛。

"你们猜咱们班谁的脸长得像月亮？"……

"我长大了要到月球上去探险。"

"我长大了要到月球上举行婚礼。"

我们笑成一团，在草地上打着滚。

突然，从看不到底的黑夜里，传来了断断续续的声音："花……花……孽……种……孽种……孽……种……"那一瞬间，我分不清这声音是奶奶发出的，还是夜传来的，我只觉得天突然变得漆黑漆黑的，星星没有了，月亮也看不见了，我有点害怕，刚才所有的快乐都消失得无影无踪了。

夏天中午的梦是酣适的，那张宽大而又深沉的木床是奶奶独自的，竹席已被汗水和岁月浸成紫黑色，可奶奶却不肯换新的，说那是祖宗传下来的。蚊帐是灰白的，四根床柱子是褐色的，风从窗户吹进来，伴着奶奶深深的鼾声，这午间便显得格外冗长。

我跃到桌子上，把时钟拨快了两个小时，又换上了一双木拖鞋，在阳台上跑来跑去，木拖鞋在地板上发出"嗒、嗒、嗒"的响声，那时，我会觉得时间不那样沉重了，生活也不那样单调了。奶奶翻了个身，口中呐呐着"孽种，孽种"，便又睡去了。

我拿了一本语文书坐在阳台上，假装用心在读。这个时候，若是奶奶看见了，便会一声不吭地将一把小人酥糖装进我的衣兜里，还用手摩挲着我的书本，珍爱地看了看，才慢慢地走进屋去。

春必然是绿的，夏天绿得逼人。我家楼前的那片绿草地舒服得像软绒绒的春泥，这里正是盛夏，蝉鸣柳浓，不远处又是一派苍横着的翠微。

这时，绿草坪里正滚动着一个银灰色的小足球，它在风里吹着口哨，那哨声很悦耳。绿草地上不时地传来"咯咯"的笑声，原来有几个男孩子在戏闹，有的坐在矮墙上，有的爬在树上，有的在草地上打滚，另外还有几个男孩子在踢球。

我趴在阳台的栏杆上，阳台前有一棵高高的核桃树，翠绿的树叶像一把大大的伞，给阳台带来了荫凉。雨后，草地更绿得让人爱，不远的池塘中长满了浮萍，春天，还可以在水池里捞一些小蝌蚪。

几个穿短裤的男孩子在球场上飞跑着，足球在他们脚下飞奔、冲撞，绿草地为他们铺上了一大块青青的地毯。

这时，我的视线突然被一个身着红色背心的五号球员抓住了，他跳得好高呀，又那样有弹性！两条腿黝黑黝黑的，他一路跑，一路冲杀，使我想起斗牛场上的斗牛士。

我爬上栏杆，眼睛一眨不眨地看着五号球员，可还是看不清楚，对了，记得奶奶说过眼睛上罩个绿生生的东西就会变亮了。我跳起来摘了两片树叶，中间用牙咬了两个窟窿，把树叶罩在眼睛上，我用唾沫把两片叶子紧紧地粘住了，眼睛果然变得明亮了！我看见五号球员可真够帅的，还长着一头卷发，两条腿的肌肉隆起，看样子有石头那样硬，眼睛好像不大也不小，他在球场上一刻也不停地跑着。警觉得像一只猎犬，那跳动的肌肉，你会感到一种无法遏制的生命力，我心里默默地想：多威风呀！多神气呀！我要是有这样一个哥哥谁还敢欺负我！记得有一次，妈妈把我的头发剪短了，我们班的几个男生冲着我叫"三毛，三毛来了"，气得我直哭。

"唉呀！不好了！"我惊叫起来，阳台上君子兰花盆，被我失手推了下去，原来五号球员为了抢一个球：被对方踢了一脚，这一脚正落在他的肚子上，五号马上倒下去了。球友们都围拢过来，我心里急坏了，"他不会死吧？"

我急得踮着脚尖,拍着栏杆,眼泪都快流了出来。这时,从屋子里又传来了"孽种、孽种"的叫声。

五号球员终于站了起来,我总算松了一口气,他伸了伸腿,直了直胳膊,在草地上又翻了几个筋斗,然后大声喊"开始",我眨着眼睛还没弄清是怎么回事,只见他一个球直冲入球门,球友们雀跃高呼,把他举得高高的,他摇着手,可神气了!

我兴奋得用木拖鞋敲着栏杆,赤着脚来回跑着。奶奶的拐杖用力地敲着地板,从牙缝里挤出了两个字"孽——种——"那声音分明是真正生气了。

我望着核桃树上垂挂的青青的果实,一阵阵风吹过散发着幽幽的清香,树叶轻轻地唱起了歌,我突然觉得那一颗颗翠绿核桃就是一个一个绿色的小铃铛,如果它们能响起铃声那声音也一定是绿色的。对了,我想起来了,便蹑手蹑脚地跑到贮藏室,翻出去年我在一家店铺门口捡来的一个大铃铛,又拿出一条绳子,就爬到树上去了,我把铃铛牢牢地系在核桃树上,铃铛上还系了一条长长的绳子直到阳台上。

当我从树上跳下来的时候,看见五号球员像一只活泼的小鹿奔跑着,远方的天空云拂过来了,不远的河水泛着轻柔的光,远处的野山茶正在此起彼伏地开放。五号球员流淌着汗,脸红扑扑的,阳光流溢着万道金光洒在他的身上。真棒!他又把一个球射进了球门,我跳了起来,用力摇着绳子,那核桃树上的铃铛立即发出欢乐的声响,那声音好像是千万个挂垂的翠绿的小铃铛一起唱出的春之歌,那声音像春水卷着冰块淙淙流淌的音响。

从此,无论有风的还是无风的日子,只要五号球员把球踢进了球门,那满树的铃铛便一起欢唱。我真想把这一串串的声音都串成珍珠戴在脖子上,那该有多美!

太阳落山了,绿草地渗进了金色的夕阳,翠绿的核桃树染进了紫色的黄昏,呜咽的流水融进了淡紫色的晚霞,黄昏在悄悄走来。

我趴在阳台的栏杆上,望着寂然无声的球场,第一次感到一种朦胧的孤独感，我摇了摇绳子，核桃树发出了零零碎碎的响声，那声音显得很寂寞，我呆呆地想着什么，可也不知在想什么，只是在想。

我的眼睛突然亮了一下，看见核桃树上挂着一个绿色的书包，书包盖半开着，还可以看见里面的书和笔记本，我马上飞跑到核桃树下，把挂着的书包平放在地上，书包带上写着：睦野街十三号陈耀辉。我抑制不住好奇心，打开了书包，看见里面有一个铅笔盒、一本算术本、一本《足球世界》，还有一本作业本。我翻开了它，只见一行行整齐的钢笔字跃然在纸上，我随便翻看着。突然，一个作文题目强烈地吸引了我：我——我爱我的球场。其中有一段是这样写的：……绿草地给我铺成的球场真带劲，最有意思的是在球场不远的地方有一幢白色的小木楼，木楼的阳台上，有一个梳着娃娃头的小姑娘，她的脸长得像月亮，我踢球的时候，她总是伸着脖子趴在栏杆上，一动也不动地看着我，特别专心。最让我奇怪的是，我每踢进一个球，她楼前的那棵核桃树就发出一阵好听的响声。我想，这一定是她捣的鬼，过两天我要偷偷侦察一下树上的名堂。

过去，我踢球从来没有这么带劲，现在，只要那小姑娘一站在楼上，我就不知从哪来的一股力量，我要让这小姑娘把我看成英雄……

我只见老师用红笔写了两个大字"重写"，评语写道："文字还算流畅，不过文章的中心意思不够健康，为什么一个女孩子就让你产生这样大的动力，而老师对你的批评却当成耳旁风，你今天上课又迟到了……"

我想起来了，这个签名叫李红的老师，前几天，天快黑了，我在公园里给兔子打草，看见的正是她，她穿着白色的连衣裙，腰肢勒得很细，高跟鞋的跟恐怕只有小手指那样细，也不怕蹩了脚，她和一个年轻男人一起走，一会儿两人靠近了，一会儿又闪开了，李老师的脸红扑扑的，好像还抹了口红，完全不像在学校时那朴素严肃的样子。

从那天开始我就不喜欢她了。

我手里捧着他的作文簿，内心焕发出一种说不清的感觉，平淡的日子里，突然加入了新的颜色，一种混乱、美丽而又透明的色彩。

我应该把书包给他送回家，作文不是还要重写吗？可我一背起书包却觉得有点不对劲，平时那种天不怕地不怕的劲头，不知跑哪去了。我第一次懂得害羞，我的脚步愈走愈慢，睦野街十三号离我愈来愈近，我远远看见他赤着脚向我跑来了，他跑近了我，我低下了头，"给"，我把书包交给了他，沉默了一会儿，我转身说"再见"，走了几步，他追上来了，"你还没告诉我你的名字。""我叫花花。""花花，我想问你一件事。"我站住了，"什么事？""你家的核桃树为什么会唱歌？"我忍不住笑出了声，"你不是想去侦察吗？""……你……偷看我作文了？""不，不是偷看，是你的作文本挂在我的核桃树上，要不然怎么知道你叫陈耀辉，又怎么给你送书包来呢！"他不好意思地抓了抓头上的卷发。

"对了，老师不是让你重写吗，我可有一个好主意。"

"什么好主意？"他用力抓住了我的手。

"只要改一个字就行。"

"哪个字？"

"把女孩改成男孩。"

"太棒了！"他抓起我的双手，转了好几圈，真是快活极了。

"花花，我想现在就去核桃树上侦察，行吗？"

我点了点头，我们手拉起了手。

黄昏正在静静地向树林草丛漫延，鸽子收起了最后的哨声，两只鸭子在芦苇丛中游来游去，风吹过萧萧的树枝，叶子和叶子在相互碰触，一群孩子捧着鲜花从无人知道的地方跑出来，他们穿着紫的、红的、蓝的、绿的衣裳，小河淙淙的流水卷走了黄昏。

黄昏越过无人的荒村，穿过绿草的小径，渐渐被黑夜代替了，这里没有月亮也看不见星星，夜像墨一样黑。

我轻轻地说："我怕黑。"

他握紧了我的手。

在不远的地方，我看见核桃树在风中不安地摇晃着。

它摇着一树的夜色。

突然，我缩回了脚步，屏住了呼吸，只见一个长长的黑影在阳台上晃动着，喘息着。核桃树发出微微的颤音。透过微弱的星光，我看见一把亮闪闪的大剪刀正在吃力地剪着绳子，并能听到断断续续的声音，"孽……种……孽……种。"

终于，随着一个吃力的挣扎、喘息和咳嗽，核桃树发出一声尖锐的叫声，绳子剪断了。

夜沉静下来了，黑得更浓。

这一瞬间，我完全被卷入了巨大的黑夜，我害怕得发抖。他紧紧地拉着我问："她是谁？""我奶奶。""她为什么要剪断绳子？""她不喜欢核桃树上的铃铛，不让我和男孩子在一起玩。"在黑暗中我哭了起来。

我望着他，突然觉得他是一个大人了，他轻轻地在我耳边说："花花，别哭，别哭，我们会长大的。"

是的，从那个时候起，我就急切地盼着自己长大，一想到有一天我会长大，就好像在童稚无力的日子里，窥见了一丝曙光。也从那一刻起，我心里开始懂得一种缓慢的痛苦。

原载于《特区文学》（1990.1）

码头

六年过去了。

我曾不止一次地登上海鸥五二五号江轮。最初,我是想在这里能重新找到他,后来,我渐渐不再有这种希望了。可我还是在秋天的有月亮的晚上,站在码头上,等待看它靠岸,一次又一次……

他是谁?叫什么名字?住在什么地方?我全然不知。当然,这些对我都不重要了,他只是我旅途中一位匆匆的过客。

可是,从那个夜晚以后,他改变了我。现在面对着一个发展起来的自我,回忆起来,总是感受到他,也许,还不止于此。

那是六年前的一个秋天。

我第一次登上江轮,也是第一次一个人去旅游。离开家时,我兴奋地换上了一件猩红色的连衣裙。可一登上甲板,蓦地孤独得想哭,也许是因为一次罕见的洪峰刚刚过去,船上的旅客似乎不多。

我把小皮箱放进船舱,拉开绿色的窗帘,不停地用手摸着玻璃,看着码头上匆匆迎送的人们,他们热情、单调地笑着,笑得让人寂寞。

码头

船缓缓地离开了码头，岸上的宾馆、大厦和林立的商业广告渐渐向后退了，码头下面浮动着许多水藻，水藻的下面鱼像影子似的在水中游来游去，一层层浪花超过了那船的吃水线。

我把头靠在窗栏上，注视着，岸上摇晃的树梢，让人有些心乱，这时，我才意识到这两人位的船舱里，只有我一个人，我一向是喜欢安静的，可望着对面空空的床位，我的心感到一阵莫名的空落。

这时，从对面的船舱里走出一个青年，我们对视了一瞬，旋又移开了视线，我的心顿时感到有些异样，那是一种多么独特的目光呵！我呵了口气在玻璃窗上，然后随意用手指在上面涂画着一些莫名其妙的造型。一会儿，从书包里翻开了一本诗集，……一条河，一团愁绪，无始无终，映着异乡与异梦。

不知不觉中太阳已经西斜了，江轮停泊在一个码头上，只见一些卖东西的人用长竹竿挑着竹篮在江边高声叫卖，那样的叫卖声从水面上飘过来，让我想起了船歌，我跑到甲板上，招呼着一个叫卖声最响的男孩子，他的船靠近了，我没有杀价，便把一对豆绿色的手镯戴在手腕上了，还买了一大块油炸藕，藕孔里满满地塞着糯米。

江轮对岸是个小镇，周围环绕着绿色的树林；灰色、蓝色、红瓦的屋顶和白色的楼房，高耸路边；伴着清清的江水，一级一级的石阶，在夕阳的余晖中伸展着，宛如一幅清淡的水彩画。我不禁想起我卧室的墙上悬挂的那幅《威尼斯水乡》。

我站在甲板上，吸入这陌生的江流的生命，身心和毛孔都大大张开了，突然产生了一种从未有过的新鲜感和归依感。

江轮不知什么时候又启航了，我靠在甲板上，观赏着江上及两岸的世界，放眼尽是深深浅浅绿色的秧苗，和清清的水面，上面漂满了像荷叶一样的渔船。黄昏的天空，像一片大大的金色的叶子，垂挂在高高的苍穹间。

"你是第一次乘江轮吧！"这声音沙哑低沉而又平静，我侧过头来，看见的正是刚才的那个他。那张脸上柔和的线条，构成了一幅洁净气质的画。

我一向不大喜欢和陌生人谈话，现在，他的手抚在栏杆上，和我的手离得那样近，在初接触时，他便给人一种透明的质感，以及一种强烈美感带来的眩晕。可我并不感到陌生。

也许是因为这条大江，这艘轮船，温柔的晚风，神秘的黄昏，还有轮船的鸣叫声，这声音让人激动，让我想流泪，这声音会让人想起，漫漫的人生之路，何处是急急待赴的码头？再远的路，也要一步一步走到尽头，每一个停泊的码头都是一个休息的角落，一个温暖的清新的港湾，这时，人不大会想到那份没有定位，没有年份的将来，和种种羁绊，这是自然创造的特殊的氛围。在这一刹那，打破人与人之间的距离和秩序，种种生疏的顾忌在这江风和水波中都无形的消除了。

"是，是第一次，你怎么会知道？"我摇了摇腕上的手镯，我看见他的脸上漾着亲切的微笑，好像我们已经认识很久了。他的目光又露出一种威力，仿佛他了解面前的每一个人，可又不尖刻。

"你去哪儿？"

"威城。"

"那是一个很僻静的山城。"

我点了点头。

"您？"我抬头望着他。

"我去喀林，我的出生地。"

这时，我被眼前的景象吸引住了，一个渔夫在一艘竹筏上，正用长竿打水，不知是什么鸟潜身一扑，用嘴含着一条鱼，交给渔夫，吐鱼后，那只鸟栖在竹筏上，得意扬扬地张开了白色的翅膀。

我惊叫起来："你看！你看！那只鸟会捉鱼！"我的手臂向外伸着。

这时我才发现，无意中我的另一只手搁在他的臂上了，我不好意思地缩回了手，却从他的目光里感受到一种亲切温暖。

"请记住，不要上船就把你的鉴赏力都用完，记住，你的智力银行的储蓄是有限的。"他调侃地说。

"如果我的银行储蓄富裕呢？"

"富裕也要当紧日子过。"

我恣情地笑了起来，手镯和栏杆发出了好听的碰击声。

人真是奇怪，虽然只认识了几分钟，但有时可以胜过好几年。也许在那些多年的相识里，人们从来都没有"真正"认识过，我心中充涌着一种说不清的感情，虽然我并不愿意承认。

天色渐渐地暗了，江面上的水色也渐渐加深了，阵阵凉风吹过，扑来了清新的潮气。我们自然地绕甲板走了一圈，终于选好了一个观景的好角度。江面上及两岸旖旎的风光，好像是舞台上的布景，这不像是在现实生活里。起伏的山峦静静地站立在暗蓝而又透明的天穹下，两岸一幢幢茅屋，星星点点地洒在广阔的田野中。我用迷醉的眼睛望着这个世界，恍如在梦中。

"你去威城有什么特别的事情吗？"他低沉的声音和黄昏的江风融在一起。那声音既自然又小心翼翼，却又含着深沉的热情，我想，我没有力量抗拒。

"去年秋天，我曾到过威城一个叫圣竹花的尼姑庵，它坐落在一个很高的山上，山间淌着溪流。我去的时候，正赶上尼姑们埋头诵经，她们一个个都十分瘦小，穿着不合体的肥大的衣服，脸上露出冷漠、麻木的神情，竟让人发出今岁是何年的感叹。

"突然，我被一个少女的侧影吸引了，她待在一个角落里，低头默念，那神情有几分凄楚。她是谁？为什么正值灿烂的年华来到这里？难道尼姑庵对现代青年还有吸引力？正当我迷惑不解的时候，只见一个年轻的尼姑和她悄悄说了些什么，她即向后院走去了。我悄悄地尾随着她轻盈的步伐，只见她走到井边，手里握着水桶和绳索，对着灰蓝的天空愣了一会儿，便把水桶抛进井里，用力地拉起满满一桶水。

"我连忙走向前帮助她把水桶抬下井台的石阶，她腼腆地笑了：'谢谢！'声音悦柔、甜润。她的明眸闪着青春的亮光。'你也出家了？'她点了点头，蓦地脸上泛起一片桃花色的红晕，丰满坚实的胸部在微微跳动，挑起水便运去了。顿时，我的心沉重起来，让这样美丽蓬勃的青春在尼姑庵里枯萎，简直是一种罪过，到底为什么呢？

"后来，在一位热心人的帮助下，我终于有机会和她相识了。

"她曾在一个美丽的地方认识了一个青年，他们一起在海边、山林度过了最美好的日子，她极热烈地爱上了他，在他们就要分手的那个夜晚，她把一个少女的纯真赤诚与火热都交给了他。她害怕明天，对明天充满了恐惧。天地已浑然连成一体，四周是萧瑟的秋天和茫茫的黑暗，只听见她低声说：'……明天……明天……'他把她抱在怀里平静地说：'不要去想明天，我只相信现在，明天是不可知的……'

"明天终于来了，他走了，没有留下一声叹息，走后没有一点消息。她面对着墓地般的大海和森林，困惑痛苦得晕了过去，她甚至不知道以后的日子该怎样活下去！

"'难道你是为因他来到尼姑庵的吗？'我问。'我想世界上如果没有一种永远的真情，就不如把内心的爱杀死。'

"'你杀死爱了吗？'

"'它太顽强了，要慢慢杀。'她没有表情地仰望着空旷的天空。

"由于行程匆匆，不久我便离去了，可是关于她的故事，一年来总让我无法平静。她现在还在尼姑庵吗？她也穿上了那肥大的没有色彩、不分阴阳的粗布衣吗？她那蓬勃的青春的躯体能禁得住尼姑庵的寂寞和压抑吗？他来找她了吗？她的爱活着，还是死了？这次我去威城主要是因为她。"

他望着船下的江流一言不发，浪大了起来，他依然沉思着，水流旋转着形成一道道亮闪闪的瀑布。

天暗下去了，眼前一望无际的墨绿色的江水和无垠的天空连在一起了。

"饿了吧，我们一起去吃消夜。"他拉起了我的手。那声音落在我的心上，我感到一阵温馨柔情，不再有什么顾忌，和他走进餐厅。

我选了一个靠江的窗口坐了下来，餐厅小姐送来了晚茶，他给我斟了一杯："喝吧，我太受感动了，不过，不是被故事本身，而是被讲故事的人，你的热情、感悟力，除了艺术家，别人是不会有的。"他用眼睛读着我，我心里一阵颤动，用几乎听不见的声音说："谢谢。"

"我是否可以问一些你个人的事情，而不致让你感到我冒失？"

"可以。"

"你结婚了吗？幸福吗？"

我低头望着杯子里的水，一时竟说不出话来，半天才说："我结婚三年了，我觉得我应该是幸福的。"

"可，请原谅，凭我的直觉，我感到你有些自己也把握不住的迷茫。"

我的心一阵战栗，在我的生活里，还从未有人这样深地透视过我，那一瞬间，我感动得想流泪。

"我自幼是一个很脆弱的女孩子，爸爸妈妈只有我一个孩子，我很任性，个性也强，这就形成了我性格上的反差。后来，我长大了，认识了我现在的丈夫，有了一切重新开始之感，但我并不认为他已经十全十美。他坚强、勇敢，有极强的自信心，这都是我所欠缺的。他像是我的一堵墙，一个彼岸，至少当时我是这样想的。不过，他对于美，对于情感缺乏某种先天的直觉，但，一切都做得有条不紊，每办一件事都能成功。可不知怎么，我感到渐渐地失去了自己，失去了思想的空间。没有他，我什么事也做不成，他的一句无关紧要的话，一个态度，对于我都至关重要。渐渐地我失去了自己生活的重心。我常常这样想，难道因为他太灿烂我才黯然失色吗？可有时候又感到他像萤火，缺乏温暖，又像一片流沙，缺少宁静的慰藉。我常常陷入困惑之中。"

他隔着方桌无声地望着我，我感到他的眼睛正在热情地搜索着我的心灵，有时，人们所爱的那件东西是用幻想创造出来的，人世间并不存在。美或是爱都是距离所造成的，太远则模糊一片，太近则一览无余，重要的是一个人要在距离中调整自己找到自己。

我们用完了消夜,走到甲板上。黑夜完全笼罩了江面,不知从哪一个船舱里传来了低咽的箫声。黑夜真有一种神奇的伟大力量,把人类、自然和宇宙悄悄地凝合在一起。我深深地吸了一口风,突然感到这夜晚的一切黑暗、盲目不可理解的东西,变得更加扑朔迷离,更加大胆,并潜伏着某种巨大的力量。

我靠在甲板的栏杆上:"月亮好大啊!快照到我的头顶上了。"

"你怕月亮吗?"

"有点。"

我呼吸着清凉的空气,向黑夜伸臂划了一个圆圈,月亮忍不住地向我微笑了。

夜更浓了,船里的人也许都睡了,静悄悄的,被冷落在清幽的月光中。

夜渐渐凉了,凉得像一口井,夜也像一口井,我不禁打了一个寒噤。

"天凉了,你要不要到舱里休息?"

黑暗中,他给了我一双温暖的紧握的手,那样自然,所有这一切都使我不由自主地酝酿着一种朦胧的渴望。

"说说你自己吧!"我望着月亮说。他把我的手握得更紧了。我靠近他。他的眼睛流露出一点顽皮的影子,这一瞬间,我觉得他像个孩子,但一晃再看他时,他又是一个诚恳严肃的男人。

"我今年三十岁,这个年龄使我感到有些不安,虽说现在还算是个称职的商人。我办的这家公司是几经奋斗才筹建起来的,现在它在东南亚、欧美都有市场,可这几年,我没有假期,没有悠闲的时间,甚至好像也没有时间去爱。自从我做生意以来,好像忘记了还有自己的兴趣爱好,多少次下班回家,我想看看我喜欢的书,听听音乐,但累得我只想睡去,钱尽管赚了很多,但总觉得商界不是我真正久留的地方。"

"难道你真的这样看轻金钱吗?"

"钱是一样好东西,有了它许多事情就好办了,尤其在今天的社会。但金钱并不是万能的，世界上用钱买不来的东西太多了，时间、知识、信仰、爱情……我自幼喜欢绘画，即使在繁忙的商界驰骋中，也时常回忆小时候在南方的山城，我和伙伴们点着篝火，静静地坐在星空下，绿色的原野散发着清香，风吹过来，传来了阵阵山羊的叫声……它一直是我的一个永远难忘的梦，一种生活理想。"

"那么，现在你想改变你的生活吗？"

"当然，人类是唯一可以从生死变换中意识到时间观念的动物，也是唯一能够决定自己要做什么的，我已决定改变我生活的速度，离开商界，到喀林去，一边教书一边绘画，这样我会感到愉快，人生是应该做多种尝试的。"

我的内心突然感到一阵眩然的激情，不知是被他的勇气，还是内在力量所鼓舞。

"你……你有爱情、家庭吗？"我用几乎听不到的声音问。

"我爱过，但没有家，我想这就够了，至少现在我这样想。"

在夜色中，我看不清他的脸，他的声音有一种让人发颤的冲动。

我沉默着。

"圣竹苑的尼姑庵，是你的一个梦，一个不明确的梦，你要把你内心的冲动压抑都写出来，我相信你一定会成功的。"

"你怎么知道？"

"凭我的直觉，它还从来没有短路过。"

他拉起我的手走向前甲板，江水天空都融在无边的黑夜里，那里夜黑得那样强大，没有尽头。

他沉沉地揽住了我，将我的脸枕在他的肩上，我有点想哭。

不远处的灯塔闪着红灯，这是黑暗中唯一的光明。"别害怕，有我在。"他轻轻地在我耳边说，这声音落在黑夜里好像我们俩是一个不能分开的整体。

宽阔的前甲板上，月亮高高地挂在天上，闪烁着朦胧的光，显得那么孤独，那么遥远，似乎在天涯之外。

天体江河已浑然连成一体，周遭是萧瑟的风声和茫茫的黑暗。

"只有我们俩！"他说道，我闭上了眼睛。这时，我好像听到了鸟鸣，它在远方又在近处，又闻到了一股野百合的清香。

"我们跳一个舞吧！"他把我拥在怀里，轻轻地哼起舒曼的《梦幻曲》。江风、天空、树林都在伴唱。"你跳得真好。"一个温柔平静的双唇缓缓地滑过我的面颊，带着点潮湿。有一句话哽在喉咙间，却又无声无息地消失了。

他仿佛在一瞬间潜入了我灵魂的禁区，那是一种侵略，可我却没想抵抗。我感到有种奇异的氛围，类似异国情调，刹那间心房一阵震动。

突然，我感到手背上凉凉的潮潮的，是雨，细细的柔柔的雨丝，无声地深入这夜里。

轮船的鸣笛声，长长的，单调地划破了夜的沉寂。"前面又有轮船了，我们不是孤独的。"他将我的脸托起，爱怜地长久地亲吻着我，这无声的爱的语言表达得那样优美洁净。

"你现在快活吗？"

我淌着眼泪。"你真是为艺术而生的。"他轻轻地擦去了我的泪水。月亮变得模糊了，藏在一片云的后面，他松开了我轻轻旋转的身体，举起双手，将我的一头长发在耳后挽成发髻，脸上露出清纯的神情。

我累了靠在他的肩上。"我们喝杯咖啡吧！"他轻声说，语气中充满了怜爱。

"那要影响别人休息了。"

"不，我的舱里只有我一个人。"

船舱里亮着苍白的灯光，我靠近窗子坐下。

他冲了一杯咖啡，默默地递给我，我看见他手中的杯子在颤动，那杯子在被我接过的瞬间，好像燃烧了一下，那燃烧的火光使周围的世界猝然消失了，我倾斜的杯子已经干了……我懊恼自己为什么想不出话来讲，可不知为什么，一下子，我觉得什么都不该说。

码头

　　轮船又响起了悠长的鸣笛声,这声音落在我的心上,我长长地叹了一口气。

　　也许这一瞬间,我们是相通的。苦涩、欢愉、默契,我们在对方的目光里读到了彼此的寂寞和期待。

　　一轮弯弯的新月斜挂在窗外,清新得像雏菊。他凝望着我,好像在读一本难懂的书。

　　"你什么时候到站?"

　　他摇了摇头,轻握着我的手,冰冷的。

　　他是一个多么坚强的男人。我想。

　　"这一个夜晚,我们该是属于彼此的。"他说。

　　他的眼睛里布满了细细的柔柔的雨丝。

　　可太多的重压教我说不出话来。

　　第二天黎明终于来了,我醒来时船舱里空洞洞的,在茶杯的下面压有一页纸还有一支黑色的金笔。

您好:

　　现在是凌晨四点,窗外是潇潇的雨声,我的船就要靠码头了。

　　我第一次感到自己这样没有勇气,怕面对着你,说声"再见",害怕握紧你冰冷的小手,害怕……笛声又响了,哪里是我真正停泊的码头?

　　在依依的远去的夜里,我害怕匆匆的别离,人生错过了多少季节,错过了开花和没有开花的早晨。

　　也许生命像流水一样,不停地绽放和流动。我等待着一个雨后的港湾,也许它会沉淀出一个凝固的昨日。

你知道的我

　　过了不久,正像他所期望的那样,我发表了中篇处女作。从那个夜晚以后，我的生命曾有过一段漂泊的岁月，码头、港口、车站、机场，永远离去，归来也只是下一次的别离。在快速的流动的旋转的现代化的生活里，我不再有勇气奢望永恒，我拥抱每一个瞬间。

现在，我已经是拥有许多读者的作家了，多少往事都已沉入海底，一切线索都失去了痕迹，所有的梦境都已沉入深夜，一簇簇的鲜花都已褪色，最迷人的情人也使我感到疲倦。

可在我的心里永远留下这一页航行日记。

原载于《萌芽》（1990.3）

婚前的夜晚

婚前的夜晚

　　我和他一起围坐在火炉边，欣赏着这个以紫色为基调布置起的新房。

　　为了这个我们即将一起生活的新世界，我们真是忙碌了好一阵子。当然，我不屑像当代青年那样把结婚搞得轰轰烈烈，人仰马翻。我习惯于一种自然的生存状态，用简洁明快的线条配上和谐的色彩，创造一个属于我们俩的"宫殿"。我用粗布制作的沙发套很别致；几件简单必备的家具，我们自己动手涂上了乳白色；墙上悬挂着一幅油画：阳光下的大海，镜框是我用羽毛编制的。

　　一回到家，我总是舒适地将视线抛向无边的"海洋"。我一直都是那样兴奋地、不知疲倦地期待着明天，明天是我们结婚的日子！那是一生中多么不平凡的时刻！

　　可今天，我却疲倦地靠在沙发上，一句话也不想说，望着桌子上摆着的一张放大的、我学生时代的黑白照片：齐耳的短发，明亮的眸子，衬着浅浅的纯纯的微笑，整个人透发着一种清澈的气息，我能永远这样纤尘不染吗？

　　我走到镜子前，望着自己，很久很久，可始终没有笑起来。他走过来，揽住了我的腰，在我耳边轻轻说："你比从前还要美。"如果在平时，我会热烈地投入他的怀抱,在炙热的亲吻中交融,可今天,我无言地拉下他的手,只望着镜中的自己,说不出话来。

他似乎想说什么,却又什么也没说,只是随手拉了拉垂地的紫色窗帘。白色的灯罩射出了一束柔和的光。镜子里的他和我都显得有些缥缈。我感到他的目光柔和地洒在我身上,似乎在问:"这,为什么?""一切都好,只是不愿和昨天告别……这屋子里好像还缺点什么。"他嘴唇微微动了一下,沉默了。我眼睛里漾着泪水,这时,我看见他脸上掠过一丝迷惘的神情,那是从前我不曾看见过的。

"我们到外面走走吧!"我穿上白色的外套,系好一条白色围巾,脚下踏一双白色皮靴。我望着镜中的自己,很洁净。我挽起他的手,他小心地把我垂肩的长发从外套里理了出来,"头发像泼了墨一样,躲在里面太委屈了。"他轻轻地在我额上吻了吻,"这样黑白相衬,格外迷人。"我们并肩走在冬日夜晚的街道上,街上的行人迈着匆匆的脚步,赶回他们温暖的家。这时我像从一场喧闹的宴会上走出来,顿时觉得清爽了。

顺着街灯,我们拐进了夜市,一条长河似的摊子,五光十色。我不买什么东西,只想在这里无拘无束地逛来逛去。

快乐的新疆人,拨弄着通红的火,烤羊肉串的油滋滋地滴在柴火上。

"滚热的馄饨——"那长长的叫卖声渗进冬夜里,使人觉得不那样冷了。

烤白薯的乡下人,双手插入外衣的袖口,守在圆圆的炉子前,用粗大的声音叫着:"外焦里嫩的烤白薯,先尝后买,不香不要钱喽!"

一个孩子举着一串长长的冰糖葫芦,在夜市上跑着。"卖花篮,卖手工编的花篮!"这声音有一种异样的美感,我寻声望去,只见一个戴茶色眼镜的青年站在一棵老杨树下。我突然触到一种体验,是一个艺术家经常要寻找的那种感觉:他与这纷杂的闹市是那样不和谐,因此也格外夺目。我驻足不前了,他的摊子上摆满了各种花篮,很精巧别致。

我走到摊前,拿起了一个船形的花篮,里面插了几枝绿色的枝条,在这灰

婚前的夜晚

蒙蒙的冬日里，几片绿叶真令人欣喜！

"买一个吧，咱们明天结婚，用它盛鲜花！"

"请问还有更大一点的花篮吗？"我轻声问。

那卖花篮的青年并没有马上回答。朦胧中觉得他在凝望我。这时，我才看清，站在我面前的是一个很英俊的青年，气质中有一种沉郁凝重的力量。

"是结婚用的花篮吗？"

"是的。"我的声音几乎听不见。

"明天来拿吧。"他回答得简单肯定。

"这些花篮都是您编的吗？"

他点了点头。

"我们回去吧，天气太冷了，明天……"

他拉起我的手离开了夜市。

第二天是我们结婚的日子，太阳还没有完全升起，我就来到了那个卖花篮的摊子前，一路上，我在想：他会给我编一个什么样的花篮？

正当我寻找昨天那个卖花篮的青年时，突然传来了一个童稚的声音：

"您是来取结婚用的花篮吗？"

"你……"

"我哥哥告诉我的。"说着他举起一个白色镶着花边的大花篮，里面装满了盛开的红玫瑰花。

"他？"

"他今天不来了。"

"多少钱？"

"您不是已经给了钱吗？"

"噢……这……这玫瑰花？"

"我哥哥是个花匠，他种了各种各样的鲜花。"

"他喜欢红玫瑰花？"

"他喜欢闻它的香味，可他看不见。"

"看不见？！"

"我哥哥是个盲人。"

我木然地站了许久，终于拿起了花篮，觉得眼前是一片无尽的起伏的红玫瑰海洋。

晚上，参加婚礼的朋友们渐渐散去了，新婚的礼品堆积在桌上，屋子里弥漫着烟雾，我的头感到沉重，靠在打开的窗前，望着那簇燃烧的红玫瑰，它开得多美呀！美得让人不安。

丈夫问："你在想什么？"我的眼睛一下子湿了。窗外，一轮弯弯的新月正高高地挂在深蓝色的夜空中，一颗颗亮晶晶的星星在向我们眨着眼睛。我靠在丈夫的胸前："我们该去谢谢他，他看不见星星，也看不见月亮……"

"他虽看不见，可他感觉到了，也许比看见的更美！"

他小心地把一朵玫瑰花插在我白色的发带上。

夜深了，灯熄了，屋子里散发着玫瑰花的清香，淡淡的清香。

原载于《爱情，婚姻，家庭》（1990.9）

白布上的小屋

医生的工作实在是忙,我每天要应付长龙一样的患者群,自己也好像变成了一架看病的机器。回到家里,常常是洗个澡便瘫在沙发上了。有好几次,一睁眼睛已是次日的清晨,肚子里咕咕直叫,原来昨天的晚饭还没吃呢,渐渐地我的身体有些吃不消了。

有一天,朋友帮助我找来了一位江苏小保姆。"我叫阿巧,今年十八岁,什么活计都干得来,会烧饭、烙饼、擀面。我洗衣服不要用机器。"她做出一个洗衣服的姿势,两只手红红的。恍惚中,那一句"我叫阿巧"重重地撞击着我的心。

随着阿巧的到来,我的生活不再那样宁静了,多了阿巧的说话声、歌声、笑声,还有三三两两打扮入时的青年人在我家进进出出。

有一次,我下班回来,一上楼梯就被一阵摇滚乐震得心慌头晕。推开门,只见阿巧正和几个年轻男女扭作一团,沙发、地毯上撒满了瓜子皮、花生皮。更令我无奈的是,我用麦秸、稻草编的工艺品被阿巧扔进了垃圾箱。当我问起她时,她竟然像是受了天大的委屈,"城里人墙上挂这草根树皮多跌份儿,乡下人都把它当柴烧。"我不再说什么了,第二天多给她一个月的工钱请她走了。

她走时,扔下一句话:"这么少的工钱,我早就不想干了,你看着,我将来比你有钱。"那话掉在地上硬邦邦的。

我沉默地望着阿巧远去了。

真正促使我让阿巧走的原因是她每天都能收到许多信。每当我看见她潦草而又满足地、一封又一封地拆着信,总让我想起一个人,想得我忧伤,想得我痛苦。

阿巧,你还是走吧!

她,她也叫阿巧。

窗外细细的雨丝在黄昏的檐下啜泣,玻璃窗上流淌着十几条蜿蜒的小溪流,阿巧的面庞由清晰变得模糊了,又由模糊变得清晰了。

她走了,她永远地走了,可她留给我的那间白布上的小屋,却是我心中永远凝固的绘画——洁白的丝绸上,有一间孤零零的小屋。我说不清它到底是用什么色彩或用几种色彩构成的,但能让我产生一种突发的战栗。

我的眼睛湿漉漉的,走到窗前下意识地划着什么,一会儿,被玻璃窗上的小溪流冲走了……

我第一次见到阿巧是在二十多年前的一个夏天。表姑的女儿小娟给我寄来了一封信。她在信上说:来这里和我一起过暑假吧,不然我暑期生活会孤单的。如果你长大真想成为一个艺术家,我这里是不会让你失望的。我家的庭院就是一个花园,你可以尽情地画。

我家的老阿姨叫阿巧,是个极尽心、忠实、勤劳的好人。她不仅会烧一手好菜,还会刺绣呢,能绣出各种花卉小鸟。她本身不仅是个谜,而且还是一篇小说!她非常好客,客人的到来常常使她兴奋。听说你要来,她高兴地把沿篱笆的一排美人蕉都上了肥,大鱼池里的水也换得更清亮了。水上浮着一层淡绿色的小草,这几天,水里的鱼高兴得直往上蹦,好像都等不及了。你来吧,快点来！我、妈妈、阿巧、花园，还有水池里的金鱼都等着你。快来吧。小林。

我想给小娟一个意外的惊喜。在夏天一个美丽的日子，我背着一大旅行袋书和画本，酷暑的太阳晒得我头直发晕，满身全是汗水和尘土，总算到了小娟家的门口。我长长地吐了一口气。门铃装得那么高，我把书和旅行袋放在地上，必须踮着脚才够得着。

我足足等了半个小时也没有人开门。我把耳朵贴在门上，里面没有动静，只听见一片喧闹烦人的蝉鸣声。我长长地叹了一口气，坐在门前的石阶上。

"这是小林姑娘吧？"我一抬头，只见一个有些年纪的女人，满头大汗地提着一篮子葡萄，步履还算轻快地向我走来。在她的神情中，有一种静态的迟缓的美，这种美似乎经历了时空的变迁和磨炼，不由得让人萌生一种莫名的苍凉感。

她上身穿的是一件细白布挖襟敞袖的小褂，下身衬着一条蓝绸布裤子，一双自家做的便鞋，浑身透发着洁净朴素的气息。

"我叫阿巧，是您表姑家的佣人，在这儿干了快二十年了。"她一边说着一边把门打开了，"小娟天天都盼着你来，不巧今天却陪她妈出去了。不知怎么的，我的心一阵阵不踏实……"她随手把满满的一篮子葡萄放在石凳上，不容分说地把我的旅行袋和书包拉了过去。我顾不上说什么马上就被这如花园一样的院子吸引了。绿叶成荫，各种颜色的花卉交织成一片绚丽的彩图，园中央还有一个小小的楼阁。在一个角落里，一簇深红色的花正在盛开，大大的花瓣，长长的绿叶。

"林姑娘先洗个澡吧，然后吃点东西。"阿巧站在前面招呼着。

"这花园可真美呀！这里都是您整理的，一定很辛苦了。"我一时竟不知该说什么才好。

"主人喜欢花，我也喜欢花，人看花，花看人，也不觉得累了。"

阿巧站在一簇花前。风，一阵风吹来，醉花落地。阳光透过树叶洒着金色。我只觉得那洒金的分量压得她很沉重。蓦地，内心萌生一种恍惚的亲切。

晚上，我和小娟在小花园里散步，讲着悄悄话。一弯上弦月斜斜地挂在天上，小娟拉着我的手，风吹着树叶发出好听的沙沙声，鱼在水池中也好像屏住了呼吸。我们沉醉在夏日晚风的吹拂中，觉得好幸福呀！小娟快乐地说："爸爸从苏联带回了画册，我想有一天也能穿上画册里那个小天鹅的衣服坐在船上漂游。你呢？"我神秘地告诉她："我想有一天能穿上一件绣着蓝花的旗袍，沉静中包蕴着一种强烈的美感。"小娟击掌欢笑着："你真的喜欢刺绣？我家阿巧可有着一手好活计，她绣出的四季花卉和各种鸟可棒了！前些日子，我爸爸的一个外国朋友，是位艺术家兼收藏家，看见阿巧的刺绣，兴奋得要马上买走呢。"

"她——？"

"她现在一定在刺绣，不然就画草图。每天这个时候，是完全属于她的，她一声不响地做她最喜欢的事，我妈妈绝不许我随便打扰她。"

也许小娟误会了我，以为我马上会跑到阿巧的房里看她刺绣。其实，我只是觉得阿巧有点怪，有点神秘，和一般的佣人不一样。我好奇极了。

"阿巧的家在哪儿？"

"家？阿巧没有家，她只有一个人，从十几岁她就在外面当佣人。有一件事对阿巧的打击很大。解放前，她曾在上海、广州、香港给许多大户人家干活，她把一点一点赚来的钱都存入了银行。可突然间，国民党的票子大跌。当她取出的钱只够买十双袜子时，她都快哭傻了。在来我家之前，她给北京的一家人帮工，几年以后，那家人要迁居国外，阿巧执意不收那家人欠她几年的工钱，只说院子里的大鱼池既然搬不上飞机，就留给她作个纪念吧。看，就是这个大鱼池。从那件事以后，阿巧只相信一种摸得着看得见的实实在在的东西。"

"噢，对了，我忘了告诉你，解放后阿巧又办了一件事。几年前她在东四一带买了三间平房并租了出去。我猜她是怕老了干不动活了，靠这点房租养老送终吧。房前有一大块空地，阿巧喜欢草木，她种了两架玫瑰香葡萄。你来那天阿巧不是还特意为你摘了一大篮子吗！"

日子过得很快，一晃两个星期过去了。小娟每日下午出去学习英语，这可是表姑给她的硬性任务，她一点也不敢违抗。

于是我便感到有些寂寞。

我走到大荷叶盘前，拨弄着水，水面泛起一圈圈涟漪。我把水挑到荷叶上，望着水珠在叶子上滴滴溜溜打转。

我沿着花坛表演着，有声有色地朗诵蒙娜·丽莎与达·芬奇的一段邂逅。我突然感到一阵疲劳，便躺在竹椅上，顺手折了一张大大的荷叶盖在脸上。

不知什么时候，我隐隐约约听到阿巧的说话声："林姑娘，那故事中的太太后来又怎么样了？"这声音好像从遥远的云端飘来，虚无而缥缈。荷叶从我的脸上滑落下来，留下的是一片清凉的香气。那是两扇明亮的秋天的窗户，窗户的深层我看不清，可生动得让人感动。

我很有弹力地跳了起来，郑重地拿起书，就像演员步上了舞台："蒙娜·丽莎第一次来到达·芬奇的画室惊动了满城的人。一开始，蒙娜·丽莎觉得一动不动地坐着多么寂寞。她的脸一下子出现了一种毫无希望的神情。过了一会儿，她对画室里的陈设感兴趣起来。当她意识到，她的容貌将列入那些画幅中间，流芳百世，她有些兴奋了。

"达·芬奇走近蒙娜·丽莎，又看了看她的手。她把一只手放在另一只上，做出一副操行善良的少女等待长辈训示的姿态来。这两只手是多么美啊！

"画家用柔和的语调说话：

"'如果夫人不反对的话，我想描绘一双不加装饰的手，请您去掉脖子上的项链和手上的戒指。'

"她的丈夫惊奇地看着画家，但没有提出异议。

"她正是他想要画的那种女人：毫无修饰、情趣天然，一绺绺卷发，散垂在裸露的颈上。一切都这么有趣，这么新奇！她在看着自己怎样在画布上慢慢地活起来，就好像在诞生一样，似乎这个画上的蒙娜丽莎要开口讲话了……

"后来蒙娜·丽莎似乎进入了他的生活,成了他生活的欢乐和光明。描绘这位妇女成为达·芬奇高度的享乐。

"当肖像完成的时候,达·芬奇觉得随着这一切不复存在,他画室的一抹阳光也无影无踪了……"

我用忧郁的语调结束了这个故事。

阿巧托腮坐在木凳上。

密密树叶中漏下了点点阳光。

过了许久,阿巧慢慢从嘴里说出了一个字:"命——"只见她的睫毛在眼皮上投下了一个淡淡的阴影。

"命?"我不解地重复着。

"命就是天注定,你该是什么,就是什么。您刚才讲的那位太太的肖像就挂在北屋的客厅。我每天小心地在打扫镜框上的灰尘时,总觉得她是一个活脱脱的人在看着我。她像个大户人家的太太,很富贵气派,也仁义。我觉得自己就该尽心侍候她,不然对不住她,这是命呀!"阿巧语气中平淡又有几分无奈。

"阿巧,您以后不要称我为您,我才十六岁嘛。"

"那可不行,您是主人请来的小姐,我是下人,人是分身份的。"她脸上的神情变得严肃了,转身给我端来一碗碧绿清香的荷叶粥,"林姑娘,请——"我端起那碗冰镇的荷叶粥,一时间自己也好像变得清香了。

过了几天,小娟的妈妈和爸爸去海滨消夏了。现在家里只有我、小娟还有阿巧,空气顿时变得轻松自由了,空间也变得大了许多。我快活地搂起小娟在院子里转了好几圈华尔兹。

我来了这么多日子,从未与阿巧一起吃过饭,为此,我觉得缺了点什么。有一天,我问小娟,为什么阿巧不和我们一起吃饭?小娟摆了摆手:"快别提了,要是让阿巧同桌吃饭,好像逼她上断头台。这还不算,让她把炒好的菜先给自己留一些她都不肯,总是吃我们剩下的饭菜,或者是我们不吃的鱼头鱼尾，好像只有这样阿巧心里才踏实。"

真让人没办法，久而久之也就随她去了。

在只有我们三个人的世界里，阿巧还是照例每餐把做好的菜端上来，说一声："不知做的合不合林姑娘的口味？"我端起饭碗，愣了一会儿又撂下了，轻手轻脚地跑到厨房，隔着玻璃窗，只见阿巧在菜板上切着什么，瘦瘦窄窄的后背微微驼了。

第二天中午，我又悄悄跑到阿巧的窗前。只见她从一个瓷罐子里挖出两勺青椒拌香菜，又从另一个陶瓷罐子里夹了两块咸带鱼，盛上一小碗米饭，低下头慢慢地咀嚼着。

我抚摸着倾斜的窗户，望着窗子里像剪影一样的阿巧，心里沉沉的。

第二天，我把阿巧端到饭桌上的清蒸黄鱼，用刀子切好了中间的一段，放在盘子里，双手端到阿巧的小屋。我本想好的话不知为什么一句也说不出来，只是不眨眼地望着她。她慌忙迎了上来，连声说："别、别、别……"她目光中流露出慌乱意外和感动。

由于我的执意，终于，阿巧接了过去，并深深地鞠了一躬。一种从未有过的惶惑和难过从我心里掠过，我有些害怕，一时，竟呆滞了。

窗外是一棵老树，沉沉地摇着一树忧郁的绿叶。

这几天不知为什么心绪这样烦乱。许多色彩在我心里织起了一个大大的网，我偶然滴下一点黑色颜料在上面，它一直流下去，流成一道长长的隧道。

"林姑娘，你的。"我一抬头，阿巧正拿着一封信。我拆开信封展开信纸。"林姑娘，你真有福气，小小的年纪，每天都能收到信。"那声音好像从隧道穿过，飘飘的。

"阿巧，没有人给你写信吗？"她愣了半天，摇了摇头，"我没有家，没有家，也不认识几个人，可我能认字。"

我望着画纸上这条黑色的隧道，在它断裂的地方，好像潜伏着一种渴望。我抓住了阿巧的手，用力地，"以后，我给你写信，一定的，你等着。"那声音好像在一个闭塞的山谷里回荡,震得我的心直往上跳。

阿巧的脸上掠过一抹红晕。她笑了,笑得凄凉,可我宁愿看见她哭。

阿巧每天都给我送信,仿佛那不是一封封普普通通的信,而是一种神圣的东西。

有一天,当我把信展开后,她轻轻地说:"能给我念念吗?"我稍稍迟疑了一下,蓦地心里一阵悲凉。

于是,从那天以后,我便主动一封一封给她念了起来。信中写的大半都是我们的暑假生活,什么游泳、爬山,或者抱怨作业太多干脆一个字也没写,索性到最后几天开夜车。有的信里寄上几束花的标本,或是大讲暑假漫游见闻……阿巧总是坐在我的身边,眨巴着眼睛,一声不吭地听着,听着。

有一天,我的一位立志长大要当作家的朋友,给我寄来了一封厚厚的信。

"这么沉的信,里面能装多少话呀!"阿巧用手慢慢抚摸着信封,轻轻地贴在心口上。

我打开温热的信封,原来是她刚刚写好的一篇小说,于是我便给阿巧念了起来:

……

也许因为我还太年轻,总以为那些日子会是长长的永久的。

我渐渐长大了,妈妈像监护神一样,愈来愈无法容忍我和晓昕的接触,好像那一定蕴含着某种可怕的危险。秋,一个有风的秋天的下午,我在静静的阳台上用俄语背诵着莱蒙托夫的《帆》,同时用手抱着伸展进阳台的一枝发黄的树杈,突然听到从楼下传来了说话声:

"伯母,请问——"

"如果我没有猜错,我想你是来找我的女儿岚岚!"

"是……是的。"

"你来得正好,我也正想请你帮助我一件事。"

"我很愿意，只要我能。"

"我想你是能的，只要你能理解一个母亲的心。"

"我不明白这是什么意思？"

"如果你真的不明白，我就只好告诉你了。岚岚还是个中学生，而你已是个大学生了，当然应该懂得如何爱护一个未成年的孩子。"

"伯母，请听我解释，我正是因为爱护她，才去接触她了解她的。"

透过枯黄的树叶，我看见他的脸惨白惨白的，嘴唇动了一下又无奈地合上。他不知所措地用手抓了抓头发，便低下了头。我第一次看到他那样委屈、无助。我像被电击了一下，手里的黄树叶早已揉成了碎片。

我突然大声喊叫："晓昕，不要走，我不要你走！"他抬起了头，我们的泪水第一次无声地交融了。

瞬间，一种复杂的幸福感立刻从我体内升腾而起，只觉得有一种巨大的冲力像风一样把我吹到阳台的石头栏杆上，"妈妈，你看着我，我求你，不要让他走，不要！如果你不答应，我马上就跳下去！"

妈妈惊愕的目光呆滞了。风把秋叶吹满了庭院。妈妈挪动着缓慢的脚步，吃力地拉开房门，空气一下子变得沉重起来。

这时，我好像听到从遥远的地方传来了火车的汽笛声，长长的，这声音让人想到离别、远方。是风？是雨？是夜吧？一个人的影子消失了……

我念完了，望着天空。阿巧长长地叹了一口气，"现在的少年人真有主意，自己能给自己做主。"她的目光黯淡下来。

"您少年时能给自己做主吗？"我好奇地问。

"我——我记不清了。唉！过去的事都烂在心里了，罢了！"她摆了摆手又抻了抻衣襟，像逃避什么似的走了。

这一天，雨，绵绵的雨，长长地落在青石板一样的花间甬道上，雨像是薄薄的窗帷罩上了一层细细的网，隔住了扰攘、喧腾，也隔去了夏日的阳光。

我展开画纸，却只是展开着，蓦地，眼中的景物，一瓣花，一束翠竹都仿佛充盈着诗意，我的感觉只是缥缈。

不知什么时候，我手中握着一个有些历史的茶杯，那茶的味道清冽而醇厚。在细细的品尝中，我似乎听到了古老而悠远的钟声。展开的画纸，依旧是空空的。

我举起手中的苦茗，在微微的茶雾中，我好像看到一张美丽的图画。

展开的画纸上已涂抹了各种深浅不同的绿色，可它并不意味着青草，而是一种我自己也无法说清的虚拟的感觉。这种感觉一直弥漫到树上，涂上一层淡淡的金黄色。天上一群暮鸦驮着一抹晚霞，黄昏已悄悄飘来。

一两声歌声，沙哑而有些惆怅的歌声，轻轻地颤抖在淡淡的雨幕里。一会儿消失了，过了片刻，又兜上人的心头。歌中低叹暗泣的声调在空气中划下淡淡的一道痕。我踮着脚循声跑到阿巧的房前。歌声更清晰了，我的心突然被什么塞满了。

电灯洒下一屋淡黄色的光，屋子里简单的几件家具显得寂寞沉静。只见阿巧深深埋下头，一只手轻轻托着一块绣花布，另一只手费力地拉着线，紧紧地、涩涩地、神情专注地如同陷入梦境中，苍白的脸上泛起了红晕。有时针线又滑脱了针眼，她咬了咬流出血的手指，又拉紧了丝线，脸上滴着汗，鼻尖、嘴巴都沁着细细的汗珠，白细的夏布褂汗湿了两肩。

歌声停止了，她的嘴角显露一弧浅浅的笑容。

我轻轻地推开门，只听见绣花针"噗噗"地一上一下穿过绸布的声音伴着窗外疲倦的蝉声。

"阿巧，我来了。"

"你——"她抬起了头，脸涨得很红，似乎有些不好意思，连忙拉了拉凳子示意让我坐下。

我看见阿巧的胳肢窝汗湿了一大片，我用力地来回扇着扇子，让它形成较大的风力，欣赏着眼前的刺绣：这幅画十分单纯，画面中央有一条路通过，两侧只有绿草,在一条清清的小溪旁坐落着一间小巧的砖瓦房,那房顶是红色的。我突然被一种孤独、柔润、素雅的东西抓住了,只是痴痴地想着,呆了好半天竟说了一句:"这屋子的光线好暗呀,会伤了眼睛。"

"白天太热,拿不住针,晚上天气凉爽些,坐下来心也踏实。"

"我看了半天怎么也分不清这间小屋到底用什么颜色绣的?"

阿巧拿起一块毛巾擦了擦脸上的汗,喘了一口气说:"大概用了三十多种线。单是这半卷的竹帘,拆了绣、绣了拆,足足有五次。"阿巧站起来洗了洗手,又用爽身粉擦了手,然后又继续绣着小屋前的那片绿地。她低下头,"看,这绿草地用一种绿线是绣不出来的,那样太呆板了,少说也要配上十三四种绿才鲜活。"

阿巧说话的声音,像是细细的雨丝,落入春的土地。此时的阿巧像是沉浸在一个梦幻的世界里。她年轻了,她美丽了。

我小心翼翼地看着、听着、想着,真怕有一丝的杂沓和喧扰打破这心的祈望。

一阵青草的芳香沁入我的心脾。那条路,那条每个人都要走的路,延伸到无尽的远方。小溪旁边那红砖的屋顶,颜色鲜亮闪着光。微风中的竹帘轻轻掀动着。一个消瘦的人影依在窗口,神情专注地绣着荷花、翠鸟。突地,眼前的一切都活动起来,我情不自禁地哼起刚才阿巧唱的那支歌。

阿巧放下手里的刺绣,转过头惊异地望着我,又慢慢站了起来,把手插在我的手腕里,眼睛里盈满了泪水,低声唱了起来:"江南春早,莺飞燕舞,两情相许,终生不移……"唱着,唱着,她拉拢了白色的窗帘,两肩在微微颤抖着,顿时,我的心泛起一阵苍凉。

阿巧捧起那块刺绣,深深地埋下头,花针又开始"噗噗"地一上一下穿了起来。那声音绵绵不断好像能穿过时空,连成永远和永恒。

"阿巧,你特别爱这小屋吧?"

半天,阿巧没有吭声,只是慢慢地抽着丝线,呆了好一会儿才说:

"我自幼是个孤儿，只想将来有一个属于自己的家。有家就得有间房子，房子稳稳当当地放在那儿，心里就踏实，不再像无根的树叶，一家一家地飘落了……"屋子里的灯光洒下满屋的昏黄幽暗。

我沉默了好一会儿，终于用几乎耳语的声音问："阿巧，你为什么不找个可心的人成个家，你难道从来就没有爱过谁吗？"

阿巧的手猛地抽了一下，手指上渗出一滴鲜红的血。脸上刚刚涌出的红晕消失了，变得纸一样惨白。

触疼了阿巧内心的隐秘，我很后悔自己的冒失，又赶忙打岔道："这小屋被太阳晒得多暖和，我真想钻进去玩。"

阿巧终于有了笑容，轻轻拍了我一下，把刺绣和针线小心地放在竹簸箕里。她的眼睛突然明亮了，"林姑娘，我和你很投缘，我这一辈子就有一个想头，说给你听听，你看能变成真的吗？"

"我真想知道，快说呀！"我屏住了呼吸，急切和好奇使我不由地推了推阿巧的胳膊。

"我趁现在还有力气，再干上几年，然后再买两间房子。我想开一个绣坊。我生在苏州。江南的水可清亮了，空气也不像北方这样干，连冬天的风都是柔柔的。春天一到，油菜花金黄金黄的，怪让人爱的。河里的水呀，'叮咚叮咚'响得可好听了，还能照出树上的叶子和小鸟……要是把这些都绣在布上，挂在墙上，让人看，让人拿回家，心里多痛快呀！我这辈子只有这一个想头了。林姑娘，你说这绣坊能开成吗？"

我突然被一个沉寂的生命强烈的跳动深深地震动着。这是诗，这是童话，这是从指间悄悄滑落的生命。那白布上的小屋活脱脱地动了起来！我望着小屋上红色的屋顶。此时，我对火红火红的太阳，打心眼里产生共鸣，内心燃烧起爱的火焰……我扑向阿巧的怀里，流着泪半天才说出话来："绣坊一定能成，一定……一定……那时，我一定来。"

暑假在不知不觉中过去了。

临行前那几天，我的眼前总是断断续续地跳动着那白布上的小屋：

这是人生，还是艺术？是梦，抑或是现实？

我拿着画笔，纸上只是一片虚无。

我临走那天是个落雨的夜晚。阿巧执意要送我到车站。那天，阿巧的话特别少，只是不住眼地看着我。那目光里的辛酸，让我好难受呀！我告诉她，明年暑假我还会来看她。她说，那时一定送给我一幅漂亮的苏绣，然后便是沉默，让人想哭的沉默。

汽笛声响了，阿巧猛地向前跑着用力地敲着车窗，"抽空给我写信啊！别——忘——了——"我把手使劲地伸了出去。火车开动了，拉开了我与阿巧的距离，愈来愈远，我大声喊道："我一定——写——信——！"一阵热风带着尘沙把声音撕碎了。

过了一段不算长的日子，我像所有同龄人一样，卷入上山下乡的大军，流落到西北一个偏远的山区。当我第一次踏上那片贫瘠的土地，第一次看见衣衫褴褛的农民，仿佛从五彩的云端坠入深深的谷底。绝望、恐惧、茫然竟能使一个十七岁的少女变得麻木、衰老和苍白。也许青春本来就是脆弱的，没有阳光和水分，青春就会萎缩。

迎来了春天，送走了夏天，踏着杂草丛生的黄土地在冬天的寒风中瑟瑟发抖。我跑到田野的尽头，望着地平线上每天升起又落下的冰冷的太阳发呆。

我忘记了对阿巧的誓言——信！一封信也未曾写！我也曾拿起过笔，但又无奈地松开了。

可我始终没有忘记阿巧。每天放羊的时候，我躺在山坡上，望着高高的天空，不知不觉中在我眼前又出现了那个白布上的小屋，还有那条延伸的小路，一切又像雾中的幻影一般。我第一次懂得了乡愁和思念的滋味，草丛里落下成群的鸟，什么声音在荒凉的山上回响？我分不清。瞬间，那小屋红色的屋顶闪着光，衬着蓝蓝的天空，升起几缕炊烟。青石板缝间的草绿了，夜晚来了，小屋里渗出温暖的光……

我们这支上山下乡队伍终于溃散了,各自回到原来的起点,可我们的年龄不再停留。城市并没有向我们伸出欢迎的手臂。这时,我才真正感到原来我们一无所有。

冬天,即使围着温热的炉火,心里还是刮着冷冷的风,沿着灰色的胡同,无心地踏着石子,尾随着自己的影子一次又一次敲着街道办事处的大门。

终于,我打听到阿巧的消息:

阿巧死了!

一个寒冷的冬夜,她死在一间只有四平方米的小屋里,没有灯、没有火,也没有人哭。

那些年,阿巧受尽了折磨,"文革"时被划为房产主,剥削阶级。红卫兵把她打得遍体鳞伤,又逼她揭发小娟家的罪行。她只说了一句:"那是个好人家。"这样又无端地增加了一条罪——为剥削阶级涂脂搽粉,被赶到了劳改队。没有多久,她患上了风湿性心脏病和风湿性关节炎,又没有钱治病,很快就卧床不起了⋯⋯

"可怜啊!她咽气好几天后才被人发现的,两个大汉用草席把她卷走了。"

街坊们告诉我,常常看见她站在胡同口等邮车,像着了魔一样。

阿巧临死前,有人看见她蓬着一头白发,拄着拐杖去过邮局。

我看到了小娟,她只浅浅一笑,然后从箱子里拿出一个灰色的布包,"阿巧给你留下的。"她像一种冻结的东西哗地断裂了,布包托在我的手里异常沉重,又那样缥缈。阿巧,离我这样近,又那样遥远。一种深深的自责、惆怅、悲哀和寂寞浸透了我全身。我支持不住自己了,原来我这样软弱。

我茫然地凝视着阿巧的遗物:

那色彩强烈的画面,一下子把我压倒。我惊愕了许久,才渐渐平静下来。红色的屋顶格外耀眼,绿草丛中一条弯弯的小路,小屋门前挂着一个金黄色的信箱⋯⋯

我深深地埋下头，自己已化为一片冰凉……

踩着匆忙又充实的日子，漫过了杏花春雨，明月寒风，恍然间，我已经习惯了淡漠。我终于相信自己在走向稳定的中年。许多新鲜的、不新鲜的事和人，在我的心灵中来来去去，渐渐地被摒弃了。

可每当我从紧张的病房走出来，踱过长长的过道，或走进深深的小巷，或在咖啡屋融融的烛光中，总从心底浮出阿巧的小屋和小屋前那个金黄色的信箱。也许我生命中注定要承受一些不轻松的东西。

渐渐地，我习惯了回忆与寻找，尽管它很沉重，可我总会听到有呼声远远传来，那是一个无法触及的远方。

那曾属于阿巧的两间平房还在吗？葡萄架上还有紫藤吗？我终于找到了它的旧址，可它已消失了，消失得没有一点依托。

这里已是一片五颜六色、熙熙攘攘的自由市场。我向人们询问，才知道原来的旧平房早已拆了。如今新盖的房屋，鳞次栉比。发廊、咖啡屋、饮食小城、新潮服装店……这里飘荡着一股说不清的味道。

我怅然地在街上走着，走着，当我确定那一定是阿巧小屋的方向时，默默地注视着……

天渐渐暗了下来，我无心地坐在一个摊前。要了盘灌肠和一碗豆汁，咀嚼着淡淡的苦涩，无家游子的缱绻之情已渗入我的心田。

不知什么时候，从一家铺子里传来了打麻将的声音，喝彩声、叫卖声不绝于耳。我回头一看，不禁叫了起来：阿——巧——？只见阿巧站在挂着彩旗一样的服装前，大声叫卖，看到我，她向我招了招手，便转身跑进店里，一会儿笑嘻嘻地拽出来一个腰间挂着BP机的青年，"大姐，这是王老板，我的未婚夫。"阿巧得意地告诉我。老板动作熟练地递给我一张名片。阿巧一只手随便地搭在老板的肩上，另一只手指甲长长的鲜红的兴奋地舞动着，"再过些日子，老板还要带我去苏联、匈牙利做生意，要赚好多钱呢！"

夜来了，我仍然固执地凝望着阿巧小屋的方向。我看见一张美的图画，慢慢地透过云层,挂在遥远的天际。星星出来又隐没了,月亮也显得黯淡。

阿巧那白布上的小屋,像是镀了一层淡金,在冷冷的夜空中闪着光。

这时,有什么东西从我心底深深地涌出。

原载于《花城》(1992.4)

木制明信片

那是在七十年代北方农村的茅屋里。

我和他围着火炉,火苗一个劲地向上窜,又像飘忽不定的火舌,将孤独的人影和破旧的纺车,还有堆在炕上的玉米垛,都贴在茅屋的四壁上,壁上的影子把一种无声的忧郁压成一片模糊的剪影。

我望着他背后那堵漆黑的墙,还有墙上斜挂着的那支猎枪。他沉默着,两只手不知所措地互相搓着。

我往火堆里添着柴,火苗烧得更高了,这小小的茅屋里满满地盛着橙黄色的光。他不看我,只是望着火苗,脸上那股专注而执着的神情,使我不由得用双手的拇指和中指弯成一个环状,轻轻地罩在我的眼睛上,隔着火,隔着热,也隔着夜,他突然变得那样迷离,一瞬间我直想哭。

我们就要分手了,他的衣兜里装着今夜的火车票,他要从插队的农村返回城市,而我只能在未知中等待。

屋子里弥漫着一股烧焦的气味,他急忙用筷子挟出一个烧黑的黄土团,轻轻抖落一下,黄土簌地落下,露出一个香香嫩嫩的铁雀儿,"给——"他深情地把铁雀儿递到我嘴边。

我慢慢地咀嚼着，那味道好醇、好美、好香，在以后的岁月里我再没品尝过，它竟成为我一生的梦想和回忆。他守着火炉，不知什么时候，他的脸上头发上已被汗湿透了，火光一照，银亮银亮的。

风声一阵紧过一阵，在僻街穷巷里接二连三传来汪汪的狗叫声，火苗映在窗上不安地摇曳着，风席卷着黄沙肆虐地吹着，仿佛要把茅屋和我们一起卷走。

"你走了，我有点害怕，等火熄灭了再走吧，我带着你的猎枪，送你到车站，然后我到车站旁的一个同学家投宿。"

"外面有风，也许还会碰到野兽。"

"我不怕，因为有你，还有你的猎枪。"

火映照着他黝黑的脸，泛起一层青铜色的光，那样简洁有力的线条，像是一尊塑像。

镰刀似的月亮，在窗外送出冷冷的光。

"你该走了吧？"

"嗯。"

"可火还在燃烧。"

"等火完全熄灭了，我们再离开这间茅屋……"

公鸡啼叫了，炉火闪着蓝色的火苗，并发出一阵阵丝丝的低语。我起身从水缸里舀了一瓢冷水，倾斜地流向火苗，他猛地夺过水瓢一饮而尽，紧紧地抓住我的手："不要，不要熄灭它。"

我们踏着冬日的残雪，走在漆黑的山林里，我希望能永远这样走下去，即使永远是黑夜，越过黑色的山冈和河流，沿着无法靠拢，却永远并肩前进的铁轨。我们一直沉默着，直到快分手的时候我说，"你回城，别忘了给我写信。"

"嗯。"

木制明信片

"我等着。"

我们告别了,他从车厢里伸出头来,呼喊着我的名字,他的呼叫给我一种悲切的实感,我在寒冷中凝固着。

我沿着漆黑的山路,在树林中走着,狗吠声、缭绕于树林中的缕缕炊烟,还有伴随着我的野鸟的啼叫,又把我送回那间茅草屋,它闪着昏黄的光,在寒冷的袭击中微微颤抖,我伸出冻僵的双手扑向了它……

后来,我成为一名乡村女教师。

马铃声在山谷里响着,我隔着山谷挥手,我总是这样一天又一天徒然地等待最后一班邮车。

不知过了多久,有一天,一位军人把一个绿色的书包交给我,那书包是我熟悉的。

"他——?"

"他在中越边境——"

我已经说不清我是怎样打开那个书包的,里面包着一个木制的明信片,像是一个精美的艺术品。封面上他用刀刻着铁轨、森林、沙滩和脚印,还有一行行刚毅的字迹,有的字迹已被血模糊了,可我能辨清,上面这样写着:

给我最亲爱的朋友:

有天晚上,一个人做了一个梦,他梦见和上帝沿着海滨在散步,在天空中闪现出他生命中一幕幕的场景,每个画面和每一个人生的场景,他都看见了——在沙滩上有两行脚印,一行是自己的,另一行是上帝的,当他生命的最后一幕闪现在他眼前时,他转过头,注视着沙滩上的脚印。

他发现有许多次,沿着他人生的路上,只有一行脚印,那是他最不快乐的时候,也是他生命最低谷和最悲哀的时候,却只有一行脚印,这使他感到很惊讶!他问上帝:"我的天呀,你曾经说过,只要我决定跟随着你,你将永远不离开我,可我却发现在我生命中最困苦的时候,只有一行脚印,我不明白,当我最需要你的时候,你却离我而去。"

上帝说:"我的宝贝,我最亲爱的孩子,我爱你,我从来没有离开你,当你在崎岖的山间小道上艰难行走的时候,当你看到只有一行脚印的时候,那是我在托着你走。"

我把它搂在怀里,听到了他的心跳,他的呼唤,我深深地埋下了头。世界一片寂静。

原载于《北京文学》(1992.11)

梅太太的宅院

晶晶按照《北京晚报》间缝中刊登的出租广告,终于找到了这个门牌号——贡院西街甲五号(梅宅),它坐落在建国门内大街一条僻静而整洁的胡同里。

晶晶仔细地端详着这个褪了色的暗红色小门。她用力推了推,门严严实实地紧闭着,晶晶又把耳朵贴在门上,还是听不到里面有动静。蓦地,她内心掠过一种异样的感觉,她突然想到走。就在这时,她看见一个卖芦柑的小贩站在对面的马路边上,他抱着胳膊闲着看街景,也在眯着眼睛打量着晶晶,好像时时准备搭上几句俏皮话。他圆身子,圆脑袋,圆眼睛,晶晶觉得他像正月十五特制的大元宵。晶晶不禁微微笑了起来。突然,他把脸一扬,绽开了圆圆的大厚嘴,冲着晶晶大唱起来:"又甜又酸的大芦柑,先尝后买,不甜不要钱——"那尾声拉得好长,他仰着脸,面如圆月,笑嘻嘻大声叱喝:"小姐,尝一个吧,保你便宜。刚才一个黑人洋妞我都白送她两个,何况你长得像刚下地的小葱,好吃再捎带手给小红门里的老太太来二斤。"

小贩的吆喝声透出的那份优哉游哉,那份从容,好像是太平盛世中的一幅风俗画，晶晶受到感染，刚才的不安已烟消云散。她冲着卖芦柑的小贩点了点头，旋即转过身按响了门铃。很快就传来了狗的叫声，并伴随着"丁零丁零"金属铃铛的响声，这声音使晶晶有些兴奋，她踮着脚尖，趴着门缝，终于看见了一条白色的鬈毛狗，冲着宅门的方向颠颠地跑来。看来，这个院子里的人很少，一点声音就使这条小狗如此快活，晶晶想。她把细细的眼睛睁得大大的，她在寻找主人。这时，从门里传来了声音："不要从门缝里看人，那样会失真。"那声音沙哑，透着苍凉。"这个人真是鬼精灵，她怎么知道我在看她？"晶晶有些疑问。

门开了，只见一个女人站在门前，最引人注目的是一头乌黑浓密的头发向后梳了一个高高的发髻，一时间使你对她的年龄产生了迷乱，如果不是她脸上松弛的皮肤和有些浮肿的眼袋，你绝不会相信她是个老女人。她披了一件湖色的、质地讲究的羊绒大衣，脖子上围了一条雪青的围巾，气派中又有几分随意。

"你就是电话中要租房子的那位小姐吧？"

"就是，老奶奶。"

老女人的脸马上变得黯淡了，微微低了低头，松松的脖子上的皮缩成了一摞千层饼，她马上又扬起了头："我姓梅，在家排行最小，你叫我梅太太好了。"

晶晶偷偷地笑了，心里想，干脆就叫您"小梅"多省事。

晶晶随着梅太太和小狮子狗走进来。这是一处幽静的院落，一进门便是一个圆形的拱门，院子的中间是一条用青石铺成的甬道，甬道两旁是竹子，还有一棵古槐树，阳光通过树枝和竹林，细细地洒了进来，树叶在斑驳的橘黄中轻轻地动荡着。院内有北房三间，南房二间，东西厢房各两间，还有一个小套院。套院的正中有一个瓦蓝瓦蓝的大鱼缸，四周是败落的草木，房顶上的荒草长得老高，在风中抖动着。

梅太太饶有兴致地领着晶晶观赏宅院，好像在展示自己的一件艺术品。

"这宅子是我娘家的陪嫁,当年我娘家很是显赫。"

"那一定是大款了!"

"什么大款小款,我娘家是读书人。小姐,如果你来,就住在厢房,这是规矩,如果你没意见,我还要和你聊聊,看看你是不是合我的心意。"

"走,我们到客厅去聊聊。"梅太太接着说。小狮子狗脖子上的铃铛,清脆地响着,它跑到客厅门口,高高地翘着尾巴。

"它叫小白,听话聪明,别看它见人就撒欢,可它斯文,通人性,是个乖孩子。"

客厅里荡着淡淡的檀香木味,厅的中央围着一圈日式沙发,中间是红木茶几,上面散乱地放着点心、饼干、核桃乳汁,还有一杯淡茶,上面浮着一片柠檬。沙发的扶手上半掩着一本书《宫女谈往录》,茶色的电视柜上放着一台大屏幕彩电。

晶晶不眨眼地环顾着四周,对这个环境她不仅陌生而且好奇,最令她满意的是:这是块黄金地段,交通又方便,房租又便宜。"梅太太,我特满意,不知您还有什么要求?"晶晶说。

"房租每个月的一号缴;厕所不能有味,最脏的地方要最干净;饭碗要及时刷干净,不许懒洋洋泡在池子里;家里不能带不三不四的人来,我怕乱,能做到吗?"

"没问题。"晶晶回答得干脆、快活。

梅太太靠在沙发上,双脚舒适地放在托脚凳上,点了一根香烟。"小白,小白。"她这样叫着,眼睛却看着晶晶,小白立刻跳到梅太太腿上。梅太太理着小白的鬈毛,自言自语道:"乖乖,有人来你就疯,你是个坏孩子,你要是不听话,我就把你轰出去。"晶晶冲着小白吐吐舌头,小白摇了摇铃铛,那声音很温柔。

"晶晶,你唱支歌我听听。"

"唱歌?"晶晶有些意外。

"对，唱歌。"

"唱什么？"

"唱你喜欢的，不过不许学电视里那些穿着墩布条子扭来扭去的那些人唱的歌，我一听就腻烦。"

晶晶眨了眨眼睛，说："噢——我知道了。"她站了起来，"我唱《秋水伊人》。"

望穿秋水

不见伊人的倩影

更残漏尽

孤雁两三声

往日的温情

只换得眼前的凄清

梦魂无所寄

空流泪满襟

几时归来呀，伊人呀

几时你会穿过那边的丛林

那亭亭的塔影

点点鸦阵

依旧是当年的情景

只有你的女儿呀

已长得活泼天真

只有你留下的女儿呀

来安慰这破碎的心

望断云山

不见妈妈的慈颜

漏尽更残

难耐秋夜寒

往日的欢乐

只映出眼前的孤单

梦魂无所依

空流泪涟涟

几时归来呀,伊人呀

几时你会回到故乡的家园

这篱边雏菊

金黄落叶

依旧是当年的庭院

只有你的女儿呀

已经堕入绝望的深渊

只有你悲切的女儿呀

在忍受无尽的摧残

晶晶第一次这样声情并茂地唱这支歌,自己也被感动了。

梅太太闭着眼睛,眼角淌着泪水,沉默许久终于说话了:"孩子,没想到你也会唱这支老歌。"

"在家,我外婆一做针线活就唱这首《秋水伊人》,慢慢我也学会了。"

"我有个女儿也叫晶晶。"梅太太擦着眼角的泪水。

"她在哪儿?"

"前年在加拿大出了车祸。"

"后来?"

梅太太摆了摆手,低下了头。

晶晶的心一下子沉了下去。

她看见在阳光下，客厅里浮动着满满的灰尘，她伸出了手，好像被什么重重地压着。

"梅太太，这个院子平时就只有您自己吗？"

"不，我有个儿子叫陈星，去了美国，我得守着这个家。"

"家，家不就是您一个人吗！"

"一个人也是一个家，家就是亲人往这儿奔的地方。晶晶，你的家在哪儿？怎么一个人来北京？"

"我家在杭州，我想在北京发展，再寻找机会去美国。"

"老年人守着家，年轻人都往外跑，唉——"

晶晶在胸前托着一个草编的书包，神情怯怯地望着梅太太，眼睛又不时地看着墙上一张照片——一个少妇，身着海藻绿旗袍，胸前有一朵浅黄的雏菊，很有味道。

"铃——铃——铃——"桌上的电话响了，晶晶下意识动了一下，梅太太挥了挥手——那手指粗短，上面斑斑点点，像熟透的香蕉，"不要理它，又是租房子的。"晶晶望着墙上那少妇正托腮浅笑，她的手指纤细优美。晶晶突然悟得岁月的力量，心里有些怅然。

"晶晶，你回房里收拾收拾吧，我累了。"

晶晶把书包托上肩膀，正要推门出去，梅太太追了一句："注意关门要轻，随手带上，我怕门缝里吹进的贼风。"

晶晶屏住呼吸，小心翼翼把门关紧，然后长长呼了一口气。

晶晶在一家广告公司搞策划，同时又兼电台"企业文化"专栏的主持人，每日早出晚归，但她每天早晨总被一个情景吸引并产生迷惑——梅太太早早起来，把院墙的一扇大窗户打开，隔着灰色的铁条，专注地望着墙外的街景。这扇窗户显然是后开的，它就像一双疲倦而模糊的眼睛，吃力地寻找什么。铁栏杆把梅太太与世界隔开了，也好像与世界拉近了，她看见许多人走着，跑着，笑着，她觉得眼前是人生的集市，是瞬间的热闹，时而又像一条空旷的寂寞的

梅太太的宅院

回廊。梅太太在这里习惯而认真地计算着六十岁的人有几个，七十岁的人有几个，八十岁的人有几个，她总是设法忘记自己的年龄，但，不行！当她把自己的年龄归于某一个数字时，心里总是泛起一阵拂之不去的无奈和悲伤。她在小心地数着，还有几个老人在这寂寞的回廊里走最后的路。

晶晶站在院子里，用红梳子理着长长的乌发，她望着梅太太僵硬的身体，贴在冰冷的铁条上，衬着那堵灰色的墙，完全像一个雕塑。红梳子像一片叶子一样，飘落在地上。

这天，晶晶回来得很早。她有些累，手里还捧了一个削好皮的大菠萝。她轻手轻脚地推开门，躺在床上一口一口地吃着，"晶晶，晶晶，过来。"晶晶一骨碌翻了起来，手里的大菠萝滚到地上了。

晶晶走进客厅，只见梅太太的脸上显出了少有的快活。她正戴着一个小巧的花镜展读来信，见晶晶来了高兴地把信举了起来："晶晶，快来看，我儿子有信来了，你快给我看看，邮戳的日期。"

晶晶连忙把湿手往衣服上抹了抹，接过信："这封信是这个月七号寄出的。"

"今儿个是十四号，才走了一个星期，一个星期才七天，它就从儿子的手里走到妈妈的手里了。"梅太太的手在努力地感受儿子的体温。她又把地球仪放在膝盖上，慢慢地摸着美国，手指在波士顿的位置微微颤动，一会儿手指便滑入了大西洋，当手指从大西洋里挣扎出来，重又爬上波士顿时，梅太太的目光突然变得异常的凄楚和孤独。晶晶的心也好像掉入了水里，湿漉漉的。

一会儿，阳光透过树叶斜进了客厅。暖暖的春日。

"自己倒茶吧，盒子里有宫廷小点心。"梅太太好像在和自己的孩子说话。

晶晶一杯又一杯地喝着，可完全不是因为口渴，只是那紫砂壶、紫砂茶碗太可人爱了，晶晶觉得从紫砂壶里流出的茶水是甜的。她打开盒子，"哇！小窝头。"那神情完全是个童稚的孩子。梅太太受到感染，心里特别快活，话也多了起来："你们年轻人,要懂得中国的茶道,茶道分品茶和饮茶,晶晶,你喝茶的样子就不像品茶,品茶是欣赏茶的味道、水的质量、茶具的好坏,是文人朋友之间消遣时光的风雅之举,我最佩服老祖宗特别讲究蓄水。什么是惠山泉水呀,哪个是扬子江心水呀,还有什么初次雪水,梅花上雪水,三伏雨水……有的现汲现饮,有的须蓄之隔年,有的须埋在地下,有的必须摇动,可有讲究了。"

晶晶一小口一小口地饮着茶,那神情十分乖巧,梅太太望着她笑:"现在的样子接近品茶了。""还差几分?"晶晶认真地问。"还差三分。"梅太太笑着回答。

晶晶松弛地靠在沙发上,这才注意到梅太太今天没有化妆,也没戴假发,只见头顶上盖着稀疏的白发,晶晶望了望墙上那张照片,沉默了。

梅太太感悟到了什么,她今天因为收到儿子的来信太兴奋了,竟忘了戴假发。她不化妆是不见人的,她不愿让人看到自己彻头彻尾的老态。人老了尤其需要尊严,尊严是一道屏障,尊严是老人的服装。

"谁都逃脱不了老,我年轻时是个漂亮的女人,你趁着年轻赶快漂亮,赶快愉快,青春是个打个盹就溜走的东西,没有什么比鲜活的生命更诱人了,别浪费它。"

"那墙上的照片是您吗?"

"像我吗?!"

"嗯——像,有点像,不完全。"

"人老了就走样了。趁年轻多照些相吧,年轻时的美丽是老年唯一的补偿。"梅太太端起盖碗茶,她用拇指中指卡住两面碗边,食指圈回,顶住碗盖,盖前方稍下沉,茶一丝不洒地斟出来了。梅太太斜着身子坐在沙发上,那神情恰似古典贵族。晶晶顿时产生一种时空的错觉。

"晶晶,你每天都往外跑,饥一顿饱一顿,肚子没有个着落,今晚陪我一起吃吧,你猜一猜我准备的是什么饭?"

"反正一定是好吃的！"晶晶站了起来，脸微微有些泛红，那样子真有些不好意思。

　　"孩子，我先给你讲一个故事。过去北京城有一个切糕王，他的切糕非常有名，做工精细用料也讲究，他的小枣经过筛选，晾干装进布口袋，随使随用热水泡上。他选择上等红小豆，和特别好的黄米面，经过十多道工序，做成的切糕上面一层红枣，油光发红发亮，下面是金黄醇香的热切糕，不吃光看心里就痛快。切糕王一刀切下，横断面的红小豆一破两瓣，红黄白相间，切下一块往盛有白糖的小盒里一摁，顺手拿起一片荷叶，往上一放，特别有情调，我就喜欢这一口。后来我跑了许多地方都没有卖的，连隆福寺都没有，唉！断了香火了。往后，我瞎琢磨自己做起切糕，今天就请你尝尝，我还熬了新棒渣粥，就着六必居的小菜，多有意思，多有想头。"

　　梅太太对切糕的想、做、吃，掺进了她对岁月对往事无尽的回忆和思念，甚至有些忧伤。晶晶像小孩一样津津有味地吃着切糕，梅太太看着晶晶，内心涌起一阵怜爱。

　　"梅太太，为什么家里不请个保姆，自己做饭多累。"

　　"一个老人生活上完全依赖别人，又活得那样长，实在是一种磨难，也是地狱，我一定要坚持自己照顾自己，这是活着的条件。"梅太太随手从桌子上拿起一本半卷的书——《毛泽东的晚年生活》，递给晶晶，晶晶看见在打开的书页上，用红笔勾下了这样一段："一九七五年十二月二十六日这天，毛泽东度过了他最后一个生日。……仿佛是不愿过自己的生日，这和年轻人的心境迥然相异……对于年过八旬的毛泽东来说，这个日子并不意味着走向辉煌，走向新生。前面，既没有初升太阳正在升起之时的灿烂，也没有中午时分太阳的灼热、耀眼，这已是日落西山了，尽管晚霞满天时也有片刻的绚丽，但这毕竟是转瞬即逝的景色……"

　　晶晶读了这段，似乎明白了一些，但这景况毕竟离她太远。在她眼前，未来意味着无尽的好日子、好景色，她正摇着红头巾向未来奔去。

梅太太有了倦意，斜靠在沙发上闭着眼睛，老式留声机唱着老式的歌。

晶晶突然感到一种沉重的寂寞向她袭来，眼前展现出迪厅神秘的魔术般的灯光，还有奔放、热烈和恣肆的感觉，她瞬间有了要逃走的想法。她悄悄走近电话机，拿起话筒，她悄悄说了很长时间的话，伴着留声机里老式的歌，像是屋檐下细细的雨声。

晶晶终于放下话机。梅太太招呼晶晶："记住，以后打电话要大点儿声。"

"为什么要大声？"

"因为我耳朵不好。"

晶晶张开嘴，半天才慢慢合上。

那一天，梅太太感到自己确实老了。当她从商店那扇旋转门挤出来走下台阶，踏上人行横道时，她感到自己的腿不听使唤，她真真实实地感到春天不属于她了。路上匆匆跳跃的脚步，飞驰的摩托，快活的青年人，小贩的叫卖声，还有烤白薯的灰头灰脑的乡下人，无不在显示着他们的生命。人像庄稼一样一茬下去就是另一茬了，人还能指望什么呢！

梅太太又习惯性地寻找街上属于自己这一茬的庄稼，没有找到，半天还是没有找到。她站在马路边上电线杆下，终于等来了一个坐轮椅的老人，一个中年人无精打采地推着她。马路上塞满了车，轮椅终于停在梅太太的眼前。梅太太小心翼翼地打听，"老人家贵庚？"中年人望着十字路口的红灯踏踏实实地点了一支烟说："七十五啦，脑血栓，能吃能睡就是不能动，还老闹着要到外头玩。工厂也倒闭了，我还得想法子找饭吃呀！"老人嘴角抖了抖，灰色的眼球转了转便木然了。梅太太也木然了。

春天是那样温和，时髦的女郎疯狂地摆动着各种款式的新潮衣裙，躁动的高跟鞋声好像酒后的人在跳着踢踏舞，一声一声叩击着梅太太的心，她的心紧缩得发疼。街道两旁金黄色的迎春和粉红色的桃李花，正开得热热闹闹，青年人在花丛中富有弹性地穿来穿去，梅太太自言自语："花开花落，春来春去，人有几度春。"这些生机勃勃的景象使她心烦意乱。下班的人群从她身边匆匆擦过,山地车像风一样伴着怪异的铃声,摩托车更是趾高气扬,时髦的夏利、桑塔纳傲气十足地招摇过市,一个个的"小面"像黄蜂一样神不知鬼不觉地在胡同里钻来钻去。梅太太看着这些,不仅感到陌生甚至有些愤怒。

梅太太的眼前,时时闪现的是一条一条弥漫着煤烟味的灰墙灰瓦的胡同,有人蹲在道边生炉子,用大蒲扇扇出滚滚灰烟,梅太太高兴地在烟里走过,耳边听见:"热的嘞,大油炸鬼儿,芝麻酱的热烧饼;酸甜嘞,豆汁儿噢。"她嘴里小声叫着:"扁担胡同,竹杆胡同,小喇叭胡同,烧酒胡同,闷葫芦罐胡同……"每一条胡同就像是一个老朋友,梅太太在和他们叙往事,谈旧情。

从不远的地方传来了吆喝声:"冰棍、雪糕、巧克力的!""收购旧家具、旧电视,有旧书、废报纸的我买!"一会儿这声音戛然中断了,梅太太的耳畔响起了另一种声音:"哎嗨!小金鱼嘞。""一兜水的哎嗨大蜜桃!"那吆喝声,清悠委婉像汩汩的溪流滋润着梅太太的心田。梅太太伴着胡同的音乐走过了她几十年的生活。这些吆喝声,不仅提示了季节的更替,而且提示了人们这日子的安详太平。每到夜晚,梅太太都枕着"硬面,饽饽"的吆喝声入睡,那声音熨帖了无数个日子。

"梆、梆、梆"打小鼓的声音,噢,收购古玩首饰的!梅太太回头望去,却什么也没发现,她的脸泛起了红晕,心有些发慌,顺势靠在一棵树上。一辆夏利停在梅太太面前,"老太太,您去哪儿?是不是不舒服?"说着司机推开了前门,梅太太喘了一口气,点点头上了车。

"您去哪儿?"

"去吉祥。"

"什么?"

"去吉祥戏院。"

"您要去吉祥戏院呀!早拆了!"

"什么?拆了?"

"没错，拆了。"司机放慢了速度。

"怎么说拆就拆呀，吉祥戏院是光绪末年内廷大公主府总管事刘燮之出资兴建的。他交游甚广，能够约来名望极高的梅兰芳、余叔岩、杨小楼等艺术大师演出，吉祥戏院是很有声誉的。"梅太太说得激动因而有些气喘，然后便沉默了。

"老太太，我看您哪儿也别去了，我踏踏实实送您回家，早点歇歇比什么都强。"

梅太太下了车，司机拉下玻璃热乎乎地说："老太太，以后出门让您孙子扶着点。"

梅太太愣了好一会儿，才木然地点了点头。

梅太太回到家，一头倒在床上。屋子里一直黑着灯，一束银白的月光柔柔地泻了进去。

她又回到了几十年前，她和丈夫一起去吉祥戏院看梅兰芳的《霸王别姬》。开演前天空下着倾盆大雨，梅太太与先生赶到时，场内竟座无虚席。

当时丈夫在一所大学任英语教授，梅太太在家读书、绣花、弹琴，过着无忧无虑的日子。梅太太与丈夫最喜欢听京戏，最爱去的戏园子是吉祥戏院。每当戏散后，他们就来到吉祥戏院对面的二层小楼——山东饭庄，梅太太总是叫上一碟水晶肘子，先生爱吃四喜丸子。然后，他们悠闲地穿过北京的小胡同，欣赏着一路上不绝于耳的各种叫卖声，那声音或远或近，或高或低，在溶溶的月光里，飘散着扯不断的乡情。

那时，梅太太的宅院是宁静和温馨的。不久宅院里又荡起了小宝宝的笑声——那是无数个阳光灿烂的晴日。梅太太最喜欢抱着宝宝，坐在秋千上，随着风荡来荡去。丈夫怕木制的秋千太硬，创造性地用旧轮胎做了一个秋千，外面还包上了软软的红布。有时，他们和宝宝一起坐在秋千上，风把他们的欢笑歌声抛向金色的天边。那是梅太太一生中最好的日子。

岁月就这样一点一点从指间流过，无声无息。十五年前，岁月带走了她相依为命的丈夫，五年前女儿不幸出了车祸，后来儿子又去了异国。从此院子里静下来了，不再有笑声，偶尔有阳光透过树叶懒懒地滑下来，病恹恹的让人难受。

梅太太恹恹地半卧在床上，晶晶进屋时梅太太的眼睛轻轻地亮了，她把老式留声机的针头拿开，房间里的乐声戛然而止，空间突然显得空旷了。

晶晶把一碗粥放在梅太太面前。

"我看着你吃。"晶晶说。

"你不吃，我也不吃。"梅太太说。

梅太太爱怜地抚摸着晶晶的手，晶晶第一次觉得梅太太的手又清凉又柔软，让人舒服。

晶晶望着床上那个翠绿的玉石枕，绿得像春天山上的草，她小心地用脸触着。

"怎么枕头上还刻着字？"晶晶问。

"古人的心多闲在呀。"梅太太说。

"为什么我的心总觉得累、乱？"

"心闲是福，这份清福可不是手忙脚乱的年轻人懂得的。"

"对了，我明天要去一家新加坡的公司面试。"

"怎么你也要离开！？"梅太太流露出一种努力抑制的心绪。

每当紫藤花盛开，茂盛的爬山虎沿着屋檐拉开翠绿的帷帘时，梅太太总是在寂寞的宅院里，听着自己的脚步声，困倦地思索着，这样好的家，为什么留不住年轻人？外面的世界究竟是什么？

元旦前夕，一件鹅黄色的毛衣放在晶晶的床上，那黄色嫩嫩的，像是被初春的风刚刚吹过，像是被山间的泉水刚刚浸过，透着大自然的清香。晶晶将毛衣穿在身上，溢着逼人的生命力。她望着镜中的人，一下子发现了自己。在匆忙的生活中，她已把自己忽视了。她飞跑到梅太太的房间，梅太太专注地欣赏着，"果然很美，我虽然老了但还懂得衣服的品位，穿这种颜色的衣服是很挑剔的，必须有货真价实的青春作底色，否则是很难堪的。这是送给你的新年礼物。"

"晶晶，今天是除夕，和我一起过吧！"梅太太又说。

"哎呀！我已经约好在一个朋友家过派对，怎么办呢？"晶晶急得甩着手。

"去吧，去吧，我不过随便说说，就穿上这件衣服，快去吧。"

"当然穿，当然穿。"

晶晶挎上双肩包，飞速跑了，门"砰"一声关上了。

梅太太走到窗前，望着晶晶的背影远去。她在窗前愣了半天，过了许久才转过身来，自言自语道："唉！我这是怎么了！"深夜，随着钥匙的转动声，门开了，梅太太房间的灯倏地熄灭了。

晶晶站在梅太太的窗下，说："我回来了。"

只有竹叶在风中发出飒飒的声音。

"我回来了！"

仍然是飒飒的竹叶声。在这静寂的夜晚，竹叶声显得格外的清凉。

"我知道你刚刚熄灯，你明明在等我。"

风停了，竹叶也悄然不语。

"朋友们都说我的毛衣漂亮极了。"

梅太太的窗口依然是黑洞洞的。

夜静悄悄的。

晶晶站在窗外哭了。

梅太太隔着窗子低声说："快回去睡吧，别着凉，孩子，我已经躺下了。"梅太太坐在沙发上，任清凉的泪水淌着。

春节快到了。

梅太太问起晶晶，何时回家？晶晶摇了摇头。

"在外面待了一年怎么不回家看看，让家里人多牵挂。"

"我……我这一年花钱太多,对家里没有个交代,家里还有爸、妈、奶奶和弟弟……"

"唉——孩子,我给你讲个故事。我有一个老朋友叫石川先生,是研究考古的。他小时候,家里很贫穷,他读书的学校在离家很远的地方,要爬三座大山过两条大河,要走上三天三夜,他脚都打了血泡,路上饿了,乡亲们看见了会给他一把花生或大枣,从此大山、乡亲、花生和家的感情已融合在一起了。有时回家因为时间太紧,但只要看上妈妈一眼,心里就有了根,有了归宿,然后便又匆匆地赶回学校。石川先生说,'就是现在,我的眼前总是出现灰砖瓦的小屋旁,妈妈盼望我归来的身影。'晶晶,家里的亲人都盼着你回去,回去就好,听话,好孩子。"

"我不回家,我要留在这儿陪你过年。"沉默了许久,晶晶终于低声说。梅太太抓起了晶晶的手,紧紧的。

"回去吧,我不孤单,儿子会有信来,会有电话,我习惯了一个人过春节。"

春节晶晶没有回家。

除夕,梅太太和晶晶在欢笑中度过。大年初一,这是一个有风的寒冷的日子。梅太太有些惆怅,她告诉晶晶,石川先生来了电话,过了春节他准备去养老院。

"为什么?"晶晶睁大了眼睛。

"可能因为孤单,因为人老了。明天我请石川先生来叙叙旧,拜托晶晶小姐去街上买些东西。"

梅太太回房翻了翻发黄的旧照片,沉闷地喝了几口茶,微闭眼帘显出困倦的样子。

晚上梅太太对晶晶说:"今天,我第一次想了一个问题:为什么我留不住年轻人,为什么孩子不能和我厮守在一起,尽管那样的日子,我觉得实在、亲切,可我留不住。唉!说到底是我留不住时间……

"今天，我第一次想，留住我同龄的朋友，我们彼此搀扶着，尽量多往前走一程路，多说一些话，这也许是最踏实的活法。"

"那，到底怎样留住同龄的朋友？"晶晶问。

"我想把我的宅院办成一个老年驿站。"梅太太回答得很坚定，像是经过深思熟虑了。

晶晶马上跳了起来："太棒了！这是一种创造，一种人间关怀，我不走了，我一定帮助您把这个老年驿站办好。"

梅太太和晶晶碰响了酒杯，红红的葡萄酒轻轻地溢出了。

第二天，梅太太的房间静悄悄的，只是那只小狮子狗不安地出来进去，它冲着晶晶不住地叫着，并用嘴拽起了晶晶的衣角。

晶晶觉得有些异样，急忙推开梅太太的房间：梅太太安详地躺着，静静的，嘴角挂着微笑。她永远地睡去了。

在梅太太的枕旁有一张彩图——一个用红色染成的宅院，红色的房顶托起了金色的太阳，宅院里长满了饱满的圆圆的向日葵，在宅院的上空悠悠地飘着一个风筝……

原载于《当代》（1996.5）

高龄小姐

在五月末一个落雨的黄昏,在雨水和老槐树泛香的气息里,韩夕卧在柔软的床上,在似睡非睡的恍惚中,听到了胡同里小贩的叫卖声:"便宜了,贱卖了,一块钱一堆的白萝卜了!"这声音和淅淅沥沥的雨声融在一起落在韩夕的心上。她慢慢地睁开眼睛,望着这空落的三间大北屋,屋子里弥漫着一股陈旧的木制家具的气味,又好像有什么东西发霉了,如今这屋子里只剩下韩夕一个人了,她蜷缩成一团,好像很冷,她滴着泪。

这宽敞的北屋曾住过三个单身女人:韩夕的外婆、韩夕的母亲,还有韩夕自己。韩夕的外婆十九岁时便寡居了,带着只有三个月的女儿住在这里,韩夕的母亲二十六岁时,又带着只有一岁的韩夕也寡居了,那时韩夕的父亲已有了外室,那个女人是一个妓女,比她父亲还大十岁。韩太太凭着性格中的倔强及娘家可以维持生计的财产,毅然地和丈夫断绝了关系,从此这三个女人相依为命地捱合一起,这三代由血缘关系组成的家庭,比一般的家庭更多一些坚韧,一些执着。

邻居们说,这老屋阴气太盛,该用阳气冲一冲。

窗外的雨依然不紧不慢地下着，韩夕和母亲相依为命的日子，就像这屋檐下的雨，安详、宁静，似乎还有一种说不出的忧伤。韩太太虽说没有太高的文化，但在她的气质里却有一种让人怜爱的娴静和秀雅，年轻而美丽的寡妇尤其让男人感动。可是韩太太对男人的心早已死了，她的母亲让男人扔下了，自己又上了男人的当，她胆战心惊地怕女儿又落入男人的陷阱，韩太太对男人唯一的认识——一群不能相信的东西。她只爱她的女儿，女儿是她在世界上唯一的寄托，是她活下来的希望。她常常说，跟了男人一场，有了可心的女儿就没白来世上一遭。女儿是她暖心的花兜兜。

韩太太解放后在一家绣花厂工作，她不仅有一手绣花的好手艺，而且还学会了设计各种花卉。韩夕在一家工厂当会计，母女俩的日子完全可以维持一个不愁吃穿的好日子，那段日子应该说是充满阳光的，街坊邻居们都夸奖：清清白白的母亲领着一个如花似玉的姑娘，把日子过得多红火，母亲过多的爱与关怀，无形中从心理上延长了韩夕的童年，凡事都有母亲为她想好做好，韩夕不去多想什么，妈妈的怀里永远是她撒娇的温床，韩夕像是一个长不大的孩子。她希望永远能和母亲厮守下去，但无奈岁月会流逝，人也会老，会死。韩夕现在已是四十六岁的女人了，四十六岁，意味着女性的自然资源已基本丧失，可她的心却像个小女孩，这种反差是生活的缺憾，也是一种嘲讽与悲哀。

"白给了，白给了，一块钱一堆下午的菜了！"窗外又传来卖菜人刺心的叫卖声，韩夕翻了个身，用枕巾把眼睛耳朵都蒙上了。这时，她看见了母亲：颤抖地用纱布把掉下的最后两颗牙包起来，装在一个象牙雕花的首饰盒里，自言自语道："快装满了，装满了。"韩夕望着母亲一天天老下去，内心的恐惧一天天地增加。有一天，下班回来，看见母亲正用抹布在桌上画圆圈，但已经画不圆了，她无力地握着抹布，在桌上蹭了蹭，母亲的脸直直地向前伸，脸上毫无表情，双眼好像湮没在阴暗中，屋子一下暗了下来，韩夕大叫一声："妈——妈——"韩太太已听不到女儿的喊叫，抹布从她手中滑下，她无声地瘫在地上。从此韩太太没有再站起来，她永远地走了。

韩夕努力回想母亲临走前说了什么。无论怎样都想不起来，母亲沉默地走了。韩夕的心空空的，她空空地睡去，又空空地醒来了。这时，天已大黑了，窗外的菜贩子早已回家，她没有开灯，恍惚中还沉浸在刚才的梦里：一只白色的鸽子，飞到她的窗台上，它猩红的脚爪上系绕着一封浅绿色的函件，她正要走过去解读那封信，这时，邻居李大妈推开门向院子里泼了一盆脏水，鸽子飞走了……她想着那神秘的信函，望着窗外黑漆漆的天，心里浮起一种莫名的幻想，天上好像有一颗若隐若现的星星。

"铃——铃——铃——"电话铃声像一位性急的不速之客，踏着舞步有节奏地闯进了韩夕的房间，韩夕感到了一些生机，来电话的是厂里的同事张力力，告诉她远郊区有一家舞厅要一个会计，还要会做假账。韩夕所在的这家塑料厂由于不景气，许多职工都下岗了，韩夕也提前办了退休。刚退休那阵子，她整天关在屋子里不出来，开着电视随便什么台，只要有人影有声音就行，她把音量调到最大，希望能把屋子填满，她坐在靠窗子的沙发上，有心无心地织着毛衣，老黑猫趴在韩夕的腿上，韩夕望着这个活物，心里才有了些暖意。

韩夕在这条胡同里生活了四十多年，母亲死后，她愈来愈厌烦这条胡同。这个院子曾是个有钱人的宅地，宽宽的抄手回廊上还绘着雕花龙凤。现经过岁月风雨的侵蚀已面目全非，院子里挤满了十几户人家，家家为了扩大自己的生存空间，在院子里任何一个空隙盖起了一个一个的小砖房，院子里挂满了衣服、被子和晾晒的茄子干、萝卜干，阴沟里向上泛着一股令人作呕的臭气霉气。院子里的水龙头慢条斯理地流着水，不知是谁家在冲洗化纤地毯，坑坑洼洼的院子里已溢满了水，韩夕抬起脚后跟，小心地走出院子，心里也好像注着一层水，滴滴答答地往下滴。

韩夕最怕的事情就是上胡同里的公共厕所，且不说风风雨雨的不方便，单单就说胡同里街坊的目光，就让韩夕受不了，一搭上话就说："姑娘，妈也死了，什么人也指不上，赶紧找个主吧！"搭不上话的就死死盯着韩夕半天，那神情活像看一个怪物。打那起，韩夕就学起了上海人，在屋里放了一个马桶，每到天一擦黑，借着暮色的掩护，韩夕就急匆匆地拎着马桶往厕所一倒，省下了许多废话与尴尬。但不承想，倒马桶也惹出了麻烦，韩夕是个干净人，倒完马桶要在院中的水池里冲擦好一阵子，一回二回院子里没有动静，三回四回就不行了，最先甩闲话的是北屋小六子的媳妇："谁家的屁股这么缺德，专往俺们洗菜的池子里搅和。"南屋的陈奶奶也瘪着嘴说："有现成的厕所为啥非在家里拉，又不是动不了。"西屋的小华子嘴更损："老姑娘的屁股不值钱了，下午的老帮菜。"韩夕听着这鸡一嘴鸭一嘴的闲话，就像一块块砖头向自己抛来，砸得她心里直往外冒血。

韩夕想，人情真是薄如纸，母亲在世的时候，她经常帮助邻居们裁剪衣服，那时，邻居们对她们母女热言热语，如今妈妈走了，不会应酬的她，迎来的竟是这样冰冷的人情。时间悄悄蚕食着生命，外婆走了，妈妈也走了，韩夕一想到自己，不禁害怕起来，最近她常常想到自己的年龄，过去她好像忘记了。她又想起自己唯一的一次恋爱，那时她刚刚进厂，芳龄正值十八，长得水水灵灵，白白净净，两条又黑又粗的大辫子系着红绸子蝴蝶结，在她圆圆的挺实的胸脯上一颠一跳的，真不知惹得多少男人动了心。尤其是当她穿上紧身的蓝印花布做的对襟布衫，在街上轻盈地一迈步，就像吹来了春风，韩姑娘的嘴角总是抹着一丝青春的微笑，那微笑似骄傲似矜持，似一切让男人心动的魅力，两颊粉红噜儿的可人疼极了。就在这美丽多彩的花季，韩夕爱上了一位教中学的毛老师。毛老师师范学院物理系毕业，要样有样，要个儿有个儿，脾气又好，斯斯文文，着实让韩夕动了春心。可后来当她告诉母亲，毛老师家庭出身不好，他伯父在台湾，是国民党的高级军官时，韩太太用她做母亲的权力——一种为女儿受苦受难苦熬一生的期待，坚决地回绝了这桩婚事。韩太太说，凭着韩夕的青春、美丽完全可以找一个好人家，咱们吃米的人家怎么能往吃糠的人家奔，虽不说一定找个根红苗壮的，也得政治上没有皱的，如今就是这个世道。韩太太又是哄又是哭，韩夕就不吱声了，两只手使劲地把辫子解开，然后又编上，编上又解开，竟然几天不吃不喝，并且说，她愿意和毛老师同甘共苦。然而，年轻的女儿毕竟不是母亲年龄和耐力的对手，不久便和毛老师吹灯拔蜡了。后来听人说，从此毛老师变了性情，过去爱说爱笑的年轻人，现在整天沉默不语。又过了一年，毛老师住进了精神病医院，韩夕背着母亲悄悄去医院看他，他竟然不认识韩夕，拿起韩夕送来的香蕉带着皮就吃了。又过了几年，毛老师死在精神病医院了。这是韩夕四十六年生命里唯一的一次恋爱，尽管那个时代的恋爱大多是精神上的，韩夕连毛老师的手都没碰过，但在韩夕的心里刻下了深深的刀痕，从此她没有再恋爱，青春一天天的枯萎失去了水分，爱情虽然理论上属于任何一种年龄，但爱情的华美活力只属于青春，老年人再坠入情网，那是因为没有成长，是生命的错乱。

　　韩夕自怜自爱地哭着，小心地擦着眼泪好像是一种自我抚慰。她想，如果当时不顾母亲的反对和毛老师成了亲，到现在该是快三十年的夫妻，孩子也该工作了！女人的一辈子不求别的，只求个安稳太平。毛老师到现在也该是重点学校的高级教师，搬进了教育局盖的教师楼，不会在这里风风雨雨地跑公共厕所了，又何苦受这份闲气。韩夕觉得自己的命苦，父亲抛弃了母亲和她，相依为命的母亲又走了，唯一的一次恋爱竟这样流了产。老黑猫噜噜地睡去了，听着老黑猫的鼾声，韩夕觉得它就是一个剽悍的男子，她温柔地梳理着老黑猫的毛，并把它抱了起来，顿觉有了安慰。

　　自打那次马桶风波之后，韩夕就不爱在院子里多待，平房的生活是开放的生活，你生活在别人的视野里，当然别人也生活在你的视野里，几乎不可能有隐私，平房人的日子过得再苦再累，总还有多余的精力去关心别人的生活，这关心虽然也不乏善心热心，但更多的是满足窥视别人隐私的心理。

　　从此韩夕一大早就离开院子，到北京各大公园闲逛。她去得最多的是颐和园后湖，因为后湖游人很少，而且有一种江南风情。她坐在树荫下，一待就是一天，觉得在这里心里舒服了许多，饿了就啃几口面包，渴了就喝带来的白开水。她从不在外面多花一分钱，自从母亲死后，她明白了钱的重要，厂子效益不好，她每月只能拿四百元的退休金，家里留下的几万元积蓄，原以为够自己活后半辈子的，但物价的不断上涨，令她心惊肉跳。这几十年韩夕基本上没有攒什么钱，一是因为工资低，她生长的环境告诉她唯一的真理：工资每月领，看病公费医疗，老了有退休金，住房公家分，有困难找组织……一想到这儿，韩夕就踏实，她无忧无虑地把自己一生中最好的时光都贡献给了厂子。但现在一切都变了，原以为可以依靠的一切到头来竟是一场空。厂子快倒闭了，医疗费三年没报销了。韩夕的心发空发慌发冷，她猛然觉得钱的重要，人的重要，可她什么也没有，没有人，没有钱。

　　韩夕坐在秋风瑟瑟的枯树下，像一个无助的孩子，眼泪尽情地滴着。没有结婚的女人是没有成长的女人，女人没有丈夫，就如同没有地基的房屋，纵然屋里的陈设再华丽，也是空中楼阁，云里雾里晃晃悠悠。她思忖着，趁自己还不算老赶紧赚点钱吧，钱是当今最最要紧的东西，她常听母亲说：女人一旦和男人结了婚，就如同掉进一个污水缸里，再也还原不了原本的颜色。韩夕不禁又想：我这颜色再干净又怎么样？！当她想起那大染缸时，竟有了些模糊的渴望，她想起了鱼缸中的金鱼，它一呼一吸的，是在呐喊，还是在歌唱？光溜溜的金鱼沉浸在水中多舒畅，她想变成一条金鱼。

　　说来韩夕的运气还真不错，终于在北京西面一家商店找到了一个看仓库的工作，时间是从早九点到晚八点，月薪是四百元，老板中午管一顿饭，虽说饭的质量实在是不高，但饭菜是店里白给的，总算还干净热乎。店里一般的伙食是米饭、馒头、炒土豆丝、炒白菜丝，菜贵的时候就是肥肉炒水疙瘩小辣椒什么的。一直娇生惯养的韩夕刚来时有些吃不惯，虽说韩夕不是大宅门里的千金小姐，但却是老娘手里捧着的娇宝贝。韩太太是个治家的能手，她能粗饭细做，穷饭富做，为的是让女儿吃得有滋有味，普普通通的菜经韩太太那么一炒竟有了馆子的味道，三两个肉丸子做出的白菜汤，味道竟能赛过如今的生猛海鲜。韩太太烙的饼又是一绝，和出的面又柔又细，白白的摊在案板上撒上一层葱花，再铺上一层肉末，哎呀，烙出的饼竟是又酥又香的千层饼，再煮上一锅小米粥，就着一碗自己腌的萝卜干，甭提多香了。韩夕常常说，最好吃的饭是妈妈做的，最好吃的菜也是妈妈做的。

可如今韩夕吃着伙计们做的糙米饭竟也很香，后来韩夕竟有意早晨不吃东西，特意给中午留着肚子，她想，能省一口是一口，能省一顿是一顿，天长日久都是钱呀！唉，活着谁也甭说谁尊贵，谁也甭说谁清高，更用不着看不起谁，挤兑到那份上，谁跟谁都一个德行。不知不觉中几个月的光阴过去了，这一个月四百多元的进项，着实让韩夕的手头活泛了许多，小老板看出韩夕是个老实人，手脚也干净，对她很放心，过年过节常常多给些钱，哄得韩夕乐滋滋的。一年下来，韩夕有了些节余，还添置了一件呢大衣，一条花呢裙，还有一双高筒皮靴。为啥韩夕开始置办行头，开始注意化妆，那实在是因为她活得委屈，活得紧迫，她想找个男人，她想有个家，晚年总得有个靠头呀！

韩夕想起同单位的李大姐，她们俩同事几十年，说话投缘，别看李大姐长得粗粗黑黑的，可人家的命不差，李大姐的丈夫是个大校军官，人又老实，家里住着四居室的大房子，亮亮堂堂的。部队的待遇特别好，吃的用的什么都发，尤其是到了"七一""八一"，那发的东西海了，日子一点急也没有。韩夕拎着一兜子荔枝和李大姐走动了几次，掏着心窝子说，想找个军人，也要个大校。李大姐应声道，这就得等机会，这把年岁了只能补个缺。以后多注意大院里谁家的媳妇死了，谁家离了婚，李大姐侦察了一年也没有动静。李大姐说，各家各户的媳妇都长得硬硬朗朗的，家家的日子也过得和和气气。韩夕低下头，说声不着急。

人们都说韩夕这两年时髦了，漂亮了。女人就是不经老，结了婚的女人与没有结过婚的女人有啥不一样？结了婚的女人脸上罩着一层灰，没有结过婚的女人脸上罩着一层霜。女人的好日子一眨眼就没了，一想到这儿，韩夕的心里就一阵阵发空、发紧、发疼，自己一不留神已是快五十岁的女人了，青春还没过呢，娇还没有撒够，自己就得往老太太这一茬人上靠了。韩夕想起街上扭秧歌的老人，心里一阵恶心，他（她）们脸上抹得花花绿绿，像一群夸张的小丑，吵吵闹闹，锣鼓喧天。这是一群没有过青春，没有过自我，没有过疯狂的一代人，如今他们在补偿，在纾解扭曲的生命，不然他们会疯，不疯在街上就疯在家里，让人好辛酸呀！

女人是什么？女人就是一块粉底的花布，大风吹日头晒，新新的一块布很快就掉色发旧了，要是整年整日地锁在箱子里，日子久了布也要变糟，颜色也不鲜亮了，还有一股发霉的味，与其这样，还不如索性在风里雨里日头下呼呼啦啦地痛快一下。人怎么不是一辈子呀，人像其他生物一样，有保鲜期也有变质期，等到了变质期一切都来不及了。

韩夕想到这儿，就愈发打扮自己，每天站在镜子前至少要两个小时，一边涂抹，一边自怜自叹，我再胖点就好了。忧郁地看着镜中的自己，有时她会笑，有时她会哭，有一次她赤裸裸地站在穿衣镜前，戴上花镜，她的头发依旧乌黑，只有几根白发藏在发间，她小心地拔下那两根白发，把头发往后挽成一个发髻，利利落落，再配上她依然顺顺溜溜的高个子，竟有几分年轻姑娘没有的韵致。

结婚，有个家，这是女人的养老院，人老了，社会养老院可以收养，女人老了家庭养老院就不肯收了。女人的一生终究受年龄的左右。

不久店里来了一个叫灰灰的二十岁小伙子，家在黑龙江，他只身一人来北京闯天下。灰灰的父亲土里刨食一辈子，到头来家里只有一个土炕几床破被子。灰灰常常去镇上看电视，看见城里人吃、穿、用样样都和乡下人不一样，城里人喝的酒都是带色的。灰灰躺在麦秸梗上，把腿跷得高高的，大脚趾从鞋帮里冲了出来。他想，为啥都是人命就这样不同，他决心不能再像父母那样，撅着屁股苦熬苦干了，他要到城里闯一闯。灰灰读过初中，又有木匠的手艺，人又活分，他相信自己到哪儿都会有碗饭。

灰灰在店里主要是上货送货，有时也在铺面上帮忙卖货，灰灰年轻力壮能吃苦又听话，老板很满意。

人与人的交往最讲一个缘分。韩夕一见灰灰虎头虎脑憨声憨气的就打心眼里喜欢，年长的妇女最喜欢年轻的小伙子，能够使她们从里往外冒热气，表面上人们会认为是姐弟甚至母子的感情，实质上有很强的性意识。年长的女人尤其懂得青春的可贵，小伙子则是青春生命的符号，爱他惜他就是对生命流逝痛苦的哀歌。年长的女性绝不心甘情愿地和老男人拴在一起，她恐惧，对生命恐惧。灰灰一见干干净净慈眉善目的韩夕大姐就会想到家，总想多搭讪几句。有一次韩夕看见灰灰端着饭碗不想吃，一问才知道，灰灰拉肚子了，韩夕顾不上吃饭马上去药店买了黄连素和葡萄糖，这农村孩子生下来就没吃过药，对药特灵，药刚一吃下肚子就好了。晚上韩夕回家又熬了小米粥煮了鸡蛋放在保温壶里给灰灰送来，她递给灰灰两卷又细又软的手纸，有些不好意思地说，往后别用那废报纸了，怪硬的。灰灰摸着纸说，这像个发糕，真软。韩夕听着，眼睛水汪汪的竟落了泪。

在这陌生的都市，孤单的灰灰像一只放飞的小鸟，有了韩夕的关照，灰灰有了家与亲人的感觉，每逢过年过节韩夕都请灰灰到家里来玩。韩夕心疼灰灰一个人在外受了委屈，总是变着样儿让灰灰大饱口福。灰灰最爱吃的是酸菜粉丝熬白肉，还有点着红点的白面饽饽。韩夕特意自己发面，然后再小心地揉成一个个圆圆的白白的饽饽，当她小心翼翼地点上那一个个小红点时，胸脯总是泛起一阵又热又麻的快活。

家里有个壮壮实实的灰灰出出进进，老屋也有了活力，韩夕也出出进进地哼着爱情歌曲：《九九艳阳天》《芦笙恋歌》《在那遥远的地方》……韩夕变得举止轻快活泼，像个年轻的姑娘，灰灰也比刚从黑龙江来时脸色红润多了。韩夕常常摸着灰灰的脸说："小红苹果，让姐吃吗？""让——"灰灰故意把声音拉得老长。"姐怕咬疼了你。"韩夕又拍了拍灰灰的小脸蛋。老屋里荡着一种暖春的气息。

一个冬日晚饭后刮起了大风，西北风呼叫着好像要把老屋掀起来，灰灰喝了半斤白酒，吃了半斤猪头肉，又不住地用舌头舔白饽饽的小红点，撒娇地说："姐，今晚我不走了，我怕风。"韩夕爱怜地举起手来，轻轻地打了他一下："那可不行。"灰灰一下子栽倒在韩夕的怀里，韩夕活了快五十岁，第一次被男人拥抱亲吻爱抚，灰灰的爱充满了野性与强劲，这是青春的力。灰灰发狂地吮着韩夕那白白的稍有些干瘪的乳房，乳房已有血迹，好像要在这里吮出乳汁，韩夕哭着断断续续地说："啊——不——要——要——要——"她晕了过去，有兴奋有冲动有委屈有欲仙欲死的生命的快乐。灰灰用他原始的冲力和干柴燃烧起的烈火，耕耘了这片荒凉的土地，灰灰轰地冲进了韩夕那久已封尘的锈迹斑斑干涩的铁门，铁门打开里面就是一片松软的湿润的土地。韩夕终于尝到了作为女人的一种快乐。

韩夕的五斗柜里多了一层灰灰的内衣，韩夕重新布置了老屋，屋子里经常摆着鲜花，桌子上摆满了各种小玩意，大多是小动物，有绒布做的，有竹编的。韩夕就像变了个人，像终日被泉水滋润的绿树。只是老屋里那只老黑猫终日嗷嗷叫得烦人。比老黑猫更不安静的是胡同里的街坊们，他们终日聚在一起，谈论的唯一话题就是这对老女少男，他们说这条胡同也经历多了，不曾见过这等怪事，可见风气变了，人的心也大变了，老烟筒着火了。

说来女人也怪，一贯被人看作胆小怕事规规矩矩的韩夕，在众人的指指戳戳下，竟表现得那样英勇无畏，她总是挺起胸脯，骄傲地走过这条古老的胡同，高跟鞋在胡同里敲击出一路的快乐自在。

灰灰比过去更卖力气干家务活儿，买大白菜、膛炉子、安烟筒、抬煤气罐，还在门前盖了一个小房，旁边的邻居嚷嚷道："缺德的，挡着我的日头了！"灰灰一脚踢开了门叉着腰说："日头是老天爷的，谁还敢乱吼！"那邻居竟没了声，这么多年韩夕第一次出了口恶气。

晚饭后，灰灰搂着韩夕的腰在王府井大街闲逛，韩夕美美地笑着。突然，灰灰指着一个女孩说："韩姐，看——"韩夕顺势望去，只见一个十七八岁的女孩，穿着牛仔短裤，露着结实的长长的大腿，上身穿着一个到肚脐的小背心，露出腰间一段白白的细细的肉，让人马上想到青春二字，韩夕的双眼马上黯淡了，脸上抽搐一下，"我将来要娶这样一个媳妇！"韩夕听到这句话，头一下轰响，身子有些晃，半天才稳住自己，这时，她才意识到，她与灰灰的日子是有今天没明天的，她这才发觉原来自己是个快五十岁的女人，灰灰是嫌自己老。

那天晚上，韩夕没有和灰灰一起回家，她顺着胡同无心地走到小学同学梁媛家。梁媛这几年不知怎么发了点小财，与韩夕同岁，至今也没有结婚。韩夕只见梁媛家的客厅宽宽大大，一溜的意大利真皮沙发，柜子里摆着各种洋烟洋酒。梁媛依旧是白白的，但头发已稀疏发焦了，眼袋明显地鼓了出来。老同学见面格外亲，梁媛给韩夕倒了一杯葡萄酒，韩夕喝了一杯酒话多了起来，问梁媛为什么还是一个人？梁媛拍着大腿说："唉！这把岁数了，按道理该嫁个糟老头了，可我一不缺钱二不缺房子，为啥走这路，嫁给糟老头，如同踩雷，说不准哪天就瘫了，就死了。嫁老头是穷女人、老女人的生存手段，找个年轻的吧，两眼死死盯着我的房子、我的财产，这屋的一草一木都是老娘的血汗呀，凭什么让个穷小子白白享受……"梁媛咬牙切齿地把大腿拍得"啪啪"响。

韩夕走时，天已大黑了，她的心像黑黑的洞。

老女人的爱情就是一炉封着的火，一旦打开，火苗一个劲地往上蹿，压也压不住。灰灰可就不一样了，他是个流浪的穷小子，能在哪儿栖息哪儿就是暂时的家，感情和爱对于一个衣食住行都没有着落的流浪汉，完全是另一种概念。他什么也不多想，只混得个眼前的日子。天下没有一成不变的事，不久灰灰混到了秀水街，做起了俄罗斯的批发生意，生意很红火。渐渐的灰灰很少去韩夕家了。韩夕一日不见灰灰就心烦意乱，二日不见就不吃不喝，三日不见就整天走神儿，有时一天她就呼灰灰十几次，韩夕守着公共电话亭一两个小时也等不到灰灰的回音。

恋爱犹如出水痘，年龄愈高，症状就愈严重。

这天晚上，灰灰气呼呼地来到韩夕家，把帽子一扔一屁股坐在沙发上，一脚把水壶给踢翻了："往后别老呼我，我又没死！"水流得满地都是，韩夕一边擦地一边好言好语地说："灰灰，你爱吃的豆豆菜姐给你留着呢。"灰灰没等韩夕说完把手一挥："我才不吃呢，在外面俺啥都吃过。"韩夕一把抱住灰灰："你咋把姐给扔了，让姐咋活呀？"韩夕哭得死去活来，灰灰见到韩夕哭了心也软了："实话对你说，我有对象了，是四川绵阳人，她不让我理你，说你的岁数比她娘还大，这算个啥！"

这句话重重地敲击着韩夕的心，她愣了一会儿，面色惨白得像失了血，自言自语道："我这算个啥，算个啥……"

灰灰走了，韩夕唰一下老了许多，脸色变得灰暗，精神上一下子垮了下来，整天像丢了魂似的，找不着自己在哪儿，不久老板辞掉了她。于是她便整日待在屋里，或想，或哭，或自言自语……又过了半年，医院诊断她患了乳腺癌，她竟有了一种生命快要熬尽的兴奋。给她看病的医生是位六十多岁的专家，韩夕对医生说，现在她什么都没有，没有亲人、没有金钱，甚至忘记了自己，好容易拽住了一个人，他又跑了……医生劝她，精神因素与乳腺癌有很大的关系，要看开些，世界上的一切和生命比起来都算不上什么。这句话突然让韩夕明白了什么。

医生决定将乳房全部切除，手术的前一天她托人给灰灰带去一封信：

灰弟：

我得了绝症，快不行了。你走后我总是想你，你是世上我唯一的亲人，除了你我什么也没有。灰弟，我知道你嫌姐老了，但姐给你的是处女之身……

明天我就要做手术了，请见信后与姐见上一面，快！快！快！

夕姐

灰灰来的时候，夕阳正从窗外懒懒地射进来，光线照在韩夕紫红色的床单上，红得像是一摊血。灰灰叫了一声"姐"，就扑在韩夕的怀里哭了，真真像个孩子一样。韩夕冰凉的双手颤抖着环抱着灰灰，说："今天什么也不说了，让我把这一生一世的爱都给你，再爱上我一夜，明天一早你就离开我，我绝不去找你，就是你再来找我，我也不理你。"说完，韩夕大笑起来，这笑声阴森、可怕、凄凉，灰灰有些害怕。接着，韩夕把自己和灰灰的衣服都剥光了，她一丝不挂地在灰灰的怀里滚动。韩夕的身子烧得像个火炭，流着泪，"明天，我就不再是个女人了，不再是……"

手术后，韩夕在家静养，身体渐渐恢复了，只是因为化疗，头发快掉光了。韩夕的脸上写上一种历经沧桑后的安宁与淡然。

又过了一年，韩夕出嫁了。出嫁那天，她穿的是灰灰过去送她的那件蓝外套，女人永远不会忘记第一个在肉体上给她快乐的男人。她带着快乐与回味出嫁了，街坊们没有动静，只有那只老黑猫，跟着她走了。韩夕回头望了望老屋，眼里盈满泪水，她匆匆抹了一把，便毅然地远去了。

韩夕嫁给了一个坐轮椅的老人，老人中专毕业，是个副处级干部，有两间半房子，儿女都不管他，一个月有八百元的退休金，还有五万元的存款。常常可以看见韩夕推着老人的轮椅，木然地在街上走着，走得很慢很慢，时间也好像走得很慢很慢。

原载于《特区文学》（1998.1）

北燕和她的母亲

女人是靠两种东西支撑着：一是梦想，二是虚荣。北燕和她的母亲就是这样的女人。

北燕成长在一个物质极度匮乏的年代，普通人家鱼肉是吃不上的，更不要说穿漂亮的衣服，而北燕家鱼肉、水果、点心样样不缺，还有许多四季不同的衣服。

北燕的母亲刘太太是个懂得享受的女人，当她迈进刘家时，刘先生的大老婆还没有过世，北燕的母亲执意不与大太太一起生活，于是刘先生为年轻的小太太在北京的南池子买了一处私宅。第二年刘太太又领养了北燕，于是刘太太便有了家，有了孩子，有了男人，也有了钱，她作为一个女人觉得什么都不缺了。

南池子是北京古老的城区，无论晨昏，胡同里永远有此起彼伏的小贩叫卖声，还有萦绕在耳际的凌云鸽哨声，伸出墙外的石榴花，映红了整个夏天，成就了这旷世的安详与幽静。北燕和她的母亲在这里度过了人生最幸福的时光。

沿墙根的一溜竹子在风中低吟着，夏天在香气袭人的葡萄架下，北燕和她

北燕和她的母亲

的母亲一起纳凉聊天，院子里的夜来香、晚香玉、玉簪棒相继开放。刘太太望着女儿一天天长大，便觉得这是将来实在的依靠，也是自己未来的脸面。刘太太是昆曲票友，有兴致的时候还会唱上一曲。刘太太最喜欢讲的故事是白先勇的《永远的尹雪艳》，她常常对北燕重复背诵着小说的开头："尹雪艳总也不老。十几年前那一班在上海百乐门舞厅替她捧场的五陵少年，有些头上开了顶，有些两鬓添了霜……但也有少数却升成了银行的董事长、机关里的大主管。不管人事怎样变迁，尹雪艳永远是尹雪艳，在台北仍旧穿着她那一身蝉翼纱的素白旗袍，一径那样浅浅地笑着，连眼角也不肯皱一下。"这不断重复的故事，给北燕童年的底气涂上了一种异样的色彩。

刘太太是个精明的女人，领养北燕的第一步是慎重而明智的。刘太太说，如果孩子是从自己的肚子里出来的，无论丑俊横竖是自己的，没挑没拣，但领养的孩子即没血缘这层关系的渗透，那么挑孩子就像挑商品一样一定要好上加好，孩子一定要没毛病，这是第一，其二要漂亮、机灵，叫人喜欢。这就如同自家土地上种的庄稼播的种子，和从集市上买回来的，心情和要求自然不一样。

刘太太从北燕一小就看出她是一个有风情的女孩，并认定北燕有男人缘有旺夫命。她认为男人是女人的职业，男人是女人的饭碗，男人是女人的门面，男人是女人的天堂或地狱。刘太太也曾在私塾读过几年书，也在交际场中混过，她是从小镇上走出的女人，眉眼俏丽，眉毛拔得细细的，高高挑上去，一副精明世故的样子，这里面有一种风尘的冷艳。在她的衣橱里挂满了有粉饼香气的衣服，还浮着一种花香，这是在夏季的时候，她在旗袍的盘扣上挂过的花的残香。她一生的愿望就是物质与舒适。刘太太这一辈子的专业就是男人与女人的事，她常常说，女人的本钱就是青春和美貌，女人一生最大的成功就是套牢一个或几个男人，一个女人如果天生有沉鱼落雁之容，闭月羞花之貌，手足纤纤，三围像倒悬的葫芦，具有这样本钱的女人，真是一辈子到了云端，命好的兴许能撞上个总统夫人。

解放后不多时,刘太太的丈夫进了监狱,大概是由于男女关系之事被人家夫妇坑了。刘太太的丈夫解放前在一家外国银行工作,还主些事,又办了地下钱庄,总之是狠发了一些财,困难时期死在监狱里了。刘太太哭了一阵子,于是穿丧服三个月,吃素三个月,不与人热闹三个月,静养三个月,以后便一切如常了,只是愈发看破人生无常,她紧紧牵着北燕的手,一径向前走着,有一种凛然,也有一种凄凉。

渐渐地北燕出落成亭亭玉立的大姑娘了,她是学校里的篮球运动员。北燕所就读的中学是一所市属重点中学,在这里读书的大多有两类子弟,一类是高干子弟,一类是高知子弟,前者意味着权力与尊贵,后者意味着知识与格调,而北燕在这所学校里有点不伦不类。但北燕自有一种快乐的天性,好动的性格,漂亮的外表,得体的衣着,阳光青春的气息,她丝毫没有精神的压力和戒备感、距离感、自卑感,这得益于天性和对美丽的自信。青春的北燕一晃就高中毕业了,她面临的主要问题是考上大学。

在那个年代家里有问题的学生,想上大学简直是痴人说梦。但在这人生关键的一步,北燕和她的母亲这一对孤儿寡妇却有着男人般的勇敢与冒险——在申请考大学的个人履历表上父亲一栏只轻描淡写地写上:职员已故,把入狱的情况坚决地沉入海底。要知道在那强调"向党交心"的年代,向组织隐瞒家庭情况是天大的罪过,所以不能不说这一着险棋极具杀伤力。也许是老天爷有意要成全北燕,她果然被大学录取了,虽然不是名校,但毕竟迈进了大学的门槛。这得益于北燕母亲精明的算计:如果写上北燕父亲的真实情况百分之百地上不了大学,如果隐瞒这件事兴许有百分之一的可能上大学;老虎也有打盹的时候,北燕和她的母亲寄希望于老虎打盹,老虎果然打盹了。开学以后学校找北燕谈话,北燕痛哭流涕地写了检查,校方给北燕换了一个冷僻的专业,此事就算了了。北燕和她的母亲长长地松了一口气。

刘太太把这一天看成是一个重大的节日,她特地兑换了一根金条为北燕置办上大学的东西:箱包、衣服、皮鞋、香水……又把家里重新布置一番,从南房拿出一个细高的青花细瓷胆瓶,瓶子里冒出一大蓬红色的无须菊,紫檀硬木桌椅比往日亮堂了许多。北燕妈妈说:女孩子生得漂亮又读了大学,就像升值的股票一样,读了大学提高了身价,将来找个好男人便可以改变出身,这样就进了另一个社交圈,当然应该是上等人的圈子。这是妈妈一生的指望。入学那天,北燕穿着一袭白色束腰大摆裙,脚下是一双乳白色坡跟皮鞋,外面罩上一件如纱如梦的网罩,颇有些公主的味道,果然上大学不久的北燕成了大学的校花。同学都称她为白丁香。北燕的白丁香时代是她人生的花季,是梦想与青春蘸着春天的落英谱成。

果然北燕没有辜负刘太太的希望,在北燕的周围有众多的追求者,而北燕看上的是某局长的公子。公子与北燕同届不同系,从爱上局长公子的第一天起,北燕就变得愈发娇媚,模样更是袅娜纤巧,惹人爱怜。只是有一件苦衷:当局长的公子问起北燕的父亲,北燕总是泪流不止,谎称父亲是右派;在她看来右派要比父亲犯的错误体面得多。自然局长及其夫人是不同意这桩婚事的,局长决不愿意与一个右派家庭联姻,他们热衷的是一位军长的千金,但由于儿子的坚持家里终于气馁了。那时,北燕已将自己处女的纯真给了局长的公子,公子享受了北燕的千娇百媚和如火如荼的爱情,便愈发离不开她。北燕坚信沾过她身的男人一旦品味过便永不放弃,年轻的北燕懂得青春、美丽、性是女人的武器,而她运用得游刃有余,温柔有加,不过局长大人及局长太太决不允许他们婚后搬进局长的二层小楼。北燕心里想:我家的小四合院也不比那二层小楼差,只是北燕很想成为局长家正式的一员,渴望在局长家的染缸里过一过水。一想到男友出身是革命干部,公公是局长,中共党员,北燕的心里就涌出一阵高贵的慰藉。

大学毕业,北燕终于和局长的儿子结了婚,他们夫妇双双被分配到工厂。不久"文革"开始了,局长家搬出二层小楼,被赶到一间小平房里。这时刘太太又一次感到了命运的无常,人生是不能计划的,更不能设想,人的命运经常被一只看不见的手操纵着,也许无数个意外就构成了人的命运。

在那个时代，女人唯一能够做的事就是生孩子，那是生育成本最低的年代——不上班，工资照发，自己带孩子省下保姆钱。经过两年的热伏，北燕始终未怀上孕，医院检查的结果是局长的公子没精子。北燕傻了，局长的公子更傻了，刘太太也傻了，刘太太想：北燕是抱养的孩子，难道北燕的孩子也要抱养吗？这是一种怎样的轮回呀！母亲，女儿，女儿的女儿，竟没有一点血缘关系，这是怎样的一个家庭呀！思前想后的北燕没有离婚，在那个年代，离婚不仅难以启齿，也是一种罪过。事后北燕常常想，这难道是我嫁给一个高干子弟应得的报应吗？刘太太宽慰道：女人如同树上开花，一同开放，随风飘落，有的掉在席上，有的掉在粪屎中，掉在席上的是席上的命，掉在粪屎中是粪屎的命，人生的贵贱，真是不可算计。

不久北燕终于也领养了一个女儿，由刘太太带大，但是刘太太不再对这个毫无血缘关系的外孙女有任何幻想。孩子给北燕带来了欢乐，也带来了做母亲的享受。但一静下心来想到这个孩子不是自己亲生的，心就猛地被刺一下，尤其害怕的是孩子有一天会知道这个秘密，北燕便有一种窒息要死的感觉，并且被这种感觉折磨着。

抱养孩子的女人要对人心的险恶有充分的估计：人可以善也可以恶，再善良的人也有恶的时候，再恶的人也有善的因子，每个人的心里都有一个天使和一个魔鬼。每一个人都有自己的隐私，都有不愿让别人看到的伤疤。但抱养孩子的女人，这个隐私是公开化的，在别人的目光和指指戳戳中放大，别人的肚子和观众的视线一起成长，你是在扁扁的肚子里突然蹦出一个孩子，这对周围的观众是一个不小的视觉冲击。他们会莫名其妙地有一种受骗的感觉，这本与他们无关的女人，无关的孩子，瞬间变得非常重要，重要得使他们兴奋，惊讶，不平，猜疑，于是你的秘密变成大家餐桌前的一道菜。

一般的情况下自己的隐私，别人是很难猜中的，但唯独抱养孩子的女人，大家心知肚明，于是你的弱点被放大十倍展现在靶子上，如果你善于做人，和和气气，老老实实，夹着尾巴，结果会太平乐观些；如果你把得罪人当饭吃，好张扬，好虚荣，好挖苦人，好挑拨离间，或看穷人突然变富，富得令人觉得钱不是好来的，那你这个秘密会通过各种渠道悄悄灌到孩子的耳朵里，你永远吃不准这暗箭是何路神仙射的，你防人防不胜防，别人害你不费吹灰之力，这是极不对等的力量。况且中国有句老话，纸里包不住火，真的假不了，假的真不了，况且把别人的孩子说成是自己生的，确实有些艰难。

北燕和所有的养父母一样，精心编织着各种谎言向孩子讲述，如怀孕的感觉，生产的痛苦，奶水的多少，出生的时辰……养父母要有良好的记忆，每次的重复都要严丝合缝，一旦电视里出现养子长大后要寻找亲生父母时，养父母的心就要汪出血来。最让养父母绝望的是科学的发展，医学知识的普及，人们普遍懂得了测试DNA来甄别父母亲生与否，甚至有的地方已经使用了基因身份证，今后看病要展示基因谱……这些信息对抱养孩子的父母是一次毁灭性的打击，因为养父母最大的心愿是：把谎言进行到底，消灭一切真迹，要把一件本不属于自己的东西硬说成是自己的，然而这是一件困难的事情，尤其是孩子，一层肚皮一层山隔着肚皮不相干。其实父母与孩子的关系应分两个阶段，一是出生，一是养育，两个阶段可以截然分开，刘先生刘太太生，张先生张太太养，一点都不冲突，是哪个段就承认哪个段，不要混为一谈，混杂就侵权了，更何况养育之恩重于泰山，这样心放下来就解放了自己。

最怕的事情还是发生了，多少年以后北燕领养的孩子大学毕业了，有一天孩子突然问起自己的身世，并说，我要知道我的出身，我的父母，我的民族，我的籍贯，我是谁，我是从哪儿来的，这是我基本的人权。北燕夫妇一口咬定"你是我们亲生的"，孩子说，那为什么我长得一点都不像你们，同学都这样说，你们不要骗人。

北燕当即晕倒在地上。

以后的日子，北燕与养女之间的关系愈来愈冷漠，如果是自己亲生的孩子，一时的矛盾很容易化解，如果没有血缘关系星星之火就可燎原，而且距离会愈来愈远，远得够不着。所以说收养孩子是一项风险极大的投资，不仅仅是精力与财力的付出，也不仅仅是颗粒不收的苦果，而是反目成仇，人是活物，是人世间变化最大的东西，许多事情难以预料。没有血缘关系渗透的母子父子，是脆弱的关系，平常无风都起浪，更何况这种关系，家庭之间讲的是情不是理，孩子一旦知道自己是领养的，变化便平地而起，也是天经地义。

后来北燕领养的孩子去了澳洲，一开始还打过电话，以后便没了消息，北燕也不知道地址，从此孩子便无影无踪了。

最后一次看见北燕是在她的家里，我几乎难以辨认她了，看上去她与早市上拎着菜篮子买菜的老太太毫无区别，她一败涂地地衰老了，变得猥琐黯淡，她家的小院早已拆了，刘太太由于患糖尿病早已失明了，在床上呻吟着，局长的公子由于企业不景气已办了内部退休，去年患了脑血栓生活不能自理，一切要北燕照顾。

北燕谈起往事，充满了无奈与悔恨，她说，不承想结婚到头来不过是一场空，原指望嫁个好男人能一辈子过上好日子，没想到扑空了，第一，住房是我母亲的。第二，他没有精子不能生孩子，孩子是抱养的，千辛万苦养大，人家飞跑了，不管我们，多挖心呀！第三，金钱上指望的还是父母留下的积蓄、财产。第四，本指望通过婚姻改变身份，不承想社会变了，不讲究出身，讲能力了。他窝囊一辈子，到头来只混了个小科长。

我一辈子把心放在家里，放在男人、孩子身上，到头来一个都指不上，自己的专业也荒废了，一点脸面都没混上。我这辈子是荒了，两手攥着空拳头。想当年，我是大学里的一朵花呀，不承想这白丁香飘落在荒地上了……

后 记

本着对爱妻申力雯的深切怀念，现将她的所有文字收集整理，汇集出版"申力雯文集"一套四本，以示我对她的纪念。

逝者已矣，生者当如斯。

夫 王国栋
2017年3月